新潮文庫

花ざかりの森・憂国

—自選短編集—

三島由紀夫著

新潮社版

1831

目次

花ざかりの森……七
中世に於ける一殺人常習者の遺せる哲学的日記の抜萃……五九
遠乗会……七三
卵……九七
詩を書く少年……一一七
海と夕焼……一三七
新聞紙……一五三
牡丹……一六五
橋づくし……一七五

女方……二〇三
百万円煎餅……二三七
憂国……二六三
月……二九九
解説　三島由紀夫
佐藤秀明

花ざかりの森・憂国

花ざかりの森

かの女は森の花ざかりに死んで行った
かの女は余所《よそ》にもっと青い森のある事を知っていた
シャルル・クロス散人

序の巻

この土地へきてからというもの、わたしの気持には隠遁《いんとん》ともなづけたいような、そんな、ふしぎに老いづいた心がほのみえてきた。もともとこの土地はわたし自身とも、またわたしの血すじのうえにも、なんのゆかりもない土地にすぎないのに、いつかはわたし自身、そうしてわたし以後の血すじに、なにか深い聯関《れんかん》をもたぬものでもあるまい。そうした気持をいだいたまま、家の裏手の、せまい苔《こけ》むした石段をあがり、物見のほかにはこれといって使い途《みち》のない五坪ほどの草がいちめんに生《お》いしげっている高台に立つと、わたしはいつも静かなうつけた心地といっしょに、来《こ》し方へのもえるような郷愁をおぼえた。この真下の町をふところに抱いている山脈にむかって、おしせまっている湾《いりうみ》が、ここからは一目にみえた。朝と夕刻に、町のはずれにあたっている船着場から、ある大都会とを連絡する汽船がでてゆくのだが、その汽笛の音は、ここからも苛《いら》だたしいくらいはっきりきこえた。夜など、灯《ひ》をいっぱいつけた指貫《ゆびぬき》ほどな船が、けんめいに沖をめざしていた。それだのにそんな線香ほどに小さな灯のずれようは、みていて遅さにもどかしくならずにはいられなかった。

いくたびもわたしは、追憶などはつまらぬものだとおもいかえしていた。それはほんの一、二年まえまでのことである。わたしはある偏見からこんなふうに考えていた。追憶はありし日の生活のぬけがらにすぎぬではないか、よしそれが未来への果実のやくめをする場合があったにせよ、それはもう現在をうしなったおとろえた人のためのものだけではないか、なぞと。熱病のような若さは、ああした考えに、むやみと肯定をみいだしたりしがちのものである。けれどもしばらくたつうちに、わたしはそれとは別なかんがえのほうへ楽に移っていった。追憶は「現在」のもっとも清純な証《あかし》なのだ。愛だとかそれから献身だとか、そんな現実におくためにはあまりに清純すぎるような感情は、追憶なしにはそれを占ったり、それに正しい意味を索《もと》めたりすることはできはしないのだ。それは落葉をかきわけてさがした泉が、はじめて青空をうつすようなものである。泉のうえにおちちらばっていたところで、落葉たちは決して空を映すことはできないのだから。

わたしたちには実におおぜいの祖先がいる。かれらはちょうど美しい憬《あこが》れのようにわたしたちのなかに住まうこともあれば、歯がゆく、きびしい距離のむこうに立っていることもすくなくない。

祖先はしばしば、ふしぎな方法でわれわれと邂逅《かいこう》する。ひとはそれを疑うかもしれない。だがそれは真実なのだ。

木洩《こも》れ日のうつくしい日なぞ、われわれは杖《つえ》を曳《ひ》いて、公園の柵《さく》に近よったりするであろう。門をはいると、それがごく閑散な時間かなにかで、人かげのみえぬひろい場所が、たぐいない懐《なつか》しいものに思われたりするであろう。ふだんは杖なんぞ持つことのないくせに、なんの気なしに携えてきたそれは、遠い昔、やっとのことで、一秒か二秒のあいだ触《さわ》らせてもらった家宝の兜《かぶと》の感触なんかを、ふっと、おもいださせてくれたりするだろう。そんなときだ。

遠くの池のほとりのベンチで、(それは池の反射や木洩れ日のために、たぶんまばゆく光っているのだが) だれかが行儀よく身じろぎもせずに憩《やす》んでいる。ふとその人がこちらをむく。するとなぜか非常に快活な様子で立ち上って、ほとんど走り出さんばかりに、木洩れ日をぬってこちらへ近づいてくる。われわれは子供っぽいまでの熱心さで、あたかも予期していた絵のようにその人をみつめているにも不拘《かかわらず》、ある距離までくると魚が水の青みに溶け入って了《しま》うように、急激にその親しい人は木洩れ日に融《と》けてしまう。——しかしおそらく、このわたしの告白から、ひとは紋付と袴《はかま》をつけた大まかな老人を想像するかもしれぬ。いや、する方が本当かもしれない。が、そうした場合は、却《かえ》ってすこぶる稀《まれ》なことだと申してよい。なぜなら「その人」は、度々、背広をきた青年であったり、若い女であったりするからだ。と云《い》って思い過ぎてはいけない。かれらはみな申し合わせたように、地味な、目立たない、整った様子をしている、たいへん遠くからわれわれに微笑をつたえてくる、まるでわれわれのなかにそうした微笑だけをひきつけてみせる磁石でもあるかのように。その微笑は、だが切ない、憧《あこが》れにも近いようなひたむきさを見せている。……

祖先がほんとうにわたしたちのなかに住んだのは、一体どれだけの昔であったろう。今日《こんにち》、祖先たちはわたしどもの心臓があまりにさまざまのもので囲まれているので、そのなかに住いを索《もと》めることができない。かれらはかなしそうに、そわそわと時計のようにそのまわりをまわっている。こんなにも厳しいものと美しいものとが離ればなれになってしまった時代を、かれらは夢みることさえできなかった。いま、かれらは、天と地がはじめて別れあった日のようなこの別離を、心から哀《かな》しがっている。厳しいものはもう粗鬆《そしょう》な雑ぱくな岩石の性質をそなえているにすぎない。それからまた、美は秀麗な奔馬である。かつて霧ふりそそぐ朝のそらにむかって、たけだけしく嘶《いなな》くままに、それはじっと制せられ抑えられていた。そんな時だけ、馬は無垢《むく》でたぐいなくやさしかった。しかし今、厳しさは手綱をはなした。馬はなんどもつまずき、そうして何度もたち上りながらまっすぐに走っていった。もう無垢ではない。ぬかるみが肌《はだ》をきたなく染め上げてしまっていた。ほんとうに稀なことではあるが、今もなお、人はけがれない白馬の幻をみることがないではない。祖先はそんな人を索めている。徐々に、祖先はその人のなかに住まうようになるだろう。ここにいみじくも高貴な、共同生活がいとぐちを有《も》つのである。

それ以来祖先は、その人のなかの真実と壁を接して住むようになる。このめまぐるしい世界にあっては、ただ弁証の手段でしかなかった真実が、それ本来の衣裳《いしょう》を身につけるだろう。いままで、怠惰であり引っこみ思案であったそれが、うつくしい果敢さをとりもどすだろう。祖先はじっと、そのあらたな真実によって、はぐくまれることを待つだろう。まことに祖先は、世にもやさしい糧《かて》で、やしなわれることを希《ねが》っている。その姿ははたらきかけるものの姿ではない。かれらは恒《つね》に受動の姿勢をくずすことがない。もののきわまりの、——たとえば夕映えが、夜の侵入を予感するかのように、おそれと緊張のさなかに、ひときわきわやかに耀《かがや》く刹那《せつな》——、あるがままのかたちに自分を留《とど》め、一秒でもながく「完全」をたもち、いささかの瑕瑾《かきん》もうけまいとする、——消極がきわまった水に似た緊張のうつくしい一瞬であり久遠《くおん》の時間である。

その一

うまれた家では、夜おそくよく汽車の汽笛がひびいてきた。天井板のこみいった木目《もくめ》におびえて、ねつかれない子どもの耳に、それが騒音というにはあまりにかぼそい、何かやさしい未知の華やかさのようにきこえてきた。ちょうどそれは、おもいがけないとおくでさざめいている都の夜のようなものである。秋霧が一団の白いけもののように背戸をとおりぬけてゆくのがきこえた。それは音のない花火のように、ほうぼうではじけてひろがって行った。そのうすい霧のむこうで、桔梗《ききょう》は麻蒲団《あさぶとん》の模様のようにさびしく白ばんでいた……。

子どもはひとり寝の夢の隙間《すきま》に、けんめいにはいりこもうとした。そこでは現実の音がゆめの姿をしているのであった。すると汽笛は、——花野のひとひを笛のような音を立ててのがれてゆく秋嵐のように思われた。雪のふりはじめた北国の小駅を、——たくさんの青い林檎《りんご》の箱やもっととおい海からはこんできた鮭《さけ》なぞを載せて、その小駅を出、(客席のあいだにコンロをおき、襟巻《えりまき》をした娘や耳覆《みみおおい》つきのラッコ帽子をかぶった老爺《ろうや》などをのせて）——早咲きの山茶花《さざんか》の村や、煙りまれな、さびれた工場町やを、哀しみにも目をむけず、自分勝手にはしってゆく冷淡な汽車のありさまを、すぐさま心にうかべた。それに重って、黒い焼木《やいぎ》の埒《らち》のむこう……霧のなかで、線路の一部がうす白く光っている上を、巨《おお》きな機関車がなんども喘息《ぜんそく》の発作をつづけながら発車するところが見えるのであった。その霧は、線香のような匂《にお》いがした。……

父は町へつれて行ってくれるごとに子供ののぞみどおりにしばらく線路のそばの柵に立ってくれた。線路のむこうでは赤い夕日の残りのようなあまたのネオンが、黒い背景のなかでわがままな星のようにまわっていた。

象がとおるたびに歓呼する南国の人のように、無愛想に電車がゆきちがうたびに、子どもは父の腕のなかで跳ねてわらいながらめちゃくちゃに手を叩《たた》いた。……

そのころ子どもはよく電車のゆめをみた。ひろい甃《たたき》とおおきな鉄門と煉瓦塀《れんがべい》との、家構は大きかったが、門前には黒っぽい細道がかよっていた。ゆめのなかではその路《みち》を電車がとおるのだ。どこともしれない前《さき》の世の都のようなあかるい大通り……（バケツでぶちまけたような光があふれている）……から、お客も運転手もいないその電車は闇《やみ》の小路《こうじ》へまっしぐらにすすんできたのだ。子どもはあきらかに、病人の歯ぎしりのようなレエルのきしりをきいた。闇はテントのようにふくれ、窓にむなしい灯《ひ》をあかあかとつけた電車のまわりには、ぐるぐるまわすと色のついた火花の出る、あのブレッキ製のおもちゃの火花のような、赤やみどりの星がゆれていた。おもちゃの汽車そっくりのその古い市内電車は、(電車がとおる由もない細路の)門のまえを、すてきな響きをあげて走りすぎてしまった。……子どもは耳をすました。もうきこえない。夜汽車の、またとおい汽笛がする。だがいましがたすばらしい勢いでかけていった市内電車は、家《うち》の左の坂を若い流星のようにかけおりて、その反動で今ごろは、夜は灯《ひとも》したきいろい油障子《そうじ》を閉している火の見小屋の角を、まっしぐらに曲ってしまったのであろう。子供はいつか目をさましている。柱時計の秒針が吃《ども》ったささなみのような音を立てている。しばらくの間へやのなかの置物が、みしらぬ高貴なもののようにみえている。時計がなる。その音への注意が、また子どもを夢のなかへとり戻《もど》してしまう。……

この丈たかい鉄門のまえに立つとき、そのなかに営まれている生活を想像することに、だれしもはげしい反撥《はんぱつ》をかんじずにはいまい。唐草《からくさ》紋様の鉄門はきっちりくぎられた前庭と鬼瓦《おにがわら》のような玄関だけをのぞかせていた。その玄関の一棟が門に立つ人にむかって、威丈高な、ほとんど宿命的なあらがいをいどんでいた。煉瓦塀はやしきの内部のすべてを人の目からさえぎり、花の匂いだの、こわだかな笑いごえなどまで、その湿っぽさのなかに吸収した。

父は母屋《おもや》にはふだんはいなかった。ひろい三棟の温室のわきへ、いおりのようなものをたててそこにいた。母屋とそのいおりとの間には、海原《うなばら》のようにお花ばたけだの菜園だの、葡萄《ぶどう》や梨《なし》をうえた果樹園だのがひろがっていた。夏になると葡萄園のうえには蜂《はち》が雲のようにむらがっていた。ちかよっても或《あ》る蜂はじっと葡萄のひろい葉にやすんでいた。わたしは庭のあちらにまばゆい夏の雲がたちあがり、そのために蜂の羽や毛がするどい黄金《きん》の針のように光るのを、それからやはり金いろをした巨きな目のなかに、かわいらしい夏雲が瀰《ひろが》ってゆくのをみた。……

母屋には祖母と母がすまっていた。わたしは幼な心にも父と母との別居をいぶかったが、夜、祖母が痛みつかれてねいり、わたしもすっかり寝息をたてているとき、(ほんとうはちらちらと目をひらいては母の動静をさぐっているのだが)母が庭下駄《にわげた》をはいて、あかるい果樹園の月夜を、ずっとこちらまで長い影をひきずりながら、父のいおりへといそぐのを見た。そんなとき――これはわるい神経だろうか――わたしはむしろよろこばしいような愉《たの》しいような気持で、きづかない母のうしろ姿を眺《なが》めやったのみならず、しいておとなしくしていようという殊勝な気持のほかには何も抱かなかった。祖母は神経痛をやみ、痙攣《けいれん》をしじゅうおこした。ものに憑《つ》かれたように、そのさけがたい痙攣がはじまるのである。かの女のしずんだうめきがきこえだすと、病室の小さな調度、煙草盆《たばこぼん》や薬だんすや香炉や、そうしたもののうえを、見えない波動のようにその痙攣が張《みなぎ》ってゆく。するとほんの一瞬間、へや全体が麻痺《まひ》したような緊張にとざされ、それが山霧のようにすばやく退《ひ》くと、こんどは、へや中《じゅう》が、香炉や小筥《こばこ》や薬罎《くすりびん》なぞが、一様に、あの沈痛な一本ぢょうしな呻吟《しんぎん》にみたされた。こうした部屋それ自身というものの、うめきやうなりは、おそらく余人には見当のつかぬことであるにちがいない。しかし痙攣が、まる一日、ばあいによっては幾夜さもつづくと、もっと顕著なきざしがあらわれてきた。それは「病気」がわがものがおに家じゅうにはびこることである。

「薬を注《つ》いでおくれでないか、坊や」寝覚めのこえで祖母がそういった。それは老いたのどからだけ出る、柔和な、たとえばかすれ勝ちの墨の筆跡のような、郷愁的なまでの発音である。だが、無理な姿勢をしようとしかけたので、またそのあとにうめきがつづいた。祖母は脚のついたワイン・グラスでいつも水薬をのんだ。わたしはきちんと膝《ひざ》をそろえて、この大役にほんのすこしばかり緊張しながら、水薬の罎をあけた。いまだにわたしは、コルクの栓《せん》が、その役目から放たれた――束縛から解放された瞬間の、へんに間が抜けた乾いた、おもえばどことはなしになにかの兆《きざし》が感じられる底《てい》の、ふしぎな音を立てたのをおぼえている。栓を抜くと、わたしは濃い葡萄酒色の薬液がはいっている罎をかたむけて、そーっとグラスのほうへよせて行った。グラスがきわめてすこしの分量しかうけいれぬことを知っている経験から、そういう徐《おもむ》ろな動作は、なにげなくほとんど無意識にされるべきはずなのにこの時わたしはみょうなぎこちなさを感じたのを今もおぼえている。——まだ液がながれてこない、まるで全く同色の障害物でもあるように。わたしは日に透かしてしずかに罎をゆすった。なんにもはいってはいない。もう一度かたむけた。やっぱり流れてこない。ふとわたしは気がついた。ある一定のあやうい角度までくると、わたしの手《て》頸《くび》の骨が器械のように固定してしまうのだ、ちょうどそれ以上ひらかない戸の蝶番《ちょうつがい》がかっきりくいちがうように。わたしはそれを一つの迷信のようにおもう。ばかばかしくかんじる。けれど、それとは反対にふいに抑えきれぬほどどきどきしはじめた。こんどは手のふるえるのがあぶなくて、容易に罎をかたむけることができなくなってしまった。そのとき、わたしはありありと罎のなかに一匹の「病気」をみたのである。彼はごく矮《ちい》さく、そろえた膝にあごをのせてねむっていた、自分のからだを洗っている薬の海にはからきし気づかぬかのように。

母屋の果てのふるい部屋々々へ、わたしは兜やよろいや黒い毛ずねのような太刀なぞをみにいった。その帰り。婢《ひ》はくりやへゆくほうの廊下でわたしと別れて、もうこからさきはおこわくはいらっしゃいますまい、と言いながらむこうへ行って了《しま》う。ほんとうはこれからがわたしにいちばんこわいのだ。しかしそれをいうのがわたしははずかしくて、哀訴ともなんともつかぬようなおもいをこめた目つきを投げるのがつねだった。それなのに婢はふりむいてくれない。三、四間《ま》さきの祖母のへやまでのあいだ。わたり廊下がひとつ。曲りかどが三つ。――こわさにふるえながら、昼間のよく光った風がとおりすぎる暗い廊下を、ちょうどその風とおんなじにわたしが走ってゆく。と、角々《かどかど》で(ひとりは必ず)「病気」にであった。それもあたふたといそいでいる。わたしよりずっと長身だ。顔のないのもあれば、顔のあるのもあった。顔のあるもののひとり、――それはつみもなくわらっていた。彼はまだ「死」と近しくない「病気」にちがいない。彼はきっともっと「死」に近しい「病気」のところへ、なにかたよりをもたらしにゆくにちがいない。ある日わたしの右の小指がほんのすこしばかりそのぬらりとした見えぬものにさわって了った。わたしはその日、ひまさえあればその小指をあらっていた。あんまりあらっていると指のさきがいたいたしくふやけて、ついぞ注意したことのない指紋が、へんに清潔に、はっきりとみえてきた。その指紋が、わたしにねむられぬ部屋の天井の木目だの、それから「病気」が常用する、象形文字だのをおもわせた。

母は固い人となりの女だった。かの女はじぶんの言動に反省をもとめたことがなかった。あたかも蜜蜂《みつばち》がじぶんのとんできたみちを反《かえ》りみないように。だが蜜蜂はけっして巣へもどるみちをあやまたない。母はしばしば、傍目《はため》にはおろかしくさえおもわれるほど、それを間違えた。だからかの女には真の意味での追憶がなかった。かの女の想《おも》いがむかしにさかのぼるためにはあまりにおおくの言いわけが入用だった。——かの女は母の性《さが》には欠くるところなかったであろう。だがかの女は「当世」の女である。かの女も亦《また》、あの、美と厳しさとのかなしい別離、みおや達のむねせまる挽歌《ばんか》をきかなかった。

母にわたしは、たっといものの末の、うらがれではない、人造の葉を鮮やかにとりつけた——衰頽《すいたい》でありながらまだせん方ない意欲にあふれている、そんないくらかアメリカナイズされた典型をよんだのである。それはどのみち、衰頽のひとつには相違なかったであろう。しかしもっとしぶとい、いきいきとした繁栄の仮面にあまりにもよく似合った。かの女はじぶんのなかにあふれてくる、真《しん》の矜恃《きょうじ》の発露をしらなかった。もはや貴族の瞳《ひとみ》を母はすてたのである。それをば借りもののブウルジョアの眼鏡でわずかにまさぐった。が、この眼鏡はあくまでも借りものだ。母はその発露に、このような「虚栄心」という三字をしかよまなかった。　虚栄心――ひと昔まえまで日本にこのようないやしい文字はなかった。わたしはそれをアメリカ語だとかんがえている……。扨《さ》て母は、それ以来すべてに「虚栄」という幻をみた。この幻は、いとも高貴なものを、もっとも卑劣な、にくむべき残忍なやり方で抹殺《まっさつ》した。母は虚栄にきびしい目をむけたのではなく、さいごまで虚栄の摘出にきびしい目をむけたのであった。虚栄みずからは甘い目しかもたない。しかもその図太さがすべての高貴のきびしい目に優《ゆう》にはむかった。

「正しいこと——あたりまえなことをやっているのを、だれにみられようが、なんといわれようがかまいはせぬ」……母はこんなことばを口癖にしていたけれども、まことの矜恃はどうしてこんなことを言い得よう。このような暴露主義や独断が、いつから「正当な」位置をもちはじめたのであろう。いうまでもなくそれは、あの別離の日——挽歌の日からである。真の矜恃はたけだけしくない。それは若笹《わかざさ》のように小心だ。そんな自信や確信のなさを、またしてもひとびとは非難するかもしれぬ。しかしいとも高貴なものはいとも強いものから、すなわちこの世にある限りにおいて小さく、ゆうに美くしいものから生れてくる。確信や自信などという不純なものがそこに含まれよういわれは決してありはせぬ。

母は父に勝った。

父は——(彼は種々の植物の品種改良やたぐいまれな生物の飼育に生涯《しょうがい》をささげ、さまざまな閑人の協会を組織していた)——母に不満も怒りもかんじなかった。かれは敗《ま》けたからだ。

秋のひと日、わたしはこんな父の姿をみたことがある。父は数人の園丁をしたがえ、黄ばんだ、はなだ色の畠《はたけ》のなかに、じっと空をあおいで立っていた。父の姿は、それはひよわで貧弱でさえあったが、豊醇《ほうじゅん》な酒のような秋の日光のしたで、年旧《ふ》りた、飛鳥《あすか》時代の仏像かなにかのように望まれた。その時、紫の幔幕《まんまく》のようにうつくしい秋空いっぱいに、わたしはわたしの家のおおどかな紋章をちらと見たのである。

その二

わたしはわたしの憧《あこが》れの在処《ありか》を知っている。憧れはちょうど川のようなものだ。川のどの部分が川なのではない。なぜなら川はながれるから。きのう川であったものはきょう川ではない、だが川は永遠に在る。ひとはそれを指呼することができる。それについて語ることはできない。わたしの憧れもちょうどこのようなものだ、そして祖先たちのそれも。珍らしいことにわたしは武家と公家《くげ》の祖先をもっている。そのどちらのふるさとへ赴《ゆ》くときも、わたしたちの列車にそうて、美くしい河がみえかくれする、わたしたちの旅をこの上もなく雅《みや》びに、守りつづけてくれるように。ああ、あの川。わたしにはそれが解る。祖先たちからわたしにつづいたこのひとつの黙契。その憧れはあるところでひそみ或《あ》るところで隠れている、だが死んでいるのではない、古い籬《まがき》の薔薇《ばら》が、きょう尚《なお》生きているように。祖母と母において、川は地下をながれた。父において、それはせせらぎになった。わたしにおいて、——ああそれが滔々《とうとう》とした大川にならないでなにになろう、綾《あや》織るもののように、神の祝唄《ほぎうた》のように。

祖母の死後、ふるびた唐びつから煕明《ひろあき》夫人の日記《にき》数帖《すうじよう》と、古い家蔵本の聖書とがみいだされた。聖書は螺鈿《らでん》入りの漆の文庫におさめられ、錦《にしき》でおおわれていた。日記は都合五帖。小松と銀砂子《ぎんすなご》の見返し。とびらに、某上人《しようにん》の筆になる二、三行の聖句がかきつけてある。上人はスペインにうまれ南方のとある植民地にそだった人である。その異国のことばは、わたしには判読することができない。しかしその発音が、あの古風なびいどろをこすり合わせたような、そんな透きとおったひびきを持つもののようにおもわれてならぬ。

夫人自身はわたしたちのとおい祖先だ。かの女はもえるような主《しゅ》の御弟子《みでし》であった。そうしてかの女の夫も。夫の城は南国のあるいりうみの近くにあった、わたしの今すまっているこのわびしい住居のように。

夫人の日記は日づけがたしかではない。五月がふいに八月にとんでいる。また八月十日のつづきにかかれた十六日が、十一月の十六日であったりする。いうまでもなく日づけのない場所さえある。かの女の夫は病弱で、その介抱に寧日ないありさまだったから。またどこの城にもただよっている、萌黄《もえぎ》の、紫金《しこん》の、灰色の、さまざまな光りをもった空気が、かの女の従順な時間を磨滅《まめつ》せずにはいなかったから。

ある夏のひとひの、かの女の日記にはこんなふうにしるされている。

その日、昼に一《いっ》ときちかく間《ま》のあるころ、かの女の夫はやすらかにねむっていた。しずかな病室ではすべてがまどろんだ、屏風《びょうぶ》の寒山拾得《かんざんじっとく》や、漆と蒔絵《まきえ》の調度や、あざやかな畳縁《たたみべり》や、それから城主のしとねのわきに、おぼろげに彼を見戍《みまも》っていた彼の「病気」までも。……夫人はそうしたほんのひととき、おもくるしい哀《かな》しみふかい介抱からときはなたれた。かの女はそばづかえに侍《はべ》っているようにいいつけ、暗くひややかな廊下をぬけ、その上方から来るひかりが廊下の一部分をほのかにあかるませ、その上方をみ上げるとき天上か何かのような明るい光がのぞかれる階段を、つめたい音をきしませてのぼった。

櫓《やぐら》の手摺《てすり》に倚《よ》るとはじめて、季節のすがたと季節の温度がみえた。しじゅうつかわないため埃《ほこり》のしみた柱や壁を、日は烈《はげ》しく、そんなものにまでも新鮮なあじわいを与えるくらい、ほがらかに照らしていた。城のはるか下方に城門がかすかにみえ、そこからなだらかな傾斜をみせて町が、――洪水《こうずい》のとき、さまざまの破片が一しょくたになり窄《せま》い路にあふれにあふれて、どこかへ狂奔してゆくように――黒く低い折り重なった屋根をならべて、おなじ傾斜のままずっと海まで下りていた。屋根のあるものは烈日に漆器のようにかがやき、町のはずれには黝《くろ》ばんだ松林がうちつらなっていた。そのむこうにくすんだおだやかな海が見られた。海のあたりはひどく曇っていて水平線は見えなかった。そのあたりだけ、湿った砂地のような層になって、雨雲がじっとかさなっていた。空耳であったかもしれないけれど、夫人にはそこから、遠雷のとどろきさえきこえてくるようにおもわれたのである。じぶんの沈んだうれわしい気持が、その雨雲にそっくり映ってでもいそうな思いと、雨雲のひろがりと一しょにそのうれいのひろがる心配とが、夫人の目をその風景からそむけさせたのかもしれぬ。かの女はその手摺からのいて、はんたいがわの手摺の方へあゆみよった。城はひろやかな山ぶところのような位置にあたっていたので、その手すりの正面は柔和な山へとむかっていた。正面の山はやや遠かったが、右手には丘のようなゆるやかな山が、親しいものによりそうように迫ってきていた。

目の下には幾重にも白い塀《へい》やなまこ塀が、きわやかに繞《めぐ》っていた。樹々は火《も》えたち、葉桜いっぱいに蟬《せみ》のこえがこもりがちにひびいていた。山いちめんの緑が、くすんだ色あいと葉のかがやきとの、微妙な調和をみせた。山のいただきあたりには、風がさわいでいるとみえて、樹々の光りがさわがしく崩れて行った。いりこんだ棚《たな》のようなぐあいに凹《くぼ》みになった中腹の一部は樹木がすくなく、そのせいで、草や木の幹までもまばゆく光った。光った草のあいだにちらほらきよらかな白に、みえているのは百合《ゆり》であるらしい。微醺《びくん》の風がふいていった。光ったものは光ったままに、まるで天上の一瞬のようにうごかなかった。空気はすみきってこんなときにこそ見しらぬ遠さに煙っている山々や、うすら青い海のとおくまで、手がとどきそうにおもわれた。あらゆるものに触れられそうなふしぎな奢《おご》りの懐《おも》い、それがしずけさのなかにほのぼのともえ立ってきた。夫人の、やつれた仄白《ほのじろ》い顔が、つねにないはればれしい怡《よろこ》びの色をこのときうかべていたことはうたがわれない。その羽二重のしとねのようにふっくらした右手が、胸にさげたいぶし銀の十字架にそっとふれていたかもしれない。そんな動作が、あるいはかの女自身にああした超自然なよろこびを与えたのであるかもしれない。

かの女は思い起していた。あれはまだ夫がすこやかであった去年の春の日のこと、侍女たちとあの凹みのほとりまで若菜《わかな》摘《つみ》にいったことを。若草はもえだしたばかりで、かぼそい葉脈のうきでた草の葉がたとしえもなくやさしく柔らかかったことを。若菜をつみつみあの凹みの下まで来ると、そこには滝というにはあまりに小さな細い垂水《たるみ》がながれ凹みの上にはうつくしい花なぞみえ、こんこんとあふれてくる泉がそこにあることさえたしかだったのに、道の危うさから本意なくひきかえしたあの日のこと。——そうした思い出がいっそうつよく、かの女に凹みをみつめさせた。凹みはちょうど龕《ずし》のようなぐあいになっていた。

そうした凝視は、いつしか無意識のうちにせつない冀《ねが》いを含んでくるものである。きよらかな、つかのまにかききえて了《しま》いそうなねがいは必らずしもよわいものではない、よしその人にすらきづかれぬ願いであったにしても。そんなたぐいの冀いは、神の意志をなにかのはずみに動かすことがないとはいえぬ。願いはうつくしい羽搏《はばた》きと一しょに、その目的へと翔《と》んでゆく、それによっておこり得るある奇蹟《きせき》を用意するために。

そんな時だった。夫人はそのくぼみの百合の叢《くさむら》のあいだに、きらきらとおなじく光ったなにかまっ白なものをみた。木の幹のようではあったが、なよやかになびいていた。じっと目をこらしていると、(あの冀いの作用で)それはずっと近づいてみえるようにおもわれた。夏の日はすこしもかわらずにあまねかった。蟬がなきしきりむんむんして居そうにおもわれる青い谿間《たにま》から陵《おか》のいただきの木深《こぶか》い森まで、すべてがきらきらとあたたかくかがやいていた。かの女はもっとよくみようとして、まばたきながらあの光ったものをみた。ぼやけてはいるが、どうもそれは丈なすつややかな髪をもった女人《にょにん》であるらしく思われる。裾《すそ》ながい白衣《びゃくえ》をきているようである。そのまばゆい白さとわずかにはなれて、おなじ白い光りが点になって見えるのは、もしかその女人が一りんの百合を手にしているのではあるまいか。このきんぺんはおろか、都へいってもこんな異様な、そうしてけだかい装いをした女人は、見ようにも見られぬであろうものを、夫人はまだその姿に気をとられて装束《そうぞく》の異な点にはおもいが行かない。

……

いぶかしくかの女は思う。みしらぬひとのようでもあり親しい人のようでもあり、たしかに一度みたおもかげのようにおもわれてならぬ。むろん貌《かお》はさだかでない。きらめきわたっているだけなので。

ふと光りの加減でその女人の胸にもっともっと煌《かがや》きのするどいものがちらと見られた。ある直感が夫人をうった。そのとき夫人はその女人のかおが、ほのかに笑みひろごり、またとないまなざしでこちらをみつめたようにおもったのである。めまいのようなものを夫人は感じた。次の瞬間、もう夫人はあの凹みのうえに、なにものも見なかった。うずくような悔いが、しずかにかの女の心に散っていった。ああ、あれは十字架だ。おおん母《はは》のお胸にひかったものは十字架だ。夫人はじぶんの胸の十字に手をふれてみた。あたりにちらばう日光《ひかり》のおびただしさをみた。そしてあんな場所からここをのぞんだ人の目に映るじぶんの姿を想像してみた。それにあの婦人のみ姿がかさなった。心のおごりにかの女はみぶるいした。かの女はひざまずきたかった。それだのに、なにかがまだそうさせまいと支えている。すべては夢のようである。いまのかの女の胸には天のみさかえも、よき「こんしぇんしゃ」の悦《よろこ》びもすべてなかった。感動が身ぐるみかの女を包んでいる。感動自身には歓喜もなげきもない。

それは生命力のたぐいである。かの女は考えた、人間はひとときにあんなにまですべてのものを看《み》てとって了う。それは畏《おそ》ろしいことだ、またありがたくも美しいことだと。すべてをみてしまってもその意味はひとつもその瞬間《たまゆら》にはうけとれぬ。やがて心に醸《かも》されたものが、きわめておもむろに、「見たもの」のおもてに意味をにじませてくるだろう。だが夫人はおそれる、もしやその意味は真の意味とはもはやかけはなれた縁《えにし》ない意味ではないのか。次第にかの女は見ることにひたすらであったあの一瞬を悔いはじめる。ああ、はじめからわたしは瞑《つぶ》ってひざまずいて祈っていればよかった。そのときほんとうの意味がけがれない姿ですみずみまで映ったことであろうに。怡《よろこ》びがまたその悔いにいれかわる。そうしたいれかわりのたびに、かの女のからだはさまざまなおもいのためにふくらむ、風をいっぱいに孕《はら》んだ帆のように、よろこびのために、悔いのために、また他《ほか》のいろんな懐《おも》いのために。とうとう夫人はひざまずいた。祈りが、やがて鳩《はと》のように四方《よも》へとんでいった。禱《いの》りは生命力の流露でなくてはならぬ。かの女はもはや人体でなかった。かの女の生命力はいまかの女自身である。永いいのりのあとで身がかるくなると、めざめぎわの子供のように、夫人は怖《おそ》れおおくあたりをみまわした。すると、あの雨雲が、急な速さでもうやぐらの上までおおいかけていた。みるみる薄墨がそめてゆく風景を、かの女は茫然《ぼうぜん》とながめやった。耳のあたりでちいさな歌をきいたように思ったので夫人がふりむくと、そこには一匹の蜂《はち》がけだるそうにとんでいた。むこうの庇《ひさし》に大きな蜂の巣がかかっていて、けぶった海を背景に蜂がいく匹もその巣のまわりにむらがっているのを、かの女ははじめて知った。

……

この日の日記《にき》の、夫人の筆はおどっている。あやしくうち乱れている数行もある。その他の日々は調った、むしろつめたいくらいな文章がつらねられているのに、この日だけ、文章はかの女自身のものではないほどにおもわれる。この日だけ……その頁《ページ》にはあの「小さい花」が咲きみだれたようである。

かの女はこの奇蹟をただあの上人にだけ伝えたものであるらしい。上人はそれを伝道の道具につかうようなことはしなかった。その点、まことにまれな徳高い人とおもわれるのである。

夫人のみたものははたしてなんであったか。それは永いあいだ、わたしの課題になった。おもえばそれは、切羽つまった場合にだけ、憧《あこが》れが摂《と》るうつくしい手段であるかもしれない。憧れはそれ以前からずっと夫人のなかに成長していた。かの女の祖先がかの女のなかに得がたい憧れのたねをまいたのだ。それは嫩葉《わかば》になり、すくすくと育っていった。なぜなら夫人は、世にもやさしい世にも高貴な心をもっていたから。「おおん母」顕現の一あしまえ、嫩葉の蕾《つぼみ》はいのちにみちあふれていまひらこうとするばかりだった。

花咲くことはいのちの誕生だ。はちすの咲くとき、霧ふかい池には魚がねむり、ひろい円葉《まろは》のうえに青く澄んだなにかの羽虫がやすろうていたであろう。はちすの咲いた音はだれもきかなかったかもしれない。だがその音はゆらゆらとうつろう葩《はな》をささえながら、鐘のように幾やまかわわかなたの里にひびいたであろう。人はそれを、とやの鶏の羽音《はおと》ときいたかもしれぬ。また実際、一人のいのちがはじめて青空をのぞいた刹那《せつな》の、みごもりのすえの産声《うぶごえ》であったかもしれない。人は一生それをうぶごえであったと信じ、育ってゆく子供にただひとつの確証をみとってゆくだろう。その子供の父か、あるいは祖父か……あの音をきいた人のいまわに、はじめていのちのほんとうの意味がわかるかもしれない。その時人はふたたび、幾山河こえたはちすの花の音をきくのである。

夫人はたかどのにのぼった、ひらこうとする花の力によって。開花はあのようにして用意された。

いわば花ひらいた憧れは、あのいと聖《きよ》い幻にむかってぶつけられたのである。もしぶつけられなかったのなら、あの婦人は永遠にあらわれることなく、したがって永遠にかききえることはなかっただろう。不鮮明なそれともわかぬ彩色《いろどり》のまま、永久に夫人のなかに蔵《かく》されておわったであろう。だからこそ、あの婦人のほほえみには一種あやしい、のっぴきならぬものがあったのである。危機はしばしば人の唇《くちびる》にあの謎《なぞ》めいた微笑をうかばせるものだ。幻の婦人はひたむきな速度で近づいてきた。さけえぬ深みからのがれるために。が、またたく間にかの女はほろんだ。——いや！　その危機はかえって熙明夫人のそれであったかもしれない。夫人はいにしえの高僧が奈落《ならく》のありさまをまのあたりみたように、天と地のさかいをありありとみたのかもしれない。生命力がまれに冒すこの危険のために、それから半年ほどしてかの女は神の安息《やすらぎ》に皈《かえ》って行ったからである。

その三（上）

平安朝におとろえの色きざし、鶴《つる》の林も茂ることしばしばとなった。あまつさえ荘《しょう》園《えん》のおだやかならぬ噂《うわさ》が、下々《しもじも》の耳にもつたわってきた。この物語はこんな時代につくられた。それはわたしのほのかにとおい祖先のひとり、ある位たかい殿上人《てんじょうびと》にささげられたのである。その一巻は、今もわが家《や》の庫《くら》ふかく蔵されている。これをひもとくとき、わたしは作者の世にまれな熱情と、わたしの血統のひとつの特徴とのあいだに、あるきわめて近よった類似をば感じるのである。そうしてただにこの書《ふみ》が、わたし共一族と住《すま》いをおなじゅうして永いとしつきを経てきたこと――それだけで、わたしの血統ともはやたちきれぬえにしをもつものではあるまいか。もとよりこの物語の作者はいとやんごとない女人《にょにん》ではなかった。わたしの家系とおしまいまでなんの縁故ももたなかった。けれども件《くだ》んの祖先のひとりと、ひそかな関係をつづけていて、男のほうでもある年の夏、いく夜さか忍びすがたで女のもとへかようた。物語はこのころの回想に筆をおこしている。女はもえたち、男は冷えまさった。愛着のきずなはしかしあやうい処で切れずにいた。女はかつて宮仕えを――さして目につくほどの役であったよしもないが――つとめた経験から、しぐさ言葉づかいにどことなしみやびた翳《かげ》があった。通う宵《よい》がかさなるにつけなにかと経営《けいめい》して、都びた調度なぞととのえ閨《ねや》を美々しゅうしつらえたりするしおらしさにかてて加えて、ほどよい官女のつつましさも、男のいらだちをしずめるに役立ったのであろう。

さてこの女には幼なじみのさる男があった。さいつころ剃髪《ていはつ》して都ちかい山寺《さんじ》に修行《すぎよう》していた。煩悩《ぼんのう》のほむらはおさえがたくたけりにたけって、口につくせぬほどのめんどうなてだてもいとわず、しげしげと文《ふみ》をよこした。かの殿上人のつれなさが、おりふし身にしみる秋が立つと、女はしだいに昔なじみの僧形《そうぎよう》のひとに心をかたむけていった。

ことさらそちらへ心を移した動機には、いくぶん殿上人へのすねた気持やあてつけがあったのであろう。とはいえいままで素気なくしていたおとこへにわかに甘えかかるのは自負がゆるさなかった。しかしまた双方ともども手放すような結果を、ひたすらおそれる本音もあった。そうした種々《くさぐさ》なきもちは、古風なまどいとなげきを女にあたえたのであった。

物語はこのようないきさつの叙述から、つぎにのべる一段におわっている。この物語はつかいのものによってさる尼院《にいん》からとどけられたのであるが、行状の告白をわざとものがたりの形に編み、もはやおのれを忘れていかねない高貴の人にささげ、それを以《もつ》てざんげや謝罪のよすがにもしようとした女の気もちは、官女のころの文学熱の倣《まね》びとのみ、あながち嗤《わら》い去られぬものもあるのではなかろうか。

「月の明《あか》い夜、こんな放れわざにはふさわしからぬ顕証《けそう》であった。……女は山寺からほどちかい小山《おやま》の、松の根かたでまちわびていた。あたりに泉のつきせぬひびきがきこえる。すこやかに清水《しみず》はあふれていた。粉に似たしぶきが、水の花火のようにちらばってあたりの夏萩《なつはぎ》のうえにこぼれた。蛍がその茂みの葉末に光りながらいこうているのを、女はあわれふかく見やった。あのほうたるは『身を焦《こ》がして』いるのだとは思えなかった。外《そと》からしいられるままにともした灯《ひ》をじっと虔《つつま》しくおのれの内に守ってゆく……そんな従順なやさしい一生、そういうものをかすかに感じた。いつか自分がその生涯《しょうがい》に似よってゆくのだとはすこしも知らずに。……

やがてあちらの松の大木に、身をかがめた人影がけざやかに辷《すべ》った。男はこえをひそめ、よもに気をくばりつつ、わななきがちにたどりついてきた。むしろうるさそうなつっぱなした目付で、女は昂《たかぶ》りきったおとこの貌《かお》をみている。……しかしのちのちがめんどうな修道僧《すどうそう》の出奔というまじめをおかしたことゆえ、男のうろたえは是非もなかった。

ふたりが磧《かわら》にそうてゆくほどに、都をばよほどはなれた。河原《かわら》においしげっている、かわらははこやほたる艸《ぐさ》などの夏草のひとむらに、露がしとどにおりていた。幽《かす》かにくさの葉をはなれた蛍は、遠ざかるにしたがっていつしか星にまぎれていた。……男は語った。これから遠縁にあたるもののわかる伯父をたずね、そこで一旦《いったん》みごしらえをした上で、紀伊のふるさとへ奔《はし》るのだと。女はうなずいている。女にはそれが男の身勝手におもわれる。だが今とては男ひとりをたよる身ゆえ、じっとくちびるをかむより外はない。

河上へさかのぼるにつれて、瀬の音はたかまった。女はだんだん従順になった。さきほどとは反対に男はきおいたち、女はしおたれて行った。

『ああ、なんというおそろしいあの音。』

『いやいや、海はどうしてあんなものではない……。』男はそうこたえるきりである。

伯父のもとを出一途《いちず》に紀伊をめざしたころ男と女の位置は、京《みやこ》とはすっかりかわっていた。女はやさしくなり、こころのそこから男にまかせ男をたよった。あのつんつんしたいくそたびの返し文《ぶみ》はもうすっかりわすれきったように。

『海？　海ってどんなものなのでしょう。わたくし、うまれてよりそのようなおそろしいものを見たことはありませぬ。』

『海はただ海だけのことだ、そうではないか。』そう云《い》って男は笑った。

——紀伊のはまの、おとこのふるさとへついたころは、おちこちのただずまいに秋

の色がふかまりつくした。夜分に着いたその日から二、三日は、女は潮さいに胸をさ
わがせてうちふしながら、たえて障子《そうじ》をあけようとしなかった。
　四日目のあさ、女はこころをきめた。おどろきにとりみだすさまをみられぬよう、
夫のるすにひとりはまをめざした。家をでると海が細い繻子《しゅす》のひものようにきらちか
にのぞまれた。波のはげしいひびきは、しかし足下《あしもと》までとどろいた。おもてをおおう
て一さんに浜めがけてかけだした。耳もとを潮風がはばたき、波音はぐいぐいとたか
まった。あなうらにかわいたあたたかい砂をかんじたとき、総身はあえかにふるえた。
女はおおうていたもろ手を除いた。
　おおらかな海景は、あたかも当然な場所に当然なものがおかれたようにひろがって
いた。空はほがらに晴れ、絵巻の雲のようにこがねにかがやいた雲がうかんでいた。
まださみどりがかった長いみさきが、右手を優雅なかいなのようにかきいだいていた。
女ははじめて、いさなとり海のすがたを胸にうつした。はげしいいた手は、すぐさま
痛みをともなうことがまれであるように、女はそのたまゆら、予期したおそれとにて
もにつかぬものをみいだした。はっしと胸にうけたそのきわに、おおわだつみはもは
や女のなかに住んでしまった。殺される一歩手前、殺されると意識しながらおちいる
あのふしぎな恍惚《こうこつ》、ああした恍惚のなかに女はいた。そこにはさだかな予感があるけ

れども予感が現在《いま》におよぼす意味はない。それはうつくしく孤立した現在である。絶縁された世にもきよらかなひとときである。そこではあのたぐいない受動の姿勢がとられる。いままでは能動であり、これからも能動であろうとするものの、陥没的な受動でなくてなんであろう。陥没にともなう清純な放心、それはあらゆるものをうけいれ、あらゆるものに染まらない。いわば『母』の胸ににたすがたであろうか。ゆえしれぬゆたかな懐《おも》い、包まれることの恍惚、そうしたありようから、しかし女はすぐときはなたれた。

すくいがたい重たさと畏《おそ》れとがのしかかってきた。海はおのれのなかであふれゆすぶれだした。缶《ほとぎ》のようなおおいな甕《かめ》をわれとわが身に据《す》えたかのように。家にはしりかえるやいなや、女はわななきながら潮かぜにしめった衾《ふすま》をかぶってしまった。……

その日から女のきもちに変化がおこった。さいつかたの貧しげな僧形から、きょうのたけだけしい男様《おのこざま》に打ちかわったおとこに、いったんかんじだしたあのたのもしさや勢いや信頼が、またしらじらとひえてくるのである。たよりない比丘《びく》すがたへの冷淡や優越であればまだしも、いまは寔《まこと》にみょうなぐあいである。おとこは戸まどうた。

海がおそろしいとうち臥《ふ》しているのへ声をかければきゅうに強いようすになって口ごたえをしたりした。それほどなおそれならば、しみじみ夫にうちあけてくれればよいものを、『うちあける』などはおろか、たよりにしているようすもつゆ見えない。そうかとおもうと、ふいに浜に出ていってぼんやりといさり舟のゆきかいなぞをながめて佇《た》ちつくしていた。そのはてが、いつもおもて青ざめてそわそわと帰ってきた。しだいにおっともつまも、言葉や起居《たちい》にいいしれぬ険をふくんできた。障子をしめきって海をみまいと蹲《つく》ぼうているところへ、いきなり男がはいってきてあらあらしくひき開けていったりする。女の袖《そで》のかわくいとまない日々が、そんな風にしてだんだんおおくなっていった。しかも男のほうで折れてなにか言問《こと》いかけると、眉《まゆ》さかだてのしりの限りをつくした。

ふたたび春立つころ、女はひとり密《ひそ》かにのがれ出てみやこに赴いた。海のおそれにたえかねたためか。男にいやけがさしての故《ゆえ》か。すくなくとも男がこわくなったためではなかった。京にはいると剃髪《ていはつ》して尼院の人となった。そこで看経《かんきん》のわずかなあいまに、かきしるした物語がこれである。そのおわりのほうへ、女はこんなふうに感想をしるしている。

『往きの道すがら、ただならぬまでに男に感じた畏怖《おそれ》と信頼《たより》は、いまにしてみれば前もって男そのものにわだつみを念《おも》うていたのかもしれぬ。男のけしき男のしぐさの一つびとつに、海のすがたを睹《み》ていたのかもしれぬ。』と。」

さて古《いにし》えの心でかかれた女の物語はここでおわっている。だが、わたしはそこに、み祖《おや》たちの系譜からわたし自《みずか》ら読みとったある黙契によって、ささやかな解釈をつけくわえたいとおもう、なんとなればわたしは、「前もって男にみた」海のすがた、はじめて海をみることによっての其《そ》の感情の海への転帰、あるいは海の象徴《しるし》の役わりを失った男のむなしさ、こうした事どものあいだにひとつの符牒《ふちょう》をかんぜずにはいられなかったから。

――すなわち……

「つらつら考えてみるのに、海への怖《おそ》れは憧《あこが》れの変形ではあるまいか。ながの歳月《としつき》無意識の土ふかく埋れ木になってかくされ抑えられてきたあこがれというものは、いつともしれずおそれのかたちを摂《と》ってくる。ちょうどとじこめられた活潑《かっぱつ》な子どもがそのうちにはまるで内気な子にかわってしまうように。けれどもそうしたおそれは並一般の粗雑なあらけない『おそれ』とはなじまぬものと思われる。人のうつそ身をばはげしくゆりうごかしはするが、けっして傷手《いたで》をあたえることがない。むしろきびしい叱咤《しった》のあいだに、人の心の何ものかを育《はぐ》くみ成長させてゆくたぐいの怖れではあるまいか。怖れによって人の心に受動のかたちを与え、すばやく美しくしくたちあがる余地をあたえ、ある量《はか》りしれぬ不可見の――『神』――『より高貴なもの』の意図するばしょへ人間をひっぱってゆこうとするふしぎな『力』のはたらきではあるまいか。もとよりそれは、憧れがするはたらきとまったく同じものであろう。……

この物語をひもとく方は、そうしたもののきざしをさぐってごらんになると興ふかいと思う。まことのおそれと憧れの仮りのすがたのそれとのちがいは、そこにさやかに現われている筈《はず》だから。

海のおそれにひねもすわななき打ち臥《ふ》しつつ、しかも一片のたよりすら夫にみせなかった女は、そのときいったい何にたよってみずから耐えていたのであろうか。まことに、女はおそれの対象である海になべての信頼《たより》をささげ、その袖にいっしんに縋《すが》っていたのである。ふたつの畏《おそ》れの差はそこに読まれるのだ。」

それから又、海がわたしの家系ともっている縁《えにし》の、もうひとつの例証として……

その三（下）

ここに一まいの写真がある。かたい厚紙に楕円形《だえん》に貼《は》られた写真。そのまわりを捺《なつ》金《きん》の唐艸《からくさ》もようと花文字につづられた写真屋の屋号とがかこんでいる。……これは祖母の叔母なるひとのやさしいかたみだ。

写真はおし花のようにすがれている。日々の緩《ゆる》い移りと、強烈ないくたびかの夏の日がその奥のほうにみえる。……

ひとりの若い夫人。石竹いろとおぼしいたわわな舞踏服。それから花籠《はなかご》のようにふくよかにひろがった鯨骨《げいこつ》いりの裾着《すそぎ》。（それは少しばかり、銀いろの舞踏靴《ぐつ》のさきをのぞけている。）……だが……

夫人のやわらかなあしのうらが、（ほのかな沓《くつ》をとおして）、ためらいがちにふまえているのは、いちめんのたたみのさなかに敷かれた小さなぺるしゃ絨氈《じゅうたん》である。夫人のまわりには押しよせている、光琳《こうりん》風の六双屏風《びょうぶ》が。竹林七賢図のふすまが。あるいは、永いうすらあかりのなかで、疲れはてた人特有のきびしく光った目《ま》ざ《な》しのような、そんな光沢をえてきた古さびた調度が。……

いうまでもなくこれらさだかならぬもののたたずまいは、写真をみただけではなんともわかりはせぬ。祖母がこの写真を手にとるごとにああそこには何があった此《こ》のあたりはこうだったと、ありありと追想するのをきいて、わたしにまでその場面が彷彿《ほうふつ》とするようにおもわれたからだ。

それはついぞつかわれぬ祖先の仏間だったと、祖母はわたしにはなした。……

いわけない日、夫人はわずかに海を垣間《かいま》みたことがあった。心に湛《たた》えられた海はかの女の幼ない情感によっておもむろに醱酵《はっこう》した。いくとせかのち、かの女に海へのあこがれが沸《たぎ》ってきた。それはかの女みずからにも御《ぎょ》めることのできない「いきもの」の一種である。かの女の家は公家《くげ》であった。六つ七つのころになってもかの女は海をのぞむおりがなかった。海をちらりとみたのは稚《おさな》いときとはいえ、立ち歩きもおぼつかない年ごろゆえ、みしらない濃青《こあお》の宝石のようにそのおもい出はおぼろにきらめいているばかりである。

「海はどこまでいけばあるの。海はとおいの。海へゆくには何に乗ってゆくの。」

勤王派の兄はそのころ失意のため、若さがこうむりやすい絶望のなかで、暗いきもちをいだきそうして憔《やつ》れきっていた。

「海なんて、どこまで行ったってありはしないのだ。たとい海へ行ったところでないかもしれぬ……こんなことはおまえにはわかるまいが。……」そんな意味のことをこたえて、兄はなぜかしらさみしそうにわらうだけで、かの女にはその真意をさぐることができない。……

少女になり、一家が東京へひきうつるとき、旅のみちで海のほとりをとおった。少女はいつまでものこりおしそうに、夕日が熔岩《ようがん》のように海いっぱいにながれ、海鳥がかなしいきしりをあげてとび立ってゆくのを、まじまじと眺《なが》めていた。

そのころから少女は海をみることにしだいに満ちたりた心を感じなくなりかけていた。どうかするとあの死んだ兄のふしぎなことばが、耳のそばをとおってゆくそよ風のかおりの、おちかたの叢《くさむら》にまぎれてしまってからはじめて匂《にお》い出すように、今はおぼろげながらわかるようにおもわれた。あこがれはくちなわのように衣をぬぎかえているのであろう。そんな間だけ、なにかの病いにもにたあこがれの重みがとりのぞかれ、水のようにきよらなやすらかさのなかにとどまっていることができた。けれども海をみることによろこびがなくなったなぞと、そういうことは決してなかった。

くちなわの更衣《こうい》がおわると、海への希《のぞ》みはそれよりむこうの別なものにかわった。

はかなくやさしい脱けがらのあとには、もっとあらわな、躍動したあこがれがまっていた。海のかなたに晴れやかなあやしい島影がうかび、島にはとむねをつくような色どりの衣《きぬ》まとうた人が住まい、硫酸かなんぞの雨のようにひりひりとした日のひかりが零《したた》りつづけている、孔雀《くじゃく》や鸚鵡《おうむ》があそんでいる……ひそかな宗教、ひとしれぬ儀式がさかえる王国……そのようなまぼろしをかの女は胸にいだいた。熱帯にゆくには海へひとまず行かねばならぬ。海へのあこがれもそれ故《ゆえ》にかききえずにいた。……

父ぎみは一時、外交に関係していられたので、泰西のひとびとがかの女のいえに出いりすることはめずらしくなかったが、白麻のととのった服を身につけ、ヘルメットをいただいてたずねてくる、そういう異人や、かれらがみやげにもってくる魁偉《かいい》な「やし」の実やみなみの国の英文のせつめいをそえた写真帖だのを、かの女はゆえしらぬなつかしげなまなざし……時にはふるさとの風物をみるような……時にはじっとじぶんの内部をみつめるような……そんなまなざしで見やるのがつねである。が、なつかしさはその人自らへのものでないことはいうまでもない。装いやみやげのはこんできたある「気分」……それはその「人」や品物のうえに君臨し、円光のようなぐあいにそれをとりかこみ、あたりのものをおもむろにそれに似せてゆく、薬品のような作用をもつものであるが、……それへのなつかしさにすぎなかった。——夏のゆう日が、水の光りのようにゆたかに零ってくるときなどかの女は熱帯の空想におのれをわすれた。(夕日がふりそそいでいる。ひとつの窓《まど》からレエスの窓掛をとおして、おおくのゆれさざめいている樹木の葉に濾《こ》されて、泣いているときみえるあの無数のかさなりあった薄いレンズ――水沫《みなわ》のような錯綜《さくそう》した無数の小円となり、北欧趣味なクッションだのアアム・チェアの麻覆《あさおおい》だの、すずしげにみえるマンテルピイスの石だのに、めちゃくちゃにきまぐれな夕日がふりそそいでいる。焰《ほのお》のゆらめきのように、ぱあーっと部屋が一しゅんあかるくなり、またよわまってしまう。……)

こうして徐々に、かの女はおのがあこがれをつよめることによって、かの女みずからをつよめていった。きらいな夏がこのほどはうつたえに待たれた。なぜといって、海や熱帯へのあこがれは、主に夏の朝、または夕映えのまえの果実のように芳醇《ほうじゅん》な時刻にあらわれたからである。かの女はあこがれに没入した。まことにそれは没我の毅《つよ》さであったかもしれぬ。そして没我はどのようなばあいでも、恒《つね》に他をしりぞけ、いいかえればあらゆる「他」のなかに存在する「我」を抹消《まっしょう》して、おしすすまずにはいないものだ。我を没し去るとき、そこには又、あの妖《あや》しくもたけだけしいいのちが、却《かえ》ってはげしくわきでてくるのである。

「避暑」というならわしはほとんど行なわれていなかったころのこと故、いくとせも海をみぬ夏がつづき、夫人はこころ足らわぬおもいをした、じぶんが夫にみちたりたものをかんじられぬのは、たとえば「夏」のようなじぶんのあこがれの対象が夫のなかに存在せぬからだとはすこしもきづかずに。……

あの花やかな写真がとられたのはそんな夏のひとひである。それは雷雨の宵《よい》であった。きゅうに石をなげられてわれた甕《かめ》のわれ目のように、いなずまが迅《すば》やくはしった。石をなげた音はぎゃくにそのあとからひびいてきて、夫人の家のひろい客間をとよもした。夫は一から十まで洋風な客間のなかほどに腰をおろして夫人を待っていた。ロココ風な彫刻をしたとびらをあけて、さきに陳《の》べたような装いをこらした夫人がはいってきた。

「おっつけ写真師がくるだろうが、あなたはこの部屋でとるのだろうね。」

「さあ」夫人の目になんだかいたずらっぽいかげがあらわれた。夫人は、この死人のようにあおざめたひどくやせおとろえた夫をみるにはあまりふさわしくないような明るい表情をしていた。右手でとき色の絹の扇をくるくるまわしながら、なんにも考えていないようにみえる。それではどこのへやで……と夫がいいかけたとき、婢《ひ》がとびらをたたいた。一しょに肥《ふと》った写真師がはいってきた。鳴神《なるかみ》はややおさまってきたようにおもわれる。ふとった写真師は夫人のよそおいをやや誇張してそれでもかくすことのできない憑《つ》かれたようなことばでたたえた。夫は、これはきょうやっと出来てきたもので、明日の夜会でよごれぬさきに撮らせたかったからと話している。そのはしのあいまにちらっと焔のように不安なものがはしる。

夫はもう一度こととうてみようとおもう。夫は口をひらこうとする。それをわかわかしい夫人のこえがさえぎる。夫人のこえはやわらかい薄いオレンジいろの漣《さざなみ》をたてて漲《みなぎ》る。……

「この部屋ではつまりません。ねえ。あの部屋へ、お仏間へまいりましょう！」

その言葉を、夫のおとろえた心は敗れたものへの宣告のようにしてきいた。夫人のこと葉にはどことなし有無をいわせぬところがあった。夫はたちあがる、夢遊病者のように。写真師はあっけにとられている。――あの部屋。婢がいそがしくたちはたらきはじめる。仏壇のかたわらに写真器がすえられる。あかるい燈《ひ》がともされる。……

夫は小きざみに身をふるわせている。かつてあの部屋は、かれの「場所」であったへやだ。かれはあそこから出て次第に衰えた。かれはあそこへ帰らなければいけない。ああ、しかしかれはそこへかえれない。そのむかしかれと部屋との「拒み」は頡頏《きっこう》していた。へやをでてより、へやの「こばみ」はかれのそれに捷《か》った。だがそこが空《から》であることが唯一《ゆいいつ》のすくいになっていた。空であることはかれの支えでもあった。——今そこは充《み》たされた。しかもそれにそぐわぬ瑰美《かいび》な絶対のいのちによって。それ自身ひとつの息づく花でもあるかのように、部屋ぜんたいはかれにむかって華麗な拒否をなげている。部屋は光りかがやいている。——が、それはやがて、部屋の力づよい滅亡のしるしだ。夫自身の滅亡のしるしだ。

夫はあの美くしい拒否のうらがわに、花やぐいのちにうちひしがれた部屋の苦悶《もだえ》をみた。かれは貌《かお》をもろ手でおおうた。部屋はさながら奇蹟《きせき》のように光っている。その中央に花冠のような若い夫人のすがたをうかばせながら。

あの写真をうつした日から六日たって伯爵《はくしゃく》はみまかった。夫人はおおぜいの弔い客のいるまえで、むくろの枕《まくら》べにじっとなみだもみせずすわっていた。人々が去ると夫人はやにわにそこにうっぷして、こえをあげて哭《な》いた。——ながい喪の季節、そこでは百合《ゆり》さえも黒百合だけがさくような季節はゆるやかにすぎていった。

喪あけてのちまもなくさる豪商のもとめをうけて華燭《かしょく》のうたげをはった。あらたな夫はうまれがいやしかった。南の海にしごとをすすめて内地にすまいをもたなかったのではじめのおどろきのあとで世の人はこんどは興ふかげに成行をながめだした。夫人にはあいてのなかにじぶんのあこがれの種子《たね》があることが、いちばんのたのみでもあり、いちばん愛しがいのあるゆえんでもあった。あこがれの熾《おき》をかきたてること、――それはこのごろ夫人のなかで今までよりずっとおおきな意味をもちだしていた。夫の死によって諦《あき》らめがある場所までかの女をたかめたとき、熾をかきたてるわざは、もはや欲求ではなく、宿世《すくせ》であり使命であらねばならぬようにおもわれた。それゆえ新たな夫はむしろみずから東京にすまいをいとなみたくおもっていたのだけれど、夫人のほうでたって南のくにへふたたび赴くことをうながした。

――船が岸壁をはなれると、はりつめていたものが失神したように、テエプはあえなく切れた。みおくる人々のあまたの色どりが、ちょうどいろんな絵具をつぎつぎとまぜてゆくように、遠ざかるにしたがってだんだん一つのさびしい色のなかにまぎれてしまった。そこでかわされた哀歓、そんなものはどこをさがしたって消えさって二度とみるべくもないものとおもわれた。「ケビンへはいろう」とあらたな夫がいった。そうして夫人はなみだをうかべてゆっくりあるいていった。そうしていると、なぜかふいにじぶんのうしろ姿を想像した。切なさのために、妻がふとよろめいたのを夫はみのがさなかった。

——じぶんの家の生活以外にたのしみをもとめえない島の日々。東京から船がつくときまってさまざまな注文品がこの邸《やしき》へとどけられた。夫が注文した品は、またアメリカからもしじゅうおくられてきた。このふたつの流行のはなはだたくみな融和が夫人のなかでおこなわれたので、たまたまここをおとずれる米人はあの「陶器の国の女王」の幻をみたかとあやまった。……こんな年月のあいだ、夫人のくるおしいあこがれはついにみたされることなく、あこがれとはたいへんはなれた処でおわったけれども、しかしまったくの破綻《はたん》と失意のうちに、その生活がとばりをおろしたとはおもわれない。なぜといって夫人自ら、都へかえることをかたくなにこばんだから。

だがこの地へきてからというもの、かの女にあのいのちの泉は涸《か》れ、あこがれの夜《よる》鶯《うぐいす》はうたう折すくなくなった。しずかな「日本の女」のおとろえが、怠惰な「島の女」の像のうえにきざまれていった。いささかのそぐわなさもなしに。……

かの女のふるい知人のひとりが、ながい南国遍歴のすえ、ひと日その邸にかの女をおとのうたことがあった。帰国してから上梓《じょうし》した紀行の一節に……

「伯爵夫人（私はいまだにこの旧称をもってしか夫人を髣髴《ほうふつ》することができぬのだ

が）は私にこんなことを言われた。

『こうしておりますといながらに海がみえてほんとうにきもちがようございます。一日の愉《たの》しみといえば、さあ、あの椰子《やし》の森のあちらに夕陽《ゆうひ》がしずむのを見ているときでございましょうね。』しかもこう云《い》われたとき、伯爵夫人のお貌にはさびしそうな翳《かげ》もやつれたいろもなかった。むしろ昔にかわらぬ、花やかなものさえ見えるように思われた。

夫人はうす暗い純白なへやのなかで、日もすがら籐椅子《とういす》によこになられたまま、編物をなさったり、本をよまれたり、奇妙な南国の小禽《ことり》に餌《え》をやられたり、ときには私にも洋酒の杯をすすめられたりしてすごされた。食事には夫君もでてこられた。永い南の旅のあいだに、私はこんな結構な料理にめぐりあったのはこの時ただ一回であった。……」

夫人はまもなくこの夫ともわかれて帰国し、いなかのひろい地所に純和風な家をたてて死ぬまでそこにすまった。そのひとり身の尼《あま》のようなくらしは、つごう四十年ちかくつづいたわけである。こし方の数奇《さつき》なとし月とうってかわって、夫人の純潔さは、世の未亡人たちのかがみともたたえられた。世人はあの苛酷《かこく》な熱帯との離婚を——夫人みずからあえてとどまっていたのだとはつゆ知らなかったから——むしろ同情のまなざしでみつめ、だまされた女としての、やや不名誉な好意をおくった。が、夫人はその山荘を訪《と》うひとに、おもい出ともぐちともつかず、わかいころの海への熾《さか》んなあこがれを、ものがたることもないではなかった。……

うらさびしい雑木林のこみちをあゆんで、のぼるにあやういような苔《こけ》むした坂にかかると、もう黒い冠木門《かぶき》がのぞまれた。船板塀《ふないたべい》のうえから葉桜や椎《しい》がくらいみどりにおいかさなっていた。老いた夫人は奥まった居間でいつも客にあった。そのへやには気のとおくなるようにないている蟬《せみ》しぐれがかすかにきこえ、石の配置のうつくしい庭じゅうに、木々の影が更紗《さらさ》のようにさざめいていた。

「どうか例の海のおはなしをなさっていただけませんか。私はそれをうかがいにお邪魔したようなものですから。」

「いいえとんでもない。——どこへ行ってしまいましたやら。あんなものずきなたのしい気分。……わたくしのどこかにでも、そんなものがのこっているようにおみえでしょうか。」

そうこたえてほのかに頰笑《ほほえ》んでみせるばかりである。しかしその後《のち》、なぜか唐突なくらいに庭をごあんないいたしましょう、おみせするようなところもございませんがといざなった。

人は、さきにたって案内《あない》してゆく老夫人の足どりのたしかさとすこやかさに、おそらく喫驚《びっくり》せずにはいられない。竹林をすぎ涼亭《ちん》をぬけ、裏手にあたるとある高台に立つと、かの女はだまって後手《うしろで》をくんでむこうをみていた。

高台には楡《にれ》や樫《かし》がしげり、まわりに紅葉がなにか高貴な液体でものんだもののように色づいていた。足もとのうずたかい落葉のうえにまたはらはらと落葉がかさなった。

そこからは旧《ふる》い町並がひとめにみわたされた。町のあちらに疎《まば》らな影絵の松林がみえ、海が、うつくしく盃盤《はいばん》にたたえたようにしずかに光っていた。小手毬《こでまり》の花のようなものが二つ三つちらばってゆるやかに移ってゆくとみえたのは白帆《しらほ》であった。

老婦人は毅然《きぜん》としていた。白髪がこころもちたゆとうている。おだやかな銀いろの縁《ふち》をかがって。じっとだまってたったまま、……ああ涙ぐんでいるのか。祈っているのか。それすらわからない。……

まろうどはふとふりむいて、風にゆれさわぐ樫の高みが、さあーっと退《ひ》いてゆく際《きわ》に、眩《まば》ゆくのぞかれるまっ白な空をながめた、なぜともしれぬいらだたしい不安に胸がせまって。「死」にとなりあわせのようにまろうどは感じたかもしれない、生《いのち》がきわまって独楽《こま》の澄むような静謐《せいひつ》、いわば死に似た静謐ととなりあわせに。……

花盛之森大尾　昭和十六年初夏

中世に於ける一殺人常習者の遺せる哲学的日記の抜萃

□月□日

室町幕府二十五代の将軍足利義鳥《あしかがよしとり》を殺害。百合《ゆり》や牡丹《ぼたん》をえがいた裲襠《うちかけ》を着た女たちを大ぜいならべた上に将軍は豪然と横になって朱塗の煙管《きせる》で阿片《あへん》をふかしている。彼は睡《ねむ》そうに南蛮渡来の五色の玻璃《はり》でできた大鈴を鳴らす。彼は殺人者を予感しない。将軍は殺人者を却《かえ》って将軍ではないかと疑う。殺された彼の血が辰砂《しんしゃ》のように乾いて華麗な繧繝縁《うんげんべり》をだんだらにする。

殺人者は知るのである。殺されることによってしか殺人者は完成されぬ、と。そしてこの将軍は決して殺人者の余裔《よえい》ではない。

□月□日

殺人ということが私の成長なのである。殺すことが私の発見なのである。忘られていた生に近づく手だて。私は夢みる、大きな混沌《こんとん》のなかで殺人はどんなに美しいか。殺人者は造物主の裏。その偉大は共通、その歓喜と憂鬱《ゆううつ》は共通である。

北の方瓏子《れいこ》を殺害。はっと身を退く時の美しさが私を惹《ひ》きつけた。蓋《けだ》し、死より大いなる羞恥《しゅうち》はないから。

彼女はむしろ殺されることを喜んでいるもののようだ。その目にはおいおい、つきつめた安らぎの涙が光りはじめる。私の兇器《きょうき》のさきの方で一つの重いもの――一つの重い金と銀と錦《にしき》の雪崩《なだ》れるのが感じられる。そしてその失われゆく魂を、ふしぎにも殺人者の刃《やいば》はけんめいに支えているようである。この上もない無情な美しさがこうした支え方にはある。……今や、陶器をさながらの白い小さな顎《あご》が、闇《やみ》の底から夕顔のように浮き出ている。

□月□日　〔意志について〕

殺人者にとって落日はいとも痛い。殺人者の魂にこそ赫奕《かくえき》たる落日はふさわしいのだ。落日がもつ憂鬱《あや》は極度に収斂《しゅうれん》された情熱から発するところの瘴気《しょうき》である。美そのものをさえそれは殺害め得るのである。

乞食《こつじき》百二十六人を殺害。この下賤《げせん》な芥《あくた》どもはぱくぱくとうまそうに死を喰《く》って了《しま》う。殺人者の意志はこの上もなく健康である。

汚醜のこぞり集った場所での壊相《えそう》は、そして、新らしい美への意志――といわんよりそれがそのまま徹底した美の証《あか》しとみえる。もはや健康という修辞がなんであろうか。

臭気の風が殺人の街筋をとおりすぎる。人々はそれに気づかない。死への意志がこの美しい帆影ある街に欠けている。

□月□日

能若衆花若を殺害。その唇《くちびる》はつややかに色めきながら揺れやまぬ緋桜《ひざくら》の花のように痙攣《けいれん》する。能衣裳《いしょう》がその火焔《かえん》太鼓や桔梗《ききょう》の紋様をもって冷たく残酷に且《かつ》重たく、山吹の芯《しん》に似た蒼白《そうはく》の、みまかりゆく柔軟《にゅうなん》な肉体を抱きしめている。私の刀がその体から引き抜かれる。玉虫色の虹《にじ》をえがきつつ花やかに迸《ほとばし》る彼の血の為に。……享《う》けることに忠実であった少年が、今や殺人者につかのまの黙契を信ずる。失われゆくものを失わしめつつ殺人者も亦《また》享けねばならない。殺人者はその危《あやう》い場所へ身を挺《てい》する。かくて彼こそは投身者——不断に流れゆくもの。彼こそはそれへの意志に炎《も》えるものだ。恒《つね》に彼は殺しつつ生き又不断に死にゆくのである。

□月□日　〔殺人者の散歩〕

春のうつくしい一ト日を殺人者はのびやかに散歩する。彼の敬礼は閑雅である。春の森は彼を迎えて輪廻《りんね》そのもののようにざわめいている。小鳥がうたう、わたしも歌おう、小鳥ようたえ、わたしも歌おう。無遍に誘われると、そこではうたがうたわれた。

しかし今、快癒《かいゆ》の季節。待つことから癒《い》え、背《そむ》くことから癒え、すべての約束からの快癒のそれほど、彼――殺人者の胸を痛ましむる季節はない。彼にはどんな病患よりも快癒は無益《むやく》とおもわれた。そこへ身を投げることが彼はできない。その場所では彼は投身者になれないのだ。

殺人者はさげすんだ、快癒への情熱を。花が再び花としてあるための、彼は殺人者ではないのだった。ただ花が久遠《くおん》に花であるための、彼は殺人者になったのだった。

こうした考えは彼の闊達《かったつ》な足どりを、朝露にぬれた蝶々《ちょうちょう》の飛行《ひぎょう》のように、少しばかりたゆたわせた。春の雲がうかんでいた。森がゆたかな風のなかに白い葉裏をひるがえしていた。

それ故《ゆえ》彼には痛いのだった。森や泉や蝶鳥《ちょうとり》や、満目のうれわしい花鳥図。径《こみち》と太陽。それらに色どられるすべての時象が。……

彼に痛みを促すものは、それは悔いではないだろう。生を追いつめゆく彼の目に涙を点ずるものは悔いではない。それはおそらく彼自身の健康であろうもしれない。季節の流域をさまようために彼は新らしい衣裳をもたないのだった、その健康をも戮《ころ》し得ぬ彼自身の兇器は。兇器は万能ではないのだ。かつて侮蔑《ぶべつ》の表情が彼に於《お》てほど高貴にみえたか。また痛苦への尊崇が彼に於てほど怯惰《きょうだ》にみえたか。彼の魂はあてどなくすすり泣き、世界にあってこよなくたおやかなもののために、さては自《みずか》らかかるものたらんがため、彼はふたたび己《おの》が兇器に手をかける。

□月□日

彼――殺人者をよろこび迎えてうたえる諸《しょ》にんのうた。

＊

あな冥府《めいふ》の風吹きそめたり
物暗きみ空の果
日は西風に
爛漫《らんまん》と沈みゆきぬ

（罪の光はわが身に充《み》ち
姿透《す》くがにかがよいたり）

諸人《もろびと》にとりて他者《たしや》
神々にとりて他者
さて花のごとく全《すべ》てなる――
轟々《ごうごう》と沈みゆきぬ

迎えなん　熟《う》るるものよ
その力をもちて転瞬に哭《な》き
その嘆きをもちて久遠に殺せ！

＊

□月□日
遊女紫野を殺害。彼女を殺すには先《ま》ずその夥《おびただ》しい衣裳を殺さねばならぬ。彼女自身にまで、その衣裳の核――その衣裳の深く畳みこまれた内奥にまで、到達することは私にはできない。その奥で、彼女は到達されるまえにはや死んでいる。一刻一刻、彼女は永遠に死ぬ。百千《ももち》の、億兆の死を彼女は死ぬ。……

もはや彼女にとって死ぬということは舞の一種にすぎなかったのだ。舞が嘗《かつ》て彼女のなかに宿ってから、世界は再び舞であった。月雪花《つきゆきはな》、炎《も》えるもの、花咲くもの、イ《たたず》むもの、流れつつ柵《しがらみ》にいさようもの、それらすべては舞であった。遊女紫野が眠っているとき、舞はその額のあたりに薫《かぐ》わしく息づいていた。

朱肉のような死の匂《にお》いのなかで彼女は無礙《むげ》であったのだ。彼女が無礙であればあるほど、私の刃はますます深く彼女の死へわけ入った。そのとき刃は新らしい意味をもった。内部へ入《はい》らずに、内部へ出たのだ。

紫野の無礙が私を傷つける。否《いな》、無礙が私へ陥没《お》ちてくる——。

陥没から私の投身が始まるのだ、すべての朝が薔薇《ばら》の花弁の縁《ふち》から始まるように。

殺人者はかくてさまざまなことを知るであろう。(げに殺すとは知ると似ている)

陥没への祈りがあること、投身者こそ世界のうちで無二のたおやかなものであらねばならぬこと。それらのことを薔薇が曙《あけぼの》を知るように極めて聡《さと》く私たちは知るであろう。

□月□日

きょう殺人者は湊《みなと》へ行った。明《みん》へ向う海賊船が船出の用意をしていた。磯馴松《そなれまつ》に朝日が射《さ》した。

彼は友人の一人である海賊頭《がしら》と出逢《であ》った。海賊頭は彼を伴って碇泊《ていはく》している船の一ト間へ案内した。珊瑚《さんご》をたわわな果実のようにつけた碇《いかり》が瑠璃《るり》色の水の中へ下りていた。みしらぬ午前が、そこを領していたのである。

「君は未知へ行くのだね！」と羨望《せんぼう》の思いをこめて殺人者は問うのだった。

「未知へ？　君たちはそういうのか？　俺《おれ》たちの言葉ではそれはこういう意味なのだ。――失われた王国へ。……」

海賊は飛ぶのだ。海賊は翼をもっている。俺たちには限界がない。俺たちには過程がないのだ。俺たちが不可能をもたぬということは可能をももたぬということである。

君たちは発見したという。

俺たちはただ見るという。

海をこえて海賊はいつでもそこへ帰るのである。俺たちは花咲きそめた島々をめぐるとき、その島が黄金の焔《ほのお》をかくしているのをかぎつける。俺たちは無他だ。俺たちが海をこえて盗賊すると、財宝はいつも既に俺たちの自身のものであった。生れながらに普遍が俺たちに属している。新たに獲られた美しい百人の女奴隷《どれい》も、俺たちを見るや否やいつも俺たちのものであったと感ずるのである。創造も発見も、「恒《つね》に在った」にすぎないのだ。恒にあった。――そうして無遍在にそれはあるであろう。

未知とは失われたということだ。俺たちは無他だから。

殺人者よ。花のように全《また》けきものに窒息するな。海こそは、そして海だけが、海賊たちを無他にする。君の前にあるつまらぬ閾《しきみ》、その船べりを超えてしまえ。強いことはよいものだ。弱者は帰りえない。強いものは失いうる。弱者は失わすだけである。向うの世界が彼等の目には看過される。

海であれ、殺人者よ。尾上《おのえ》の松に潮風が吹きよせると、海賊たちの胸の中で扇のようにはためくものがあった。俺たちも亦、八幡の神に幣《ぬさ》を手向けて祈るのである。俺たちの祈りは、既存への、既定への祈りである。何ゆえの祈りというのか。無他なるものの祈りはいつもこうなのだ。

海であれ、殺人者よ。海は限界なき有限だ。玲瓏《れいろう》たる青海波《せいがいは》に宇宙が影を落すとき、その影は既にあったのだ。

赭土《あかつち》の丘のうしろからものめずらしげに現れた教誨師《きようかいし》たちは俺を見ると畏怖《いふ》してひざまずいた。紺碧《こんぺき》の海峡の潮《うしお》の底を青白い鱶《ふか》の群が真珠母《しんじゆぼ》をゆらめかせて通った。八幡の旗かげにはいくたびか死が宿ったが、南の島々から吹く豊醇《ほうじゅん》な季節風がすぐさまそれをはらうのであった。

「何を考えているのか、殺人者よ。君は海賊にならなくてはならぬ。否、君は海賊であったのだ。今こそ君はそこへ帰る。それとも帰れぬと君はいうのか。」

殺人者は黙っていた。とめどもなく涙がはふり落ちた。

他者との距離。それから彼は遁《のが》れえない。距離がまずそこにある。そこから彼は始まるから。

距離とは世にも玄妙なものである。梅の香《か》はあやない闇《やみ》のなかにひろがる。薫《かおり》こそは距離なのである。しずかな昼を熟《う》れてゆく果実は距離である。なぜなら熟れるとは距離だから。

年少であることは何という厳しい恩寵《おんちょう》であろう。まして熟し得る機能を信ずるくらい、宇宙的な、生命の苦しみがあろうか。

風のためにむこうの繁《しげ》みが光る。風が身近に来たときは繁みは曇っている。風はそのようにしてわれらの心のうえを次々と超えるであろう。世界が輝きだすのはそういう刹那《せつな》である。

花が咲くとは何。秋のすがれゆく日ざしのなかで日ましにうつろいつつある一輪の菊が、なぜ全けく、なぜ輪郭をもつのか。なぜそれは動かしがたいか。なぜそれは崩壊の可能性にみちているか。そして、なぜそれは久遠でありうるか。

海賊に向って、限界なきところに久遠はないのだ。と言ってみたとて何になろう。ために殺人者の涙は拭《ぬぐ》われはせぬ。そんなことでは拭われない。

一つの薔薇が花咲くことは輪廻の大きな慰めである。これのみによって殺人者は耐える。彼は未知へと飛ばぬ。彼の胸のところで、いつも何かが、その跳躍をさまたげる。その跳躍を支えている。やさしくまた無情に。恰《あた》かも花のさかりにも澄み切った青さをすてないあの萼《うてな》のように。それは支えている。花々が胡蝶《こちよう》のように飛び立たぬために。

海賊よ、君は雲雀《ひばり》山の物語をきいたか。花を售《う》らんがための佯狂《ようきよう》に、春たけなわの雲雀山をさまようた中将姫の乳人《めのと》の物語は、たとしえもなく美しい。花を售ろう、海賊よ。そのために物憂《う》げな狂者の姿を佯《いつわ》ろう。

□月□日

肺癆《はいろう》人を殺害。その蟹《かに》の骨に似た肋骨《ろつこつ》を、その青みどろのような脳髄を、その胡桃《くるみ》の殻《から》の内側のような頑《かたく》なな耳を、私はかねがね憎んでいた。しかし今、それらは私を頰笑《ほほえ》ませる。何というユウモアである。何という洒落《しやらく》な表現である。肺病人の「あなたまかせ」は。彼らの暗黒時代風な処世術は。

　そこでは原始人が一番文明人にちかい。昼は夜とそっくりである。

(「夜の貴族」の末裔《まつえい》は死に対するエレガンスを心得ている。彼らには殺されるのすらおおきな敬意のしるしと思われた。)

　こうした生き方――松島の沙《いさご》づたいにしずかに退《ひ》いてゆく潮《うしお》のような生き方は、かつてもっと花やかに荘厳《しようごん》されていたのであった。螺鈿《らでん》が今や剝《は》がれおちる。このとき夜のうら側に昼とはちがったあるみしらぬ時刻が閃《ひら》めくのを、誰ひとりみたものはなかったのか。

　無為の美しさを学び知るには覇者《はしや》の闊達が要るのである。死せる室町の将軍たちは蒔絵《まきえ》のような夜と戦いながら蒔絵のような無為のなかで睡《ねむ》った。流れるものが小止《おや》みなく緊張する。それこそは無為である。熟るる歩みを知るのは無為あるばかりだ。天然のつねにはかくされた濃淡を、覚《さと》り得るのは。……

　そこでは投身の意志さえも候鳥《こうちよう》のように闊達だから、意志は憧《あこが》れとしかみえないと、言った人はなかったのか。

　春の小鳥が桜さく高欄にきて啼《な》くときに、雲の去来のいつもより激しくなるときに。

……夏が訪れ雲はしずかに炎《も》え、やがて秋、豊けさを支える季節に。……鎧《よろい》を着て傷つかぬものは鎧だけだと、誰ひとり呟《つぶや》いたものはなかったのか。殺人者はうたうであろう。君たちは怯惰《きょうだ》である。君たちは怯惰である。君たちは怯惰である。君たちを勇者という。

□月□日

殺人者は理解されぬとき死ぬものだと伝えられる。理解されない密林の奥処《おくが》でも、小鳥はうたい花々は咲くではないか。使命、すでにそれがひとつの弱点である。意識、それがすでにひとつの弱点なのだ。こよなくたおやかなものとなるために、殺人者は自《みず》らこよなくさげすんでいるこれらの弱点に、奇妙な祈りをささげるべき朝をもつであろう。

遠乗会

葛城夫人のような気持のきれいな母親に、こんな苦労を背負わせた正史はわるい息子である。彼の事件以来、夫人は食物も咽喉《のど》をとおらず、夜もおちおち眠れない。息子の将来が心配である。世間態《てい》も繕わねばならない。加之《のみならず》、侍従職の良人《おっと》の進退の問題がある。息子の事件が明るみへ出れば、良人はお上《かみ》へ対して、また世間へ対して、責任をとって身を退《ひ》かねばならぬ。万一そうなれば葛城家の収入は途絶えるのである。

正史は友達の自転車を盗んで売ったのであった。

とうとう新聞にだけは出ないですんだ幸福を、葛城夫人は誇張して考えたが、こんな考え方には彼女の偏見があった。世間はすでに侍従の息子の些々《ささ》たる窃盗事件などに興味を抱かない。

彼女は不起訴処分にしてもらった息子を仙台の物堅い教育者の家庭へあずけてしまうと、(勿論《もちろん》こういう処置は、夫人の偏見を考慮の外におけば、どう考えても感心できる処置ではないが、)ほっと安心して、今度は甘い母性愛の涙に心おきなく耽溺《たんでき》した。三日にあげず息子に長い手紙を書いた。好物の菓子とコンビーフの缶詰を送ってやった。間もなく預り手の家長からの手紙が、正史にホームシックを起させるにすぎない手紙や小包は、差控えられたいと忠告して来たのである。夫人はこうして生活の唯一《ゆいいつ》の慰めをも失った。

息子に対してとった賢明な処置への反省が彼女を苦しめるのはこういうときだった。いっそ息子を呼び戻そうかと思う。しかしまた言いしれぬ享楽の本能が夫人にはあって、こんな苦しみをいとおしむ心が息子をいとおしむ心に似る時には、むしろ息子に対して冷たい処置をとった自分を罰するために、いつまでもこの苦しい離れ居がつづいてくれることを希《ねが》いもした。

或《あ》る日、葛城夫人は息子宛《あて》の遠乗会の案内状をうけとった。それは良人名義で入会している乗馬倶楽部《クラブ》からの、家族会員に宛てられた案内状である。息子のところへ来た書状は仙台へ転送することにしているが、こんな案内状を転送しては、無益なばかりか謹慎の生活の遣瀬《やるせ》なさを増すたねになろう。破ってしまうに越したことはない。夫人は破ろうとして、ふと思いついたことがあったので、破るのをやめた。

正史が自転車を盗んだのは、或る女に贈り物をするためであった。その女は過大な要求をするものだから、正史は葛城夫人が月々あてがってやる、学生には十分の筈《はず》の小遣の不足を訴え、はじめのうちこそその都度言いなりに与えていた母親が、或る時きっぱりと断ると、友達同士のポーカアの賭事《かけごと》で金儲《もう》けを狙《ねら》ったあげく、正史に支払いきれない負債を与えたポーカア友達の自転車を、腹癒《はらい》せ半分に盗んで売り飛ばし、そしらぬ顔でその負債を支払った残額を、又しても贈り物の費用に宛てたのであった。何が仕合せになるかわからぬものである。正史の不起訴は、盗まれた側が常習賭博《とばく》罪の発覚をおそれて示したあいまいな態度に負うところが大だった。

正史がそうまでして歓心を買うことに汲々《きゅうきゅう》としていた女は、葛城夫人のまだ見ぬ人であった。その名は大田原《おおた》房子《わらふさこ》というのである。正史からようやくきき出せたことは、彼女が同じ倶楽部の会員であるというぐらいのもので、名前は盗まれたポーカア友達の口から夫人が辛《かろ》うじてきき得たにすぎない。年齢もわからない。容貌《ようぼう》もわからない。正史は何枚かの写真をもっていたらしいが、母親の目には触れさせなかった。

夫人の縁辺と交友範囲には、大田原姓を名乗る人は見当らなかった。そういう姓を聞かないではない。しかし女が大田原夫人であるか、大田原令嬢であるか、それさえも判断の目安がつかない。

葛城夫人がまだ見ぬ房子に抱いている感情は、（おかしなことに思われようが、）決して敵意ではなかった。およそ憎悪《ぞうお》の本能が葛城夫人に闕《か》けていた。と謂《い》って野放図のお人よしというわけではない。彼女は憎悪や敵意を以《もっ》て人を判断したり評価したりする習慣をもたなかったので、いきおい夫人の寛容はさまざまな用途に振当てられ、ふつう敵意を以てしかできないような行動をも、寛容自体が微笑《ほほえ》みながら敢《あ》えてすることにもなった。彼女が大田原房子に会いたいと希いだしたのは、繰り返していうように敵意ではない。しかしこの単純な好奇心のどこやらに髪ふり乱した熱情の疼痛《とうつう》がひそんでいた。

大田原房子は必ずや遠乗会に現われるに相違ない。会って事情をきき、葛城夫人は自分に得心のゆくような返答をうけとらねばならない。

彼女は申込の電話をかけた。婢《ひ》に命じて久しく使わない乗馬服の手入れをさせ、長靴《ちょうか》を念入りに磨《みが》かせた。

遠乗会の当日は四月二十三日の日曜日である。

倶楽部の持馬に比して参加者が数多いところから、行程は三組に分けられている。第一班は早朝丸の内の倶楽部を出て、午前九時すぎに市川橋に到着する。そこで一行を待っていた第二班がこれに乗り継ぎ、目的地の千葉の御猟場へむかう行程を、第一班は出迎えの乗合自動車に便乗して先行するのである。目的地にはすでに第三班が到着している。全員はそこで中食をしたため、午後にいたって、直線距離の還路を騎乗の第三班が辿《たど》るのであった。

葛城夫人は申込の電話をかけたあとから、又もしや房子の参加せぬ場合の懸念《けねん》にかられて、大手門内の倶楽部を訪れた。幸い房子の参加申込は第一班の項に記載されている。割当てられた馬は「楽陽《らくよう》」である。夫人は第二班の「楽陽」の項に自分の名を記した。馬割《うまわり》の係りの人がこれを承認した。このおかげで大田原房子を人ちがいする惧《おそ》れはなくなったのである。なんの予備知識もなしに、息子を堕落させた女とはじめて相見《あいまみ》える興味は異様に募って、葛城夫人は房子について何事も訊《き》かずに帰った。

天候の気遣われた当日は、低く垂れ込めている雲のたたずまいを薄汚れた光りが満たしていたが、折にふれて空の明るむ具合は、雨の来そうもないことを予知させた。葛城夫人は乗馬服姿で市川駅に下り立った。磨き立てた長靴の踵《かかと》には黄金鍍金《きんめっき》の拍車がかがやいている。手には猟犬の頭部の飾りがついた独逸《ドイツ》製の鞭《むち》を携えている。夫人は四十八歳である。その優雅な和紙のような脂気《あぶらけ》のすくない肌《はだ》は、白粉《おしろい》を要せぬほどに匂《にお》いやかに白い。笑うと、額の横皺《よこじわ》と笑窪《えくぼ》とが同時に歴然とあらわれる。この横皺は決して衰えのしるしとは見えず、却《かえ》って粋《いき》でコケティッシュな表情の素描に力を添える。客観的に見ればそう見えるのに、葛城夫人の心のうごきほど媚態《びたい》に縁の遠いものはなかったろうから、彼女の表情は彼女の内心を公然と裏切りつづけて来たことになる。つまり夫人には雇っている代言人の不実に気づかない程度の人のよさがあったのである。

もうすこし敏捷《びんしょう》に目を働かす人が見れば、葛城夫人の本来の美しさは、そういう仮想の若さ以外にあるべきことを見抜いたであろう。それはいわば美がようやく真実に一歩を譲りだした謙虚な諦念《ていねん》の美しさであり、これこそはまことの優雅であった。

市川市の朝の商店街の店員たちは、さっきから見馴《みな》れぬ行人の姿に目をみはってい た。紳士がとおる。少年がとおる。いずれも乗馬服に長靴のいでたちである。わけても葛城夫人の蝶《ちょう》ネクタイと長靴との気の利《き》いた取合せは、路傍で遊んでいる子供たちの目には甚《はなは》だ奇異に映ったものか、彼女のあとをものめずらしそうにつけて来た。しかし夫人がこの無遠慮な従者たちに気づいたのは、ふと物思いからさめて、街角の交番で、市川橋の在処《ざいしょ》をたずねたときである。

「何かあるんですか」と若い警官は不審そうに問いかえした。

「さっきから何度も同じことをきかれるんでね」

葛城夫人は簡単に答えて教えられた道をいそいだ。橋詰にはすでに五六人の会員が立っていて、夫人の姿を認めると遠くから挨拶《あいさつ》を投げかけた。

なかに蓮田《はすだ》医学博士夫妻は顔見知りの仲だったので、葛城夫人は蓮田夫人と話した。

十分たった。九時をすでに二十分も廻《まわ》っている。

「遅うございますことね」

と蓮田夫人が言った。

騎馬の一行の来るべき道は対岸の堤である。この江戸川を隔てて、千葉県と東京都が相対している。こちらの岸は千葉県である。向う岸は東京都である。市川橋は自動車の往来がはげしい。左方三百米《メートル》ほどのところには時折省線電車のゆきすぎる鉄橋が架《かか》っている。第一班はその橋架の下の河原をとおって、ふたたび堤へ上って、市川橋の西詰からこちらへ渡って来る筈《はず》である。

草深い河原はところどころに静かな水を湛《たた》えている。風がかけすぎる。水面には、パッと粉を撒《ま》いたように漣《さざなみ》が立った。

「やあ、見えた、見えた」

一人の少年が雀躍《こおどり》してこう叫んだ。その拍車は鳴りひびき、その踵は、ために小さな砂利の二つ三つを堤の勾配《こうばい》にころがした。

あたりはしかも漠々《ばくばく》たる風景である。河原の眺《なが》めというものはいつもそういうものであろうか。川を央《なか》にした、この一見無為な広すぎる領域は、曇り空の下に、まるでどこかの人跡稀《まれ》な曠野《こうや》の部分図、荒れはてた平原の模写と謂《い》ったような悲哀のいろを漂わせている。市川橋のトラックや乗用車の騒々しい行き交い、その警笛の響き、橋の黒い鉄骨の倨傲《きょごう》な聳《そび》えかた、これらと河原の寂寥《せきりょう》とは、おたがいに無関心に存在していることで、風景そのものに却って暗い不安な緊張を醸《かも》し出すのに役立っているように思われる。対岸にははるかかなたに工場街の林立した煙突が、低い雲のいろと紛れがちな煙をあげているのが望まれる。

少年をして「見えた」と叫ばせた最初の騎影は、大人たちの目にはなかなか見えなかった。馬の来るべき道は決っている。左方の鉄橋の下をくぐって現われるに相違ない。

葛城夫人は、じっとそのあたりを凝視した。すると樹《こ》がくれに露《あら》わな崖《がけ》の赤土の色と見えたものが、身を起し、動き、躍り上った。先達《せんだつ》の一騎である。馬は堤の勾配を稲妻形にのぼってゆく小径《こみち》にかかった。そして堤の上に止って、乗り手が鞍《くら》の上で身を捩《よじ》り、自分の来た方向を見透かすようにする姿勢が、今度は可成明瞭《かなりめいりょう》に目に映った。もとより顔かたちは定かではない。

間もなく鉄橋の下からは二三頭の白馬をまじえた一行が現われた。それらは列を乱して、先達の一騎と同じ道を辿ったので、一頭々々は同じ木立の影に見えつ隠れつした。

これを見ると先達の一頭は速歩で市川橋の西詰をめざして進み、これにつづく馬をますます引離して、すでに橋梁《きょうりょう》をわたりはじめた。トラックが来る。乗用車が来る。それに伍《ご》して鉄骨沿いにやって来る栗毛《くりげ》の一頭は、まだ乗り手が誰ともわからぬうちから、自動車の警笛や自転車のベルの音《ね》をつんざいて、高らかな蹄《ひづめ》の音を、コンクリートの橋の上に戞々《かつかつ》とひびかせた。

「室町《むろまち》だよ」

「嘘《うそ》だあ。鼻が白いもの、明潭《めいたん》だよ」

「明潭じゃないや。きっと山錦《やまにしき》だよ。首をやたらに振る癖があるもの。絶対に山錦だよ」

少年たちは言い争っている。雲が裂けて、薄日がさした。鉄骨の幾何学《きかがく》的な交錯は、そのあまり明瞭でない影を橋の上に落した。馬はようやく、この影の交錯のなかをくぐって来る乗り手の容貌《ようぼう》が定かに目に映るまでの距離へ到達した。

乗り手は無髯《むぜん》である。しかし鳥打帽の下からあらわれた髪は、すでに生糸のように白くて光沢がある。彫塑《ちょうそ》的な容貌、高い鼻、鋭い目、鞏固《きょうこ》な顎《あご》、どれひとつとして際《きわ》立った特徴のあるものではないが、整然たるその配置は、この初老の紳士が、生涯《しょうがい》を組織と規律と意志との完全な融合の生活裡《り》に送って来たことを物語っている。少しも柔弱さのない容貌、楷書《かいしょ》のような骨太なその容貌、それが日焦《や》けのした皮膚と相俟《あいま》って、年齢の腐蝕《ふしょく》作用を受けない一個の剛毅《ごうき》なブロンズの仮面のように見える。地味な英国風の仕立の上着、白手袋、……彼の寛闊《かんかつ》な乗りざまは、乗馬を家常茶飯《かじょうさはん》の一つに数えて来た人だけが身に着けるものである。巧みな制馭《せいぎょ》によって、馬の足並は身近をすぎる自動車の警笛にも乱れない。

「やっぱり明潭だ」と少年が叫んだ。

しかし葛城夫人は乗り手を見て愕《おどろ》いた。それは由利将軍であった。

この思いもかけぬ人に会うべき成行は、ほとんど奇蹟《きせき》的なものに夫人には思われた。それはあまりの意外事であったために奇蹟的だというのではなく、このごろ折にふれて由利氏の上《うえ》を思うことの多い夫人の心の状態に照応して、たまたま彼に会う成行きになったことが奇蹟的だと思われたのである。われわれのひそかな願望は、叶《かな》えられると却って裏切られたように感じる傾きがある。

ほぼ三十年前に彼女は当時大尉であった由利氏の求婚を拒んだ。何の理由もなく、嫌悪《けんお》もなく、強制もなしに、である。この結婚は、両家の家柄《いえがら》や財産状態を考えても、当人同士の十歳あまりの隔たりを考えても、何ら障害のない、これと謂って非難すべき点のない縁組であった。それにもかかわらず、ほんのちょっとした少女の驕慢《きょうまん》が、それを拒ませたのである。障害のなかったこと、二人の結びつきを妨げるべき何ものもなかったこと、他《ほか》ならぬこれらの好条件が、彼女には自分の自由に対する侮辱のように思われた。別段強《し》いられた縁組ではなかったのに、鋭敏な彼女は危険を全身で感じる兎《うさぎ》のように、この整いすぎた好条件の無言の強制力、何ら妨げのないということそのこと自体が彼女を決定してしまうその理不尽な力を予感した。しかしこういう少女の驕慢な心は、概《おおむ》ね不測の脆《もろ》さと隣り合せに住んでおり、むしろ脆さの鎧《よろい》である。次の縁談があったとき、以前のような拒否がもたらす意外な心のうつろを悔いた彼女は今度はろくろく相手の顔も見定めずに、両親の言いなりになって承諾した。そうして彼女は葛城氏に嫁《か》した。

結婚すると、夫人は子供っぽくなり、いっそう純潔になり、のどけさと頑《かたく》なさを身につけた。気むずかしい判断を下すことに長《た》けた怜悧《れいり》で驕慢な少女は姿を消した。ある意味では、結婚してから却って彼女は本当の少女らしくなったのである。外見上のあらゆる少女らしさが、少女の年齢をすぎてのち、はじめて十全にそなわる彼女のような性格、性格と謂って適当でなければ彼女のような素質、それはあたかも花と葉とが決して相逢《あいあ》わない辛夷《こぶし》の樹のような悲劇的な素質である。葛城夫人のなかではいつも季節外《はず》れの部分が残されていた。そして五十に近い今、夫人は汚《けが》れを知らない子供のようであった。

このごろ由利将軍の名があちこちで囁《ささや》かれるのを彼女は耳にしていた。将軍は篤実《とくじつ》な、決して豪快とはいえないが廉直《れんちょく》な、まったく政治に関《かか》わらない軍人であった。彼の名はなお好意を以て囁かれていた。彼が征服した幾多の地方は敗戦によって曠《むな》しくなり、彼の輝やかしい征服の行為は記憶のなかに薄れてしまったが、時の宰相と衝突して退役を命ぜられた経歴が、のちになって戦争裁判にかけられる廻り合せから彼を救った。彼の名前は英国流の正義感と一緒にされていた。そして将軍の抱懐していたキプリング流の無邪気な帝国主義は、今では役立たずになったことで却って値打を増した骨董《こっとう》のように珍重されていた。彼は今日すでに死にたえた古い正義、廉潔、忠心、信義、礼節などの見事な権化《ごんげ》だったのである。そんな権化が今時《いまどき》どうやって生活して行けるかという詮索《せんさく》は無用であろう。

葛城夫人は彼の恒久不変の愛情を信じていた。永の年月、彼女が由利氏と会う機会をことさら避けて来たこれが唯一《ゆいいつ》の理由だ。彼の求婚を拒んだこと、この一つの事柄が、時の水のなかに涵《ひた》されて、水中花のように花弁をひろげて咲き誇るにいたった。それは夫人のあらゆる夢想の素材になった。もしあのとき……もしあのとき。その蓋《がい》然《ぜん》性の詳細な点検は、彼女をさまざまな有りうべかりし生活のなかに活躍させた。もっとも不幸な蓋然性でさえ、空想に於《お》いては夫人を娯《たの》しませた。

『あの人がもしひどく貧しくなっていて、私がかつぎ屋でもやらなければ暮らせなくなったとしたら、どうだろう。そんな闇屋《やみや》が家へも来るわ。あれは元海軍大佐夫人だというけれど、本当にお気の毒だ。でも私だってやれないことはないかもしれない。私だったら、もっと愛嬌《あいきょう》よく、器用に商いが出来るだろう』

空想というものは、一種専制的な秩序をもっている。今では葛城夫人は、由利将軍の人格的な立派さ、道徳的な潔癖さ、なかんずく伝えられる素行上の物堅さが、すべて彼女に対する永いひめやかな愛の証《あか》しだと信じていた。彼女はすげなさを装った恋人の自負と、教育者の自負とを併《あわ》せ持つのであった。

馬から下りると、由利氏は早速人々に囲まれた。馬上豊かに見えたこの人も、地上に下りると背丈の少しばかりの不足が目立った。彼は鳥打帽子を脱いで、額の汗を拭《ふ》いた。その白髪はまことに美しく波立った。

「皆さんが遅刻なすったのでね。むこうを出るのが遅れたんですよ。定刻に集まられたのは三人ですからな」

「明潭は今日の調子はどうですか?」

いちばん小さい少年がこう訊《たず》ねた。

「出るときは大分張ってましたが、今はもう大分くたびれておる。右のうしろ足がもともと具合がわるいのでね。気をつけてやって下さい。この次はあなたですか？」

慇懃《いんぎん》な口調で訊ねられて、少年は口ごもった。

「いいえ、僕は玄武《げんぶ》です」

玄武は初心者用の老馬であった。

「わたくしでございます」

と蓮田博士が名乗り出た。博士が乗るとき儀礼上由利氏は手綱をとって馬を控えた。明潭は汗のために濡《ぬ》れてけば立った横腹を大きく波打たせて呼吸を整えていた。

そのとき由利将軍と葛城夫人は目を合せた。夫人は思わず微笑した。元将軍は容易に頬《ほお》を弛《ゆる》めない。彼は丁寧に深い会釈《えしやく》をした。この会釈には、どこやらに、誰だかさだかに思い出さないがともかく礼を失しないように、という調子があった。しかし夫人はこの丁重な会釈に満足した。

『あのお年でまだお若いころのようにはにかみやだ。人前を憚《はばか》っていらっしゃるんだわ』

と夫人は考えた。

二人は殆《ほとん》ど言葉を交わす暇がなかった。一行が続々と到着したのである。忽《たちま》ち市川橋の橋詰は、二十頭ちかい馬で雑沓《ざっとう》した。第一班の人たちはおのがじし堤へ馬をとめて下りた。子供たちが遠まわしにこのふしぎな集会の見物に輪を作った。

「楽陽はどなたでございますか？」

砂塵《さじん》のなかを片手でしなやかに馬を引きながら、こうきいてまわっている令嬢がある。年は十七八にしか見えない。仕立のよい紺の乗馬服の胴はくびれて、まるで双の掌で抱えることのできそうな細い胴を目立たせている。髪はのびやかに、丸顔の目は大そう涼しい。その美しさは女雛《めびな》の美しさで、大儀そうな長靴の足もとは、どこか不器用な、わがままに育った少年のような風情《ふぜい》がある。いたいたしい快活さとでも謂えるものが、激しい運動のあとでもえ立った頰の曙《あけぼの》いろに窺《うかが》われた。一ト目見るなりその少女は葛城夫人の気に入った。

「楽陽はどなたでございますか？」

少女はもう一度こう言った。声は含羞《がんしゅう》に打ち消されて、ほとんどきこえない。

葛城夫人は放心からさめた。彼女は少女のほうへ近づいた。それが大田原房子であった。

「どうもありがとうございます」

夫人は手綱をうけとってこう言った。令嬢は笑いながら溜息《ためいき》をついて、両手をあげて髪をうしろへ束ねるような仕草をした。眉《まゆ》がすこし濃く、眉と眉とのあいだ、唇《くちびる》のまわりにも、蒲公英《たんぽぽ》の絮《わた》のような生毛《うぶげ》がある。

「これで安心！　この馬とても意地がわるうございますの。いじめられどおしでございましたの」

「癖がありますの？」

楽陽は神経質な血走った横眼で夫人を見た。

「癖って別に。ただ怠けて列を外れようとばかりいたしますのよ。みんなに追いつこうとするだけで、くたくたよ」

「出発！」と第二班の先達が白馬の上で叫んだ。葛城夫人は匆々《そうそう》に乗った。名乗り合う機会は失われた。馬が隊伍《たいご》を組んで江戸川堤を並足で歩きだしたとき、馬上の葛城夫人はふりむいて房子の姿を探した。同じような年頃《としごろ》の二三人の少女のなかから、房子が白い手袋の手を振っている。葛城夫人は鞭《むち》を逆さに高々とかかげて、これに応《こた》えた。

二十頭は二列を組んで草の青みかけた江戸川堤を速歩で走った。日は再び曇り、川面は澱《よど》んだ空のいろを映している。釣《つり》をしている人が点々と川ぞいにうしろ姿を見せているのが、時ならぬ騎馬の一隊にふりかえって、これを見送る。竿《さお》が上る。釣糸がひるがえる。葛城夫人は鈍い楽陽をたえず鞭打ってはげましながら、この単調な動作に援《たす》けられ、今しがた会った一人の初老の男と一人の子供のような少女の上にかわるがわる思いをめぐらした。この思考には何かしら錯雑した問いかけがあった。何ものかが彼女のなかでためらう。笑う。逡巡《しゅんじゅん》する。夫人ははっきりとその名を与えることのできない不安に悩んでいたのである。道ばたの煉瓦《れんが》造りの硝子《ガラス》工場から犬が走り出て吠《ほ》えかけた。道のまんなかに臥《ね》ていた黒牛が、風を切って走ってくる馬の群におどろいて、周章狼狽《ろうばい》して河原へ駈《か》け下りた。牛の駈ける姿は、都会ではあまり見ることができない。この頭陀袋《ずだぶくろ》のような獣のあわてようが馬上の一行を笑わせた。

やがて一行は並足に戻って、長い木橋を渡りだした。

葛城夫人は今しがたの疾走で、風がかきみだした髪へ手をやった。風は彼女の顔にまともに吹きつけ、彼女の物思いから秩序を奪い、ただ荒れはてた一抹《いちまつ》のさびしさをのこしたのであった。どんな思考の結果として、こういう情緒が残されたのか、その跡形《あとかた》はもはや辿《たど》れない。現に味わうことのできるのは、この説明しがたいさびしさだけである。強《し》いてその原因を探ろうとはしたくない。

橋をわたると一行は行徳《ぎょうとく》の町のコンクリートの通りへかかった。急に響きを高めた蹄の音が、葛城夫人を我に返らせた。
「また自動車！　あたくしの馬は今日はヒステリーだわ」
傍《かたわ》らを通る赤い郵便自動車に脅《おび》えて足並の乱れた馬を鎮《しず》めながら、うしろから蓮田夫人がそう呼びかけた。

一行は左折して一列になって田圃道《たんぼ》にさしかかると、野末から吹き寄せる遠い海風の香りをかいだ。海は見えない。行手の小暗《おぐら》い森影が御猟場であった。戦前は外国使臣を招いてしばしば宮内省の鴨猟《かもりよう》の会がひらかれた場所である。

目的地へつくと、それぞれの馬は馬丁の手で燕麦《えんばく》や水をあてがわれた。蓮田夫人はポケットに入れて来た人参《にんじん》を与えて、愛馬の労をねぎらった。

静かな庭の池に臨んだ芝生の上に、椅子《いす》や卓が散在して、すでに到着している第一班や第二班の人たちが、若い人たち、夫人たち、紳士たち、という具合にそれぞれ固まって談笑している。由利氏はビールの卓に陣取って、コップを傾けながら、顔をのけぞらせて笑っていた。房子はほかの令嬢や少年と池を背景にした記念写真をとりつとられつしている。

「あたくしたち、どこへ行きましょうね」

蓮田夫人がこう言った。葛城夫人は黙っていた。そして結局、退屈な夫人たちの仲間に加わった。

会長が昼食の用意ができたことをしらせた。一同は室内へ入って、鋤焼《すきやき》の中食をとった。あいかわらず葛城夫人のまわりは、いつまでも堂々めぐりの当りさわりのない上品な話題をつづけている夫人連である。

食事がすんで余興がある。元騎兵大尉の老幹事が詩を吟じた。御猟場にすでに三代に亘《わた》って勤めている吹寄せの名人が千鳥の笛を吹いた。その霊妙な人工の囀《さえず》りに、一同はうっとりして聴き惚《ほ》れた。

大雀鴫《だいじゃくしぎ》、中雀鴫、小雀鴫、目大《めだい》千鳥、胸黒《むなぐろ》、京女鴫《きょうじょしぎ》、……千鳥とよばれるものにはこれらの種類があって、それぞれ鳴声がちがっている。京女鴫は声は美しくないが、姿が美しい。足の赤い羽色の美しいその姿を、京の女にたとえた呼称である。

しかし今は鴫の立つ季節ではないので、多くの人は窓から曇りがちの空をしきりに眺《なが》めたが、羽搏《はばた》きも、笛に谺《こだま》する囀りもなかった。存在しない鳥の啼声《なきごえ》が、この季節外れの閑雅な庭に、かわるがわる響きわたるばかりであった。

芝生の人のいないさまざまな椅子のたたずまいを窓から眺めながら、葛城夫人はようやくさっき馬上でまとめかけた不安な考えを呼びかえした。

『きょう私はふしぎな発見をした。私は正史を堕落させた莫連女《ばくれんおんな》を見る代りに、あんな可愛《かわい》らしい清純な少女を見た。いや、あんな清純そうな少女だって、近ごろのお嬢さんはどんな悪いことも平気でするという話だから、わかったものではない。だが、私はもうこれでも四十八だ。ちょっと見ただけで人間のいいわるいの判断はつく。あれは罪のない、ただ少しばかりわがままな可愛らしいお嬢さんだ』

むこうの卓から、房子が目礼して頬笑《ほほえ》んだ。葛城夫人は微笑を返した。

『やっぱりみんないい人なんだわ。この世の中には悪い人なんていないんだわ。ただ、こう考えると、私は不安になる。正史を堕落させたのは、あの少女の清純さだ。あの清純さを愛したから、正史は堕落した。もしそうだとすると、罪はただ愛の中に在るのかしら？

……由利さんのことはどうなるのだ。あの方は立派な方だ。私をこんなに永く愛しつづけていらして、浮いた噂《うわさ》一つお立てにならない。私はあの方の立派なお噂をきくたびに、ますます自分を高め、自分の貞淑さを磨いてきた。そしてあの方のために私がお役に立っているという考えは私に安堵《あんど》を与えた。でも、……私は男と女のことはわからない、わからないが、あの方が私のために躓《つまず》かれなかったのは何故《なぜ》だろう。あの方があれほど烈《はげ》しい愛を私にお打明けになって、私がそれをすげなくお断りしたあとでも、あの方が順当に出世をなすっていらしたのは何故だろう。もしかすると、あの方は私を十分愛していらっしゃらなくて……』

皆が食卓から立上った。ざわめきが庭へ移った。

葛城夫人は思わず人ごみをわけて、由利将軍のほうへ近づいた。彼は鞭を小脇《こわき》にかかえて葉巻に火をつけていた。

「しばらく」

と夫人が言った。

「やあ、本当にしばらくですな」

と将軍が言った。

「何年ぶりでございましょう」

「何年ぶりでしょうな」

二人は池のほとりへ足を運んだ。野菊が咲きみだれている草生から半ば朽《く》ちた橋が中の島へかかっている。

「あの島へまいりませんこと」

「いいですな。しかし危なっかしい橋だ」

将軍が夫人の手を引いて先へ渡った。この慇懃《いんぎん》に葛城夫人はうっとりした。

「きょうは息子の恋人の顔を見に出てまいりましたのよ」

「ははあ」

「間接のお見合なのよ」

「お母様のお役目は大変ですな」

「ところがそれが実にいいお嬢さんなの。第一印象だけで、あたくし気に入りましたの。あれなら嫁にもらってもよろしいわ」

「そうですか。それはよござい ました」

由利氏はやや迷惑げな表情で彼女を眺めていた。するうちに葛城夫人は彼の目に何か一心に探索しているような影のあることに気づいた。彼女は喋《しゃべ》りながら、独逸《ドイツ》製の鞭を手のなかで廻している。この鞭には白くローマ字でKATSURAGIと書いてある。その字はあまり大きくなく、目立ちもしない。由利氏は近くで見るとすっかり老いた衰えた目の視線をしきりに凝らして、このローマ字のネイムを読もうとしていたのである。葛城夫人はそれに気づいた。彼女の顔は忽《たちま》ち曇った。

しかしやさしい心づかいの彼女は、己れに耐えて、そしらぬ顔で、彼女の姓を将軍の目に読みやすい位置に鞭をよこたえた。しばらくして、由利将軍はさりげなくその名を会話にまじえた。

「そうですね。若い息子や娘をもった親御さんには今はこりゃあ心配な時代だ。葛城さんのお若い時代はいかがでした？」

「何もございません」

と葛城夫人は言った。

由利将軍は彼女の馴《な》れ馴れしい口調になおすこし訝《いぶか》りながら、まだ何も思い出さぬままに、あけすけにこう言った。

「好きになられて困ったことも、好きになって困ったこともですか？」

「何もございません」

「そうですかねえ。私もそんなことがあったかもしれないが、みんな忘れてしまった」

「あたくしも」

「みんな忘れてしまった」

由利将軍は馬鹿《ばか》笑いをした。笑いは池のおもてに深閑と谺《こだま》した。そのとき将軍は急に立上ると、鞭を左右に振って、いけないいけないという身振りをした。葛城夫人も立上って、それを見ると、硬い微笑をうかべて手を左右に振った。

池のむこうから大田原房子が大ぜいの友達に囲まれて、こちらへ向けた写真機のシャッタアを切ったところであった。

卵

偸吉《ちゅうきち》に、邪太郎に、妄介《もうすけ》に、殺雄に、飲五郎と来たら、飛切《とびきり》朗らかな学生だ。五人とものっぽで、大男で、ひどいガラガラ声で、大へんな怠け者で、学校へなんか出たことがない。五人とも端艇部の部員だが、合宿の時の生活をふだんにまで延長している。二十畳敷の部屋のある素人《しろうと》下宿を探し出し、その一間に出し合いで下宿をしているのである。この座敷は死んだ主人が、象皮病にかかったので、だんだん大きくなる体にふつうの部屋が合わなくなるのを心配して、建増ししたのだという話だ。五人は競争で朝寝坊をし、規律正しく万年床を守っていた。

偸吉は、いつも眠たそうな顔をしていて、友達のものを失敬する癖があった。彼が居眠りをしていると思うと、もう友達の机の下にあった栗饅頭《くりまんじゅう》の大箱が空っぽになっているという始末である。ある時などは、友達の制服をまちがえて着て出たのはいいが、紙入れに入っていた金がふしぎに多かったので、これは酔っぱらって誰かの財布を失敬したのかと思いちがえ、交番へ届けに行ったという美談が生れた。

邪太郎は、女には目がない男だ。これはと思う女を逃がしたことがないのだから、大したものだ。一夜ある女を追っかけて行ったら、二重橋の中へ入ってしまった。生《あい》憎《にく》宮内庁の門衛が彼の入門を拒否したので、濠《ほり》へとび込んで、抜手を切って石垣《いしがき》まで辿《たど》りつき、こいつを乗りこえると、件《くだん》の女が皇居の奥をめざして歩いてゆくところであった。邪太郎はなおもあとをつけてゆく。寝室の皇后陛下がベッドから白いおみ足を出して、眉《まゆ》をしかめておられるのが見える。女は毛抜を出すと、難なくそのおみ足から棘《とげ》を抜いて、楽にしてあげた。毛抜を買いにお使いに出た女官だったのである。女官が宿舎へかえるとき、邪太郎は繁《しげ》みにかくれていて抱きついたが、女が剪定鋏《せんていばさみ》ほどもあろうと思われる毛抜を取出して、威嚇《いかく》したので、意気地のない邪太郎は一目散に逃げ出した。

妄介は嘘《うそ》ばっかりついて喜んでいる無邪気な若者だ。彼の嘘と来たらすばらしいものだ。お日様は東からのぼり、お月様も東からのぼる、俺《おれ》がこの目で見たから本当だ。なんて平気で言うのだ。俺は今日、年とったおじいさんを見たよ、俺がこの目で見たから本当だ、なんて言うのだ。今では誰も信じる友達がいないが、皆一応真《ま》に受けたような顔をしてにやにやしながら聴いている。昨日も、妄介は、プルターク英雄伝を読んだら、こんな面白い話があったと言い出した。アントニイがクレオパトラと釣《つり》に出かける。アントニイの鉤《はり》に魚が一匹もかからない。そこでアントニイは漁夫に内命を与え、水にくぐらせて、かねて獲《と》れていた魚を鉤に附けさせる。ところがこいつをあんまり早く釣り上げたので、ペテンを見破ったクレオパトラは、その場は大まじめに讃嘆《さんたん》しておいて、あくる日、自分の内命を与えた潜水夫に、今度は塩漬《しおづけ》の魚をアントニイの鉤に附けさせた。これが見事に釣り上げられて大笑い、という面白い話だ。ところが学識のある四人の友たちは、英雄伝を隅《すみ》から隅まで引っくり返しても、こんな話の出て来ないことを知っていたので、目引き袖《そで》引き、笑いをこらえるのに大童《おおわらわ》であった。

殺雄は乱暴者で、無類の喧嘩《けんか》好きである。小学校のとき、この乱暴者がチフスにかかって入院し、重湯をようようあてがわれていたことがある。彼は看護婦がおしゃべりに行っている隙《すき》を見て、ベッドから這《は》い出して、窓に来ていた雀《すずめ》をわしづかみにし、これを自分の体の高熱で焼鳥にしては、一ダースも喰《た》べると、病気がケロリと治ってしまった。中学時代には、学校の森でつかまえた青大将の鋤焼《すきやき》に舌鼓《したつづみ》を打ち、それで精力をつけて、深夜就寝中の雷親爺《おやじ》の校長の禿頭《はげあたま》に、鼠花火《ねずみはなび》をすり込み、つんぼの両耳に大花火を仕掛けて、いっせいに点火するという壮挙に出た。校長の頭をしゅっしゅっと火花がかけめぐり、両方の耳からさしわたし一丈もあろうという花火の菊の花がとび出して色変りをした壮観は、今も語り種《ぐさ》にのこっているほどである。しかしこの微温的な療法のおかげで、校長の禿頭にはふさふさと黒い毛が生え、つんぼは忽《たちま》ち平癒《へいゆ》したので、殺雄は褒状《ほうじょう》をもらう始末であった。

飲五郎と来たら、稀代《きたい》の呑助《のみすけ》である。幼少の砌《みぎ》り、生家の造り酒屋の酒樽《さかだる》のなかへ落っこちて、危うく溺《おぼ》れかかったとき、見る見る酒樽の中の酒が減って、立ってようようお腹のへんへ来るぐらいまで干《ひ》てしまったので、難なく助け出すことができたのは、この子供が溺れるより先に呑むほうを選んだからであった。

さて、こういう五人が一緒に住んでいたのだから、界隈《かいわい》の騒がしさと迷惑は一通りではなかった。かれらには怖いものがなく、弱者のように夢みたりする暇はなく、賢者のように考えたりしている暇がなかった。五人が五人とも、ボートと自分たちの肉体だけで世界が出来上っていて、女とか酒とか食物とかは、出前専門の別の世界から、随時取寄せればいいと考えていたのである。確信を措《お》いて、世界は存在しない。そこでこういう確信ある五人の青年が、青空を見上げて一度きに大口をあけて笑い出したとしたら、確信をぐらつかされた太陽はびっくりして墜落し、五人のうちの誰かの口の中へ落っこちて来て、その舌を焼くことになったにちがいない。

それればかりではない。五人の学生は、この陽気さと朗らかさと傍《はた》迷惑の無窮動を保持するために、衛生的な配慮をも怠らなかった。朝食の際、生卵を呑むのがかれらの日課であった。

万年床の裾《すそ》が足の先ではね上げられると、大きな卓袱台《ちゃぶだい》が中央に据《す》えられ、五人は下宿の主婦が運んでくる朝食の膳《ぜん》に向うのであった。五人とも底知れない上機嫌《じょうきげん》で、五人の大あぐらが円卓を囲んださまは、まるで卓袱台そのものを取って喰《く》おうとしているかのようであった。

主婦がひとりひとりの飯をつけ了《おわ》るまで、偸吉は箸《はし》のさきで背中のかゆいところを搔《か》き、邪太郎は箸のさきを味噌汁《みそしる》にちょっと漬《つ》けては卓袱台の上に怪《け》しからぬ楽書をし、無邪気な妄介は口の両端に箸を垂らして牙《きば》に見せかけ、殺雄は箸で卓上の蠅《はえ》を十疋《ぴき》も叩《たた》き、飲五郎は御飯などにはまるきり関心のない顔をしていた。

一同は奇妙な習慣をもっていた。行儀正しいガラガラ声で、いただきますと一せいに怒鳴ると、めいめいの前にある卵を小丼《こどんぶり》の端に一せいに打ちあてて割り、さてそれを一度きに呑むのであった。主婦はこの儀式がはじまる前に、あわてて階下へ逃げ去るのが例であったが、それはこの初老の女が明治三十二年製の古ぼけた鼓膜をいたわらなければならなかったからである。

近隣の人は、今ではいくらか馴《な》れてしまったが、最初五人がこの下宿に移ってきたころは、もう午《ひる》ちかい時刻になるときこえる怖ろしい唸《うな》り声とそれにつづく魂切《たまぎ》るばかりの破裂音に、思わず家をとび出した人もあったくらいである。毎朝の卵の儀式の野蛮な大音響は、一里四方に隈《くま》なく届くのであった。

偸吉はものも言わずに卵を呑んだ。

邪太郎は、舌なめずりをしながら、「この舌ざわりのよさったら、まるで女だな」と感嘆した。

妄介は、「ひよこという奴《やつ》は卵から生れるんだ、本当だぜ」と抜け目なく嘘をつきながら呑んだ。

殺雄は、にたりとして、「生き物はやっぱりうめえなあ」と凄《すご》いことを言った。

飲五郎は、「卵酒が呑みたい」といつも一言言った。

こうして五人は大いに満足の表情をあらわし、口の倉庫の扉《とびら》をガラガラと左右へ十分押しひらいて、あるだけのものをぱくついて朝飯を了ると、毛脛《けずね》を天井へ突き上げておもいおもいに寝っころがり、さて煙草《たばこ》を吹かす奴は隣りの友の額を、灰皿《はいざら》の代用にするのであった。

⁂

ある晩、五人は端艇部の先輩の家で御馳走《ごちそう》になり、象の胡麻和《ごまあ》えだの、目高の刺身だの、猫《ねこ》の空揚げだの、黒い金魚と金魚藻《も》に水すましを二三疋あしらった風雅な羹《あつもの》だの、麒麟《きりん》の頸《くび》のぶつ切りの甘露煮《かんろに》だの、口につくせないほどの結構な山海の珍味のあとで、それぞれ十杯ずつ御飯をたべて、常よりもなお上機嫌になって、肩を組んで放歌高吟しながらかえって来た。酒はもちろん、五人の全身に、丁度オリーヴの樹の葉末にまで樹液がしみ入るように、丁度敵のゲリラ隊が味方の司令部の床下にまで滲透《しんとう》するように、万遍なく行きわたっていた。のこりの四人の友と同じくらいに酔うためには、飲五郎には格別の酒量が要ったので、今夜飲五郎は、日本酒一斗五升九合と、ビール二ダース半と、焼酎《しょうちゅう》一升九合九勺《しゃく》と、コニャック三本と、ウイスキー五本を一人で呑んでしまった。それがものの五時間とかからなかったのである。そこで飲五郎は自分の胃の内側に小さい釘《くぎ》を打って、赤いリボンをつけた栓抜《せん》きをいつもそこへぶらさげておき、どんな種類の酒も罎《びん》ごと呑んで、胃で栓を抜いて流し込み、あたかも蛇《へび》が中身を呑んでから卵の殼《から》だけ吐き出すように、あとから空罎だけを吐き出す工夫はないものかとまじめに考えていた。

飲五郎のかかる形而上学《けいじじょう》的思索を打ちやぶって、あとの四人はボート部の応援歌を声高らかに歌いだしたので、彼も亦《また》、大きな噯気《おくび》で拍子をとって、歌いはじめた。

禍津日《まがつび》のもと

ボートは生れぬ
姿は妖婦《ようふ》のごと
脂《あぶら》の乗りたる腹に
水を蔑《なみ》して進む
　走れ！　われらがボートよ

すると飲五郎が、「げぶっ、げぶっ」と拍子をとった。一同は大いに笑い、歌いつづけた。

妬《ねた》み心は魔女なり
げにや負《ひ》けはとらじ
美貌《びぼう》も速力も
肉体も技巧《たくみ》も
誰か肩をし並べむ
　走れ！　われらがボートよ
　げぶっ　げぶっ

競い疲れし日は
静かなる岸に
木洩《こも》れ日を浴びつつ
すがしくも呟《つぶや》く
「男なんか要らない」
走れ！　われらがボートよ
げぶっ　げぶっ　げぶっ

笑いさざめき歌いながら一同が肩を組んで下りて来たのは、先輩の家を出てしばらく行ったところにあるくねくねした坂であった。すでに深夜で、両側の高い石塀《いしべい》へ所まばらな街燈が光りを投げかけているだけであった。月も星もなかった。坂下は電車通りの筈《はず》であったが、電車の鈍い響きもなければ、自動車のクラクションの鋭い断続音もなかった。

終電車の時刻を二時間もすぎていたので、五人はおんぼろタクシーをおどかして、うんと値切って家までかえる心算《つもり》であった。おどかしすぎると、いつかのように、運転手がいきなり車を交番の前へつけて、金切声で五人を告訴するような始末になりかねなかったが。

いつまで経《た》っても、電車通りは見えて来なかった。見知らぬ家並が斜面にひしめいている暗い湿った小路へ出て了《しま》ったので、一同はようやく道をまちがえたことに気がついた。その小路は五人が肩を組んで歩くことはとても叶《かな》わず、三人と二人に別れて行かなければならなかった。

「こいつをどんどん行けば、どうせあの道へ出るさ」

と一人が叫んだ。そこで五人はまた歌ったりわめいたりしながら小路を進んだ。

小路の両側には寝静まった家々が錯雑して建っていた。まだ灯《とも》しているとみえた小窓は、遠い街燈の明りを反射しているのにすぎなかった。マッサージ師や産婦人科の広告板が立っており、字は暗くて判読し難いが、「初診者歓迎」とか「往診午後、但《ただ》し日曜を除く」とかいう字がおぼろげに見えた。殺雄はいつものように立札を見ると抜きたくなる衝動に駆られたが、肩を組んでいる手が不自由なので、よした。

小路の片側はときどき苔《こけ》むした低い石垣《いしがき》になった。湿った黴《かび》くさい匂《にお》いがし、足許《あしもと》の土も過度に滑らかであった。

「今、そこで呼笛《よびこ》がきこえなかったかな」

と一人が言った。

「いや」

と別の一人が言った。

呼笛はたしかにきこえた。一つや二つではなく、多くの呼笛が入り乱れて、相呼応して近づいて来た。一同は目の前の曲り角から慌《あわただ》しい足音が乱れて来るのをきいて立止った。

五人の前に立ちふさがったのは数人の警官であった。警官たちは制帽を目深《まぶか》にかぶり、警棒をふりあげずに、手に握ったまま、斜め前のほうへ突き出していた。そして何も物も言わずに、一歩一歩学生たちへ向って来た。

豪胆無類な連中も事面倒と見て、逃げ出すために背後を一寸《ちよつと》振向いた。するとうしろからも帽子を目深に冠《かぶ》った警官達が詰め寄って来た。その数は前後にだんだん増して来るようであった。あとから追いついて来た者の、まだ息せききっているはあはあという声が群の奥にきこえた。

「何か御用ですか。僕らはこれから下宿へかえるところです」と倫吉がまず、眠たそうな声で、穏便に言った。

「君らを逮捕する」と先頭の警官が妙な黄いろい声で言った。

「僕らは何も悪いことをしていません」

「君らを逮捕する」と警官は同じことを繰り返した。

偸吉は仲間の顔を眺《なが》めわたして、素速い目くばせをした。元気な若者五人はこれを合図に、一せいに前後の警官に飛びかかった。この乱闘はまことに目ざましく、五人が五人とも大車輪の働らきをして、敵を取っては投げ取っては投げしたが、ただときどき暗闇《くらやみ》のなかで固いものが壊《こわ》れたり破裂したりする音がきこえるだけであった。そのうちに、踏んでいる地面がひどく滑り易くなって来て、足をとられて転倒した一同は、大勢の相手にたちまち手錠をはめられてしまった。

警官たちは一人一人の腕を両方からとって連行した。路《みち》はその三人が漸《ようや》くとおれる広さのまま、行手が徐々に上りになった。先頭の偸吉は、路の曲り角にある街燈の明りで、自分の腕をとっている警官の横顔を何の気なしに見た。すると、彼は背筋に水を浴びせられたような感じがし、見なければよかったと後悔した。どの警官も目深に帽子を冠っている。その帽子の下には顔がなかったのである。

警官に取り巻かれた一行は粛々と小路を昇った。偸吉はほかの騒がしい連中も大人しくしているのは、自分と同様、警官に顔のないことを発見したからだろうと思った。

しかしすぐ先程からの酩酊《めいてい》を思い出し、今度は断乎《だんこ》として自分の目の錯覚を訂正しようと決心した。

彼は今度は、反対側の左側の警官の横顔を見た。横顔は目も鼻もなく、くっきりと白い正確な楕円《だえんけい》形をえがいていた。その白い肌《はだ》は丸い頰《ほお》らしいふくらみを持っていたが、甚《はなは》だ硬くて、表面にくすんだ光沢があった。

「あ、こいつらは卵だな」

と偸吉は思った。彼は咄嗟《とっさ》に自分の石頭をそれにぶつけて、顔の殻を破ってやろうかと考えた。すると卵の警官は、うまく顔をよけて、偸吉の攻撃を外《そ》らした。

昇り坂が尽きると、崖《がけ》の上に壮麗な建物が現われた。先輩の家を訪ねたことは一再ではないのに、このへんにこんな建物があるのを五人とも知らなかった。建物は野球場のような形をした白堊《はくあ》の新らしい円形の建築で、野球場とちがうところは天蓋《てんがい》の丸屋根がこれを覆《おお》うていた。建築技師がこの円満な形に反抗を企てたくなったものか、一方に望楼のような角《つの》型の部分が地上からほぼ四十五度の角度で、支柱もなしに長く天空へむかって延びていた。

一同は重い扉《とびら》を排して内部へ導かれた。内部は甚だひろい円形劇場のような構造をもっていたが、仄《ほの》暗くて冷え冷えとしていた。はじめは何も見えず、ただ何か大ぜいの者の集まっている気配が感じられ、衣摺《きぬず》れの代りに、象牙《ぞうげ》の牌《パイ》の触れあうような音が鏘然《そうぜん》と起った。

一同は円形の中央の部分に引き据えられた。すると目の前に厳そかな白い壇がおぼろげに見え、そこに三人の裁判官が坐《すわ》っているのが見えた。黒いガウンについている金糸が明滅した。裁判長の顔は、痘痕《あばた》のある赭顔《あからがお》の一段と大きい卵であった。居流れている裁判所書記も廷丁も検事も弁護人も悉く《ことごと》卵であった。目が馴れて来た五人は、堂に充《み》ちている数千の傍聴人が皆卵であることに気づいた。

検事の卵がいきなり口を切った。と云《い》っても口なんかなかったので、内にこもってきこえる黄いろい声がこう言ったのである。

「被告偸吉、被告邪太郎、被告妄介、被告殺雄、被告飲五郎これら不逞《ふてい》なる五学生に死刑を求刑します。被告共は、卵の神聖を冒瀆《ぼうとく》し、卵に対する破壊的行動を恣《ほしいま》まにし、これを食用に供するのみか、進んで毎朝一せいに卵を割ることによって、その音響を以《もっ》て、卵を食用に供することの普及宣伝に努力したのであります。卵が食用に供せられて以来、この汚辱の歴史は永いが、かくの如《ごと》き露骨尖鋭《せんえい》なる表現を以て卵が呑まれたことは、嘗《かつ》て見ざるところであります……」

弁護人の卵が立上った。これはまことに貧弱な、旨《うま》くなさそうな卵であった。

「検事はそう言われるが、卵の殻はこれら五被告の皮膚より固いのであるから、弱い皮膚のものが固い卵を割るのは、弱肉強食と云わんよりは、むしろ反抗的行動と云われたほうがよさそうに思われる」

「固さは脆《もろ》さであります」と検事は力説して、ついで感傷的な語調になった。「われわれは形式に於《お》て卓越しているにもかかわらず、被告等は思想に於て卓越している。思想は多少に不拘《かかわらず》、暴力的性質を帯びるものである。……」

「しかし被告等は、御承知の如く端艇部部員である。かれらが思想を抱いているとは、社会通念上、考えがたい。腕力と言われたほうがよさそうに思われる」

「腕力こそは最初の思想である。もし腕力が最初に卵の殻を割らなかったら、誰が卵を食用に供しうるという思想を発明しえたでありましょう。かれらの腕力はかかる危険な思想的行動と見做《みな》さざるをえない。否《いな》、むしろかれらは、卵は食用に供しうる、という思想にみちびかれて、腕力を揮《ふる》ったのである」――検事は昂奮《こうふん》して来て、その内部から殻が微光を帯びて紅潮した。「小官は断乎、五被告に死刑を求刑するものであります。即ち偸吉は卵焼きの刑に、邪太郎は煎《い》り卵の刑に、妄介は茹《ゆで》卵の刑に、殺雄は目玉焼の刑に、飲五郎は卵酒の刑に処せられんことを要求するものであります」

　この求刑をきいて傍聴席に喜びの動揺があらわれた。多くの卵がカチカチとぶつかりあう音がし、多くの黄味が殻の中で笑っている波動が伝わった。五人の学生は不平な顔つきで口を尖《とが》らせていたが、飲五郎だけは幾分この求刑を歓迎する風を見せていた。

「検事はかくの如く求刑されたが」と貧弱な卵の弁護人は反駁《はんぱく》した。「いかなる方法を以て、人間を卵的に処刑せられるか、その具体的方法を伺いたいものである。人間は果して卵焼きになるべき卵的成分をその蛋白質《たんぱくしつ》に含有するものであろうか？」

「当然である」と検事は堂々と主張した。「われわれを毎日一ヶずつ呑んでいる以上、人間を焼けば卵焼きができることは科学的真理である」

「それでは人間の体内に分解された卵がまた卵になる可能性を認められるか？」

「然《しか》り。従って卵的処刑が化学的に可能である」

「もし然らば、かかる処刑は、再組成されたる卵を、卵自身の手によって再び虐殺《ぎゃくさつ》し、以て人間用の卵料理を作るにすぎない矛盾を犯すものである。むしろ死刑の代りに、五被告の中から卵を蘇生《そせい》せしめて、かれらに呑まれたる卵の遺族に、福音を齎《もた》らすべきではないのか」

「暴論だ！」――卵の検事は激昂《げっこう》して、顔を柱にぶつけ、あやうく殻を割ってしまうところであった。「われわれは報復すべきだ。絶対に卵焼きだ。煎り卵だ……」

こんな阿呆陀羅経《あほだらきょう》のような議論に呆《あき》れ果てた五人の学生は、ようやく場内を冷静に見廻す余裕ができた。事実、酔いも醒《さ》めかけていた。邪太郎は傍聴人の中に美しい女が居たら色目を使おうと思って見廻したが、いくらか大小があるだけで、個性がまるきりないのでがっかりした。卵の女たちは衣裳《いしょう》だけで個性を表現しようと努めているらしく、衣裳の雑多なことはおどろくばかりであった。ある卵は十二単《じゅうにひとえ》を着て、ボンネットをかぶっていた。一方、妄介は退屈して、足を踏み鳴らしていたが、靴《くつ》が床にぶつかって、金属的な音を立てるのにおどろいた。

「この床は鉄だぜ」と彼は友に囁《ささや》いた。友だちは本当にせず、鼻の先でせせら笑って、足を踏み鳴らしてみようともしなかった。妄介は躍起になって、あたりを見廻した、するとこの建物の前へ来たときに見た望楼のように突き出た細い部分が、急な昇りの傾斜の歩廊になって、円形の部分からつづいているのを認めた。それは丁度、円形の部分の枠《わく》についている柄《え》のようであった。妄介は霊感を得て、いつも嘘《うそ》をつくときの嬉《うれ》しそうな口調で友の耳に囁いた。

「おい、見ろよ！　この建物はたしかにフライパンだぜ」

四人はそう云われて、漠然《ばくぜん》と望楼のほうを見た。しかしフライパンの中から見ると、フライパンは、フライパンには見えにくいものである。また妄介の奴《やっ》め、嘘をついて喜んでやがる、と四人は思った。

白いおぼろげな壇の上で、裁判長の卵が左右に少し揺れた。左右の裁判官の意見を参酌《さんしゃく》しているらしかった。やがて裁判長は判決を申渡すために立上った。満堂の聴衆は緊張し、ために場内の冷ややかさはひときわ募った。裁判長は同じように黄いろいが、しかし荘厳な黄いろさのある声でおごそかに口を切った。

「弁護人の意見は、卵の道徳を逸脱して、人道主義的誤謬《ごびゅう》を犯している。依《よ》って検事の求刑どおり、五被告に死刑の判決を下すものである。刑の執行は、卵刑訴第八十二条により即刻これを行う」

傍聴人たちは歓呼のかわりに、耳も聾《ろう》するばかりに殻を打ち合わせてガチャガチャ言った。十人の警官が学生たちのほうへ近づいて来た。妄介は、何をぐずぐずしてるんだ、やるんだ、と力のこもった低声で叫んだ。あとの四人も、已《や》むなく妄介の嘘を信用することにして、手錠のまま、一せいに望楼のほうへ逃げ出した。歩廊は鉄の溝《みぞ》になっていて、紛《まご》う方ないフライパンの柄だったので、五人はその突端まで駈《か》けのぼると、柄の先端に一度きにぶらさがった。五人の体重は、平均三十貫ほどで、都合百五十貫の錘《おもり》が柄に下ったわけである。そこで場内は大混乱を呈し、フライパンは見事に引っくりかえり、轟然《ごうぜん》たる音を立てて数千の卵が雪崩《なだ》れ落ちた。その音は百里四方までひびき、眠りをさまされた人々はのこらず夜明け前の戸外へ飛び出した。数千の卵はお互いにぶつかり合い、地面に叩《たた》き落され、粉みじんに割れ、黄味と白味は攪拌《かくはん》器《き》にかけたように完全に混り合って、貯水池ほどの溜《たま》りになってしまった。そのとき附近を、石油会社の素敵な水色の油槽車《ゆそう》が通りかかり、それが都合よく空だったので、厖大《ぼうだい》な卵の池に対する所有権を断然自認した五人は、大わらわで卵を油槽車に一杯つぎ込んで、下宿まで運んでもらった。

それから毎朝、偸吉と邪太郎と妄介と殺雄と飲五郎は、卵焼きばかり喰《く》わされることになった。めいめいが座蒲団《ざぶとん》ほどの卵焼きを平らげても、材料はいつ尽きるとも知れなかった。近所の人たちは、毎朝例の唸り声だけは依然としてきかされたが、破裂音のほうはついぞきかなくなって、いくらか助かった。こういう次第で、愉快な連中は毎朝一つずつ卵を割るたのしみを失ったが、一度きにあれだけ割ればそれも仕方がないさ、と諦《あき》らめた。

詩を書く少年

詩はまったく楽に、次から次へ、すらすらと出来た。学習院の校名入りの三十頁の雑記帳はすぐ尽きた。どうして詩がこんなに日に二つも三つもできるのだろうと少年は訝かった。一週間病気で寝ていたとき、少年は「一週間詩集」というのを編んだ。ノオトの表紙を楕円形《だえんけい》に切り抜いて、第一頁のPoésiesという字が見えるようにしてある。その下には今度は英語で、12th.→18th. MAY 1940と書いてある。

彼の詩は学校の先輩たちのあいだで評判になっていた。『嘘《うそ》なんだ』と彼は思っていた。『僕が十五歳だというんで、みんながさわいでくれるにすぎないんだ』

少年はしかし自分のことを天才だと確信していた。だから、先輩にうんと生意気な口をきいた。「僕は……だと思います」なんて言い方はよそうと思っていた。何事につけても、「それは……なんです」と言うように気をつけねばならぬ。

彼は自瀆《じとく》過多のために貧血症にかかっていた。が、まだ自分の醜さは気にならなかった。詩はこういう生理的ないやな感覚とは別物である。詩はあらゆるものと別物である。彼は微妙な嘘をついていた。詩によって、微妙な嘘のつき方をおぼえた。言葉さえ美しければよいのだ。そうして、毎日、辞書を丹念に読んだ。

少年が恍惚《こうこつ》となると、いつも目の前に比喩《ひゆ》的な世界が現出した。毛虫たちは桜の葉をレエスに変え、擲《なげう》たれた小石は、明るい樫《かし》をこえて、海を見に行った。クレーンは曇り日の海の皺《しわ》くちゃなシーツを引っかきまわして、その下に溺死者《できししゃ》を探していた。黄金虫《こがねむし》の近づく桃の実は薄化粧をしており、疾走する人のまわりには、像の背の火焔《かえん》のように、空気が乱れわだかまりへばりついていた。夕焼は兇兆《きょうちょう》であり、濃沃度丁幾《のうヨードチンキ》の色をしていた。冬の樹々は天に義足を投げ出していた。それから煖炉《だんろ》のそばの少女の裸体は、もえる薔薇《ばら》のように見えるのだが、窓に歩み寄ると、それは造花であることが露見して、寒さに鳥肌《とりはだ》立った肌は、けば立った天鵞絨《ビロード》の花の一片に変貌《へんぼう》するのであった。

実際、世界がこういう具合に変貌するときに、彼は至福を感じた。詩が生れるとき、必ず自分がこの種の至福の状態に在ることに、少年は愕《おどろ》かなかった。悲しみや呪咀《じゅそ》や絶望のなかから、孤独の只中《ただなか》から詩が生れるということを、頭では知っていたけれど、何かそのためには、自分自身にもっと興味をもち、自分に何らかの問題を課する必要があったであろう。自分を天才だと思い込んでいながら、ふしぎに少年は自分自身に大して興味を抱いてはいなかった。外界のほうがずっと彼を魅した。というよりも、彼が理由もなく幸福な瞬間には、外界がやすやすと彼の好むがままの形をとったというほうが適当であろう。

詩というものが、彼の時折の幸福を保証するために現われるのか、それとも、詩が生れるから、彼が幸福になれるのか、そのへんははっきりわからなかった。ただその幸福は、久しくほしいと思っていたものを買ってもらったり、親につれられて旅行に出かけたりする幸福とは明らかにちがっていて、多分誰にも彼にもあるという幸福ではなく、彼だけの知っているものだということは確かであった。

外界をでも、自分をでも、とにかく少年はじっと永いこと見つめているのは好きではなかった。注意を惹《ひ》いた何らかの対象が即時何らかの影像に早変りするのでなければ、たとえば若葉の葉叢《はむら》のかがやきが、その光っている白い部分が変貌して、五月の真昼に、まるで盛りの夜桜のように見えるのでなければ、すぐ飽きて見るのをやめた。確乎《かっこ》とした、少しも変貌しない無愛想な物象については、『あれは詩にならないんだ』と思い、冷淡に構えた。

試験に思いどおりの問題が出て、いそいで書いた答案を、ろくに読みかえしもせずに教壇へもってゆき、級の誰よりも早く教室を出ることができたとき、午前の人気《ひとけ》ないグラウンドを校門のほうへよぎりながら、国旗掲揚台の旗竿《はたざお》のいただきに、金の珠《たま》がきらきらと光っているのを見る。すると、えもいわれぬ幸福感に襲われる。旗は掲げられていないから、今日は祭日ではない。しかし今日は自分の心の祭日であって、あの珠のきらめきが自分を祝福してくれるのだと思う。少年の心はやすやすと肉体を脱け出して詩について考える。この瞬間の恍惚感。充実した孤独。非常な軽やかさ。すみずみまで明晰《めいせき》な酩酊《めいてい》。外界と内面との親和。……

彼はそういう状態が自然に訪れて来ないときには、何か身のまわりの物を利用して、無理にも同じ酩酊を呼び出そうと試みた。たとえば虎斑《とらふ》の鼈甲《べっこう》のシガレット・ケースを透かして部屋のなかをのぞいてみること。母の水白粉《おしろい》の罎《びん》をはげしくゆすぶり、粉がやがて重々しい乱舞のはてに、上澄の水を残して、徐々に罎の底へ沈澱《ちんでん》してゆくさまを眺《なが》めること。

彼はまた何の感動もなしに、「祈禱《きとう》」とか、「呪咀」とか、「侮蔑《ぶべつ》」とかいう言葉を使った。

少年は文芸部に入っていた。委員が鍵《かぎ》を貸してくれたので、行きたいときにはいつでも部屋へ行って、一人で、好きな辞書類に読みふけることができた。彼は世界文学大辞典の浪漫派の詩人たちの項が好きだった。かれらの肖像は、決してもじゃもじゃな髭《ひげ》などを生やしていず、みんな若くて美しかったからである。

彼は詩人の薄命に興味を抱いた。詩人は早く死ななくてはならない。夭折《ようせつ》するにしても、十五歳の彼はまだ先が長かったから、こんな数学的な安心感から、少年は幸福な気持で夭折について考えた。

彼はワイルドの「キイツの墓」という短詩を好んだ。「生も愛もうら若き頃《ころ》を、生《いのち》より奪われて、ここに殉教のいと青春《わか》きものよこたわる」……ここに殉教のいと青春《わか》きものよこたわる。実際不幸な災厄《さいやく》が、恩寵《おんちょう》のようにこれらの詩人を襲ったことは、おどろくべきものがあった。彼は予定調和を信じた。詩人の伝記の予定調和。それを信じることと、自分の天才を信じることとは、彼には全然同じことに思われた。

自分に対する長い悼辞《とうじ》だの、死後の名誉だのについて考えるのは快かった。ただ自分の死骸《しがい》のことを考えると、ちょっときまりが悪かった。『花火みたいに生きよう。一瞬のうちに精一杯夜空をいろどって、すぐ消えてしまおう』と熱烈に思った。いろいろ考えてみるが、それ以外の生き方は思い当らなかった。でも自殺はいやだ。予定調和がうまい具合に彼を殺してくれるだろう。

詩が少年を精神的な怠け者にする傾向がはじまっていた。もっと精神的に勤勉だったら、もっと熱心に自殺を考えたであろう。

朝礼の時、学生監が彼の名を呼んだ。学生監室へ来いというのである。そこへ呼ばれるのは、教官室へ呼ばれるよりも、もっと重い叱責《しっせき》を意味している。「心当りがあるだろう」と友人たちが彼をおびやかした。彼は真蒼《まっさお》になり、手がぶるぶる慄《ふる》えた。

学生監は火のない火鉢《ひばち》の灰に、鉄の火箸《ひばし》で何か字を書きながら、少年を待っていた。入ってゆくと、やさしい声で、「おすわり」と言った。叱《しか》られることは何もなかった。校友会雑誌に載った彼の詩を読んだと言った。それから、詩のことや家庭のことをいろいろと質問した。最後にこう言った。

「シラーとゲーテと、二つの型がある。シラーは知ってるね」

「シルレルですか」

「そうだ。君はシラーになろうとしてはいけないよ。ゲーテになるべきだ」

少年は学生監室を出て教室へかえるあいだ、不満のために仏頂面をして、足を引きずって歩いた。ゲーテもシラーもまだ読んだことはなかった。しかし肖像は知っていた。『ゲーテなんていやだ。あれはおじいさんだもの。シラーは若い。僕はシラーのほうが好きだ』

五年も先輩のRという文芸部委員長が、彼を構ってくれた。彼もRを好きになった。何故《なぜ》かというと、Rははっきり R自身を不遇な天才だと考えていたし、年齢の隔たりなしに少年をはっきり天才と認めてくれたし、天才同士は友達となるべきだったから。

Rは侯爵《こうしゃく》家の嫡男《ちゃくなん》だった。そこでリラダンを気取っていて、自分の堂上家の一門を誇り、古い貴族文芸の伝統に対する耽美《たんび》的な哀惜の念を作品に書いた。Rはまた詩と小品を一冊にまとめた自費出版の本を出したことがあって、それが少年を妬《ねた》ましくさせた。

二人は毎日長い手紙のやりとりをした。手紙の日課はたのしかった。少年のところへはほとんど毎朝、Rの杏子《あんず》色の西洋封筒の手紙が届いた。どんなに厚い手紙でも重さは知れているが、手紙のこの妙に嵩《かさ》ばった軽さ、この軽快なもののいっぱい詰った感じは、少年をたのしませた。二人の手紙の末尾には、大てい近作やその日に出来た詩や、間に合わないときには、旧作の詩が書かれていた。

手紙の内容は、しかし埒《らち》もないものであった。お互いの前便の詩の批評からはじまり、それが果てしのないお喋《しゃべ》りに移ってゆき、きいた音楽のことや、日々の家族の挿《そう》話《わ》や、美しいと思った少女の印象や、読んだ本の報告や、何か一つの単語から一つの詩の世界が啓示された詩的体験や、ゆうべ見た夢の詳細な叙述などが書かれた。こういう習慣に二十歳の青年と十五歳の少年はすこしも飽きなかった。

何かしかし、Rの手紙の裡《うち》に、自分の手紙には決してないことのわかっている些少《さしょう》の憂鬱《ゆううつ》、些少の不安の翳《かげ》を少年は認めた。現実に対する危惧《きぐ》、やがて直面しなければならぬものへの不安が、Rの手紙に一種のわびしさと苦さを与えていた。幸福な少年にはそれが自分には決して落ちかからない、縁のない翳であるように思われた。

僕が何らかの醜さに目ざめることがあるだろうか？　少年はそういうことを考えてみもしなければ、予感してみもしなかった。たとえばゲーテがやがてそれに襲われ、久しくそれに耐えた老年というもの。そんなものが彼の上に訪れる筈《はず》はなかった。美しいものだともいい、醜いものだともいう青春もまだ彼には遠かった。自分のなかに発見する醜さはみんな忘れてしまった。

芸術と芸術家をごっちゃにする幻想、世間の甘い少女の目が芸術家というものにむけるこんな幻想に、彼自身がしっかりととらわれていた。自分という存在の分析や研究には興味がなかったが、いつも自分で自分を夢みた。彼自身が、あの少女の裸が造花に変貌するような変幻きわまりない比喩的な世界に属していた。美しいものを作る人間が醜いなどということはありえない、と少年は頑固《がんこ》に考えたが、その裏のもう一つのもっと重要な命題は、ついぞ頭に浮ばなかった。すなわち、美しい人間がその上美しいものを作ったりする必要があるか、という命題である。

必要？　こんな言葉をきかされたら、少年は笑ったにちがいない。なぜなら彼の詩は、必要に従って生れるのではなかった。それらは全く自然に、こちらが拒んでも、詩のほうから彼の手を動かして、紙上に字を書かせるのだった。必要というからには、何か欠乏の前提がなければならない。それはなかった。いくら考えてみてもなかった。第一彼は詩の源泉をみんな天才という便利な一語で片附けていたし、一方、自分に意識されない深い欠乏というものは信じることもできず、もし信じても、それを欠乏などという言葉で表わすよりも、天才と呼んだほうが彼は好きだったから。

そうは言っても、少年に自作の詩に対する批判の能力が、まったく欠けていたというわけではない。たとえば先輩たちが褒《ほ》めそやす四行詩の一つなどは、軽薄で、恥かしいものに思われた。それは、これほど透明な硝子《ガラス》もその切口は青いからには、君の澄んだ双の瞳《ひとみ》も、幾多の恋を蔵すことができよう、という大意の詩である。

他人の賞讃《しょうさん》はもちろん少年を喜ばせはしたけれど、それに溺《おぼ》れる成行から、傲慢《ごうまん》さが彼を救った。本当のところ、Rの才能に対してさえも、彼はあまり感心していなかった。Rは文芸部の先輩のなかでは、たしかに目立つ才能ではあったが、格別その言葉が少年の心に重きを成していたわけではなかった。少年の心には冷たい箇所があった。もしRがあれほど言葉を尽して、少年の詩才を讃《たた》えていなければ、彼もおそらくRの才能を認めようとはしなかっただろう。

あのたびたびの静かな至福を味わう代りに、自分には少年らしい粗雑な感激性が欠けていることを、彼はよく知っていた。附属戦という野球の試合が、春秋二回、学習院の中等科と附属中学の間に戦われたが、学習院側が敗北を喫すると、試合終了後、泣きじゃくる選手たちを囲んで、応援の後輩たちも一緒に泣いた。彼は泣かなかった。すこしも悲しくなかったのだ。

『野球の試合に負けたからって、何が悲しいんだろう』と彼は思った。その泣いている顔は、彼の心の遠くにあった。たしかに少年は自分が感じやすくできていることを知っていたが、その感じやすさが悉《ことごと》く他人とちがう方向にむかっていて、一方では他人を泣かせることが、彼の心には少しも響かなかった。

少年の書く詩には、だんだんに恋愛の素材がふえた。恋をしたことはない。しかし詩が自然物の変貌《へんぼう》にばかり托《たく》して作られることは彼を飽かせ、心の刻々の変貌を歌うことに、気が移って行ったのである。自分のまだ経験しない事柄《ことがら》を歌うについて、少年は何のやましさをも感じなかった。彼には芸術とはそういうものだとはじめから確信しているようなところがあった。未経験を少しも嘆かなかった。事実彼のまだ体験しない世界の現実と彼の内的世界との間には、対立も緊張も見られなかったので、強《し》いて自分の内的世界の優位を信じる必要もなく、或《あ》る不条理な確信によって、彼がこの世にいまだに体験していない感情は一つもないと考えることさえできた。なぜかというと、彼の心のような鋭敏な感受性にとっては、この世のあらゆる感情の原形が、ある場合は単に予感としてであっても、とらえられ復習されていて、爾余《じよ》の体験はみなこれらの感情の元素の適当な組合せによって、成立すると考えられたからであった。感情の元素とは？　彼は独断的に定義づけた。「それが言葉なんだ」

言葉の本当に個性的な使い方を、彼はまだものにしていたわけではなかった。しかし彼が辞書の中からみつけ出した多くの言葉は、それが普遍的な言葉であればあるほど、意味も多様なら内容も多岐であって、それだけ個性的な個人の独自な使用法を持っているという風に考えられた。この独自な使用法が、体験によってはじめて作り出され色づけされるとは、必ずしも考えなかったけれども。

われわれの内的世界と言葉との最初の出会は、まったく個性的なものが普遍的なものに触れることでもあり、また普遍的なものによって錬磨《れんま》されて個性的なものがはじめて所を得ることでもある。この言いがたい内的経験は、十五歳の少年のなかにも、十分に累積されていた。なぜなら彼が一つの新しい言葉にぶつかって感じる違和感は、同時に、彼の裡に未知の一つの感情を体験させることだったから。それはまた彼が、年に似合わぬ平静を表むき保つことにも役立った。或る感情に襲われると、その感情が心に惹き起す違和感から、ただちに前に述べた違和感のうちの適当なものを思い出し、それを惹き起した言葉を思い出し、その言葉によって目前の感情にあっさり名前をつけ、処理してしまうことに慣れたから。こんなわけで、少年は「絶望」も「呪《じゅ》咀《そ》」も「得恋の喜び」も「失恋の嘆き」も「苦悩」も「屈辱」も、あらゆるものを知っていたのである。

それを想像力と名附けることは易しかった。しかし少年はそう名附けることを躊躇《ちゅうちょ》した。想像力というからには、他人の痛みを想像して自分が痛み出すような感情移入がなければならない。少年の冷たさは、他人の痛みを決して感じなかった。少しも自分は痛まずに、『あれが苦痛というものだ。僕はちゃんと知っている』と呟《つぶや》くだけであった。

五月の晴れた日の午後であった。授業が退《ひ》けた。少年は、文芸部の部室に誰かいたら話をしてから帰ろうと思って、そのほうへ足を向けた。すると途中でRに出会った。

「丁度よかった。ちょっと話して行こう」

とRが言った。二人はバラック建の元校舎の教室が、ベニヤ板の壁で各部の部室に区切られている建物の中へ入った。文芸部は暗い一階の一隅《いちぐう》にあった。運動部の部室のほうでは、騒がしい物音や笑い声や校歌がきこえ、音楽部の部室からは、間遠なピアノのひびきがきこえた。

Rは汚ない板戸のドアの鍵穴に鍵をさした。鍵があいてから、もう一度、体ごとぶつけなくてはあかないドアである。

部室には誰もいなかった。親しみのある埃《ほこり》の匂《にお》いがした。Rは先に立って窓の鍵をあけ、埃のついた手を窓のそとではたいてから、壊れかかっている椅子《いす》に掛けた。

落ちつくと少年はすぐ喋《しゃべ》り出した。

「僕、ゆうべ色のついた夢を見ましたよ。きょう家へかえってから、Rさんに手紙で書こうと思っていたんです。（少年は色のついた夢を見ることを、詩人の特権と考えて得意であった。）……赤土の丘みたいなところなんです。その赤土がとっても鮮明な色で、夕日が真赤にさしていて、なお土の色が目立つんです。そうすると右のほうから、人が長い鎖を引いて現われたんです。鎖の先には、人間より四五倍巨《おお》きい孔雀《くじゃく》がついていて、孔雀が羽根を畳んで、目の前をゆっくり牽《ひ》かれてゆくんです。その孔雀の色が鮮明な緑なの。全身緑で、緑がまたきらきら光っていて、とってもきれいだった。僕は孔雀が遠くへ牽かれて行って、見えなくなるまで、じっと見ていたんだ。……すごい夢でしたよ。僕の色つきの夢は、必ず鮮明すぎるくらい鮮明な色なんです。

フロイドの夢判断だと、緑いろの孔雀って、どんな意味なんでしょうね」

「うん」

Rは生半可な返事をした。

Rはいつもとちがっていた。顔色のわるいのは常からそうだったが、静かな熱を帯びた声で話し、渝《かわ》らぬ熱烈な反応で少年の言葉にこたえるいつもの態度はみられなかった。明らかに不本意に、少年の独り語りをきいていた。いやきいていなかった。

彼の制服の伊達《だて》な高い襟《えり》のまわりには、うっすらと雲脂《ふけ》が散っていた。暗い光線が桜の金の襟章を光らせ、人よりも高い大きな鼻を誇張してうかばせていた。すこし大きすぎるだけで形は秀麗な鼻であるのに、その鼻がいかにも困惑の表情をうかべていた。悩みがそのところに結晶しているような感じを、少年は受けた。

机の上には、埃にまみれて古い校正刷だの定規《じょうぎ》だの芯《しん》の欠けた赤鉛筆だの校友会雑誌の合本だの書きかけの原稿用紙だのが載っていた。少年はこの文学的乱雑を愛していた。Rは手をのばして、ものうげに片附物をするように、その古い校正刷に手をのばした。すると彼の白い繊細な手の指先は、たちまち鼠《ねずみ》いろの埃に染まった。少年はくすりと笑った。しかしRは笑わずに舌打ちをして、手をはたきながら、言った。

「実は僕、きょう君に話したいことがあったんだ」

「何ですか」

「実は僕」——Rは言い渋ってから、口早に言ってのけた。「とても悩んでいるんだ。とてもやりきれない目に会ってるんだ」

「恋愛してるんですか」

と少年は冷静にたずねた。

「うん」

それからRは自分の今の境涯《きょうがい》を話した。彼は若い人妻と愛し合い、それを父に気附かれて、仲を割かれたのである。

少年は大きな目をみひらいて、まじまじとRの姿を眺《なが》めた。『ここに恋に悩んでいる人がいるんだ。僕ははじめて恋愛というものを目の前に見ている』とまれ、それは大して美しい眺めではなかった。どちらかというと不快な眺めに近かった。Rは常のように生気をなくし、潮垂《しおた》れ、要するに不機嫌《ふきげん》だった。物を失《な》くしたり、電車に乗り遅れたりした人が、よくこんな顔をしているのを見たことがある。

とはいうものの、先輩から恋の打明け話をきかされていることは、少年の虚栄心をくすぐった。嬉《うれ》しくないことはなかった。彼はせい一杯まじめな、悲しげな同感の表情をうかべようと試みた。しかし、現実に恋をしている人間の姿の、凡庸さはちょっとやりきれなかった。

少年の心にようやく慰めの言葉がうかんだ。

「大へんですね。でもそのために、きっといい詩ができるでしょう」

Rは力なげに答えた。

「詩どころじゃないんだよ」

「だって、詩って、そういうときに人を救うものじゃないんですか」

少年は自分の詩ができるときの至福の状態をちらと思いうかべた。あの至福の力を借りれば、どんな不幸や懊悩《おうのう》をも打ち倒すことができるだろうと思われた。

「そうは行かないんだ。君にはまだわからないんだよ」

この一言が少年の自尊心を傷つけた。少年は冷たい心になり、復讐《ふくしゅう》を企てた。

「だって本当の詩人だったら、天才だったら、詩がそういうとき、救ってくれるんじゃないですか」

「ゲーテはウェルテルを書いて、自分を自殺から救ったさ」とRは答えた。「でもゲーテは、詩も何も自分を救えない、自殺するほか本当に仕方がない、って心の底から感じたからあれが書けたんだよ」

「それなら、どうしてゲーテは自殺しなかったんですか。書くことと自殺することとおんなじなら、どうして自殺することのほうを選ばなかったんですか。自殺しなかったのはゲーテが臆病《おくびょう》だったからですか。それとも天才だったからですか」

「天才だったからさ」

「それなら……」

少年はもう一つ問いつめようとしたが、自分でもわからなくなってしまった。ゲーテのエゴイズムが結局のところゲーテを自殺から救ったのだという観念は、明確ではないが、ぼんやりと心にうかんだ。少年はそういう観念で自己弁護をしたいという欲望を強く感じた。『君にはまだわからないんだよ』というRの一言が、少年の心を深く傷つけていた。その年齢には、年齢の劣等感が何ものよりも強い。口に出しては言わなかったが、少年に、Rをあざけるのに最も適当な、すばらしい理論が生れた。

『この人は天才じゃないんだ。だって恋愛なんかするんだもの』

Rの恋はたしかに本当の恋であった。天才の決してしてはならない恋であった。Rは藤壺《ふじつぼ》と源氏の恋、ペレアスとメリザンドの恋、トリスタンとイゾルデの恋、クレェヴの奥方とヌムウル公の恋、その他さまざまの道ならぬ恋を例証にあげて自分の苦悩を飾った。

少年はききながら、彼の告白に何一つ未知の要素のないことに愕《おどろ》いた。すべては書かれ、すべては予感され、すべては復習されていた。書かれた恋のほうがずっと生々《いきいき》している。詩に歌われた恋のほうがずっと美しい。Rがそれ以上の夢を見るために、現実の中へ出て行ったことは解《げ》せなかった。凡庸への欲求がどうして生れるのかわからなかったのである。

　Rは話すうちに、心がほぐれて来たと見え、今度は永々と自分の恋人の美しさを語ってきかせた。すばらしい美人のようでもあったが、何一つ目にうかぶ形はなかった。今度のとき写真を見せてあげる、とRが言った。それからRは一寸《ちょっと》照れながら、効果的な結語を言った。

「彼女が僕の額をとても美しいって言ってくれるんだ」

　少年はかき上げられた髪の下にあらわれているRの額を見た。秀《ひい》でた額は、わずかな戸外の光りのために、うすく皮膚の表面をかがやかせ、二つの大きな見えない拳《こぶし》をつき合せたような形をはっきりと描いていた。

『ずいぶんおでこだな』と少年は思った。少しも美しいという感想はなかった。『僕だってとてもおでこだ。おでこは美しいというのとはちがう』

――そのとき少年は何かに目ざめたのである。恋愛とか人生とかの認識のうちに必ず入ってくる滑稽《こっけい》な夾雑物《きょうざつぶつ》、それなしには人生や恋のさなかを生きられないような滑稽な夾雑物を見たのである。すなわち自分のおでこを美しいと思い込むこと。

もっと観念的にではあるが、少年も亦《また》、似たような思い込みを抱いて、人生を生きつつあるのかもしれない。ひょっとすると、僕も生きているのかもしれない。この考えにはぞっとするようなものがあった。

「何を考えてるの？」

とRがいつものやさしい口調できいた。

少年は、下唇《したくちびる》を噛《か》んで笑っていた。戸外は少しずつ暮れかけていた。野球部の練習の喚声がきこえ、バットに当った球が天空へ弾《はじ》ける刹那《せつな》の乾いた明快な音がひびいた。

『僕もいつか詩を書かないようになるかもしれない』と少年は生れてはじめて思った。

しかし自分が詩人ではなかったことに彼が気が附くまでにはまだ距離があった。

海と夕焼

文永九年の晩夏のことである。のちに必要になるので附加えると、文永九年は西暦千二百七十二年である。

鎌倉建長寺裏の勝上ヶ岳《しょうじょうたけ》へ、年老いた寺男と一人の少年が登ってゆく。寺男は夏のあいだも日ざかりに掃除をすまして、夕焼の美しそうな日には、日没前に勝上ヶ岳へ登るのを好んだ。

少年のほうは、いつも寺へ遊びに来る村童たちから、唖《おし》で聾《つんぼ》のために仲間外れにされているのを、寺男が憐《あわ》れんで、勝上ヶ岳の頂きまでつれてゆくのである。

寺男の名は安里《アンリ》という。背丈はそう高くないが、澄み切った碧眼《へきがん》をしている。鼻は高く、眼窩《がんか》は深く、一見して常人の人相とはちがっている。そこで村の悪童どもは、蔭《かげ》では安里と呼ばずに、「天狗《てんぐ》」と呼びならわしている。

話す言葉はすこしもおかしくない。それとわかる他国の訛《なまり》もない。安里は、この寺を開かれた大覚禅師蘭渓《らんけい》道隆に伴われてここへ来てから、二十数年になるのである。

夏の日光が斜めになって、昭堂のあたりは日が山に遮《さえぎ》られてすでに翳《かげ》っている。山門はあたかも、影と日向《ひなた》とを堺《さかい》にして聳《そび》えている。木立の多い境内全体に、俄《にわ》かに影の増してくる時刻である。

しかし安里と少年ののぼってゆく勝上ヶ岳の西側は、まだ衰えない日光を浴びて、満山の蟬《せみ》の声がかしましい。草むした山道ぞいに、秋にさきがけて、鮮やかな朱の曼《まん》珠沙華《じゆしやげ》がいくつか咲いている。

頂きに着いた二人は、汗を拭《ふ》かずに、軽い山風が肌《はだ》を涼しく乾かせてゆくに任せた。建長寺の塔頭《たつちゆう》の数々が、一望のもとに見える。西来院、同契院、妙高院、宝珠院、天源院、竜峯院。山門のかたわらには大覚禅師が母国の宋《そう》から苗木を持って来られた槙柏《しんぱく》の若木が、晩夏の日を葉に集めて、ここからもそれとわかる。

また勝上ヶ岳の山腹には、禅師の坐禅窟《ざぜんくつ》の下方には、奥ノ院の屋根がすぐ真下に見え、鐘楼は更にその下に聳えている。禅師の坐禅窟の下方には、花どきに一面の花の海になる桜の林が、ゆたかな葉桜の影を作っている。麓《ふもと》に大覚池が、木の間《こま》から水の鈍い反射で、その在処《ありか》を示している。

安里が見るのはそれらの景色ではない。

鎌倉の山や谷の起伏のむこうに、遠く一線をなして燦《きら》めいている海である。夏のあいだには、稲村ヶ崎あたりの海に日が沈むのがここから見える。

水平線の濃紺が空に接するところに、低くつらなった積雲がわだかまっている。それは動かないが、夕顔の花弁がほぐれるように、実はごく静かにほぐれて、形をすこしずつ変えているのである。その上にはやや色褪《あ》せたよく晴れた青空があり、雲はまだ色づくには早いが、内部からの光りで、ほんのりと杏子《あんず》いろの影を刷《は》いている。

空は丁度夏と秋とが争い合っているけしきである。何故《なぜ》かというと、水平線からはるかに高い空には、横ざまに、鰯雲《いわしぐも》がひろがっているのである。鰯雲は鎌倉のかずかずの谷《やつ》の上に、柔らかなこまかい雲の斑《ふ》を敷き並べている。

「おお、まるで羊の群のようだ」

と安里が、老い嗄《しわが》れた声で言った。しかし唖で聾の少年は、かたわらの石に腰掛けて、寺男の顔をじっと見上げている。寺男は独言を言うのも同じである。

少年には何もきこえず、少年の心は何事をも解さない。が、その澄んだ目はいかにも聡《さと》く、安里の言葉をではなく、安里の言おうとするところを、青い澄んだ目から自分の目へ直《じか》に映し出すことができそうに思われる。

それだから安里は、恰《あた》かも少年に話しかけるように言うのである。その言葉は、日《ひ》頃《ごろ》彼が達者に操る日本語ではない。故里《ふるさと》の中央山地の方言をまじえた仏蘭西《フランス》語で、もしほかの悪童どもがこれを聞いたら、母音の多い滑らかに転《まろ》び出るようなその国語を、「天狗」にふさわしくない言葉だと聴いただろう。

もう一度安里は、溜息《ためいき》をまじえてこう言った。

「ああ、まるで羊の群だ。セヴェンヌのあの可愛《かわい》い仔羊《こひつじ》どもはどうしたろう。あいつらは子供をもち、孫ができ、曾孫《ひいまご》ができ、やがて死んだだろう」

彼は一つの巌《いわ》に腰を下ろし、夏草が遠い海の眺《なが》めを遮らぬ場所に席を占めた。蟬が山いちめんにこもって鳴いている。

安里は少年のほうへ、澄んだ碧眼を向けて、語りかけた。

「お前は何を私が言ってもわかるまい。しかしあの村人たちとちがって、お前は私の言うことを信じてくれるだろう。私は話すよ。きっとお前にも信じにくい話かもしれないが、きいておくれ。お前のほかに、誰も私の話を本当にしてくれそうな人はいないんだから」

安里はたどたどしく話した。話に詰ると、何か見馴《みな》れぬ奇異な身振をして、話を身振でもって呼び起そうとするように見えた。

「……むかし、お前ぐらいの年頃、いや、お前よりずっと前の年頃から、私はセヴェンヌの羊飼だった。セヴェンヌは、フランスの美しい中央山地で、ピラ山の南の地方、トゥールーズ伯爵《はくしゃく》の御領地だ。そう言ってもわかるまい。この国の人は、私の母国の名前さえ知らないからね。

時は丁度、第五十字軍が一旦《いったん》聖地を奪回したのに、また奪い返された千二百十二年のことだった。フランス人は悲しみに沈み、女たちは又しても喪服をまとった。

ある夕暮、私は羊の群を牧から追い戻して、ひとつの丘をのぼりかけた。空はふしぎな具合に澄んでいた。私の連れていた犬が低く唸《うな》って、尾を垂れて、私の蔭にかくれるような様子をした。

私は基督《キリスト》が丘の上から、白い輝やく衣を着て、私のほうへ下りて来られるのを見た。絵でよく見るのと同じ髭《ひげ》を生やし、大へん慈愛の深い微笑を湛《たた》えておられた。私は地にひれ伏した。主は、手をさしのべて、たしかに私の髪に触って、こう言われた。

『聖地《エルサレム》を奪い返すのはお前だよ、アンリ。異教徒のトルコ人たちから、お前ら少年がエルサレムを取り戻すのだ。沢山の同志を集めて、マルセイユへ行くがいい。地中海の水が二つに分れて、お前たちを聖地へ導くだろう』

……たしかに私はそこまで聴いた。それから私は失神していたのだ。犬が私の顔を舐《な》めて起し、気がついた私は、薄暮の中に心配そうに私の顔をさしのぞいている犬を目近《まぢか》に見た。私の全身は汗に濡《ぬ》れていた。

帰ってからも私はその話を誰にもしなかった。誰も信じてくれないと思ったからだ。

四五日して雨の降る日だった。私は番小屋に一人でいた。前と同じ薄暮のころ、戸を叩《たた》く者がある。出て見ると、年老いた旅人が立っている。そして私にパンを乞《こ》うた。私はまじまじとその旅人を見た。高い鼻をし、白い鬚《ひげ》に包まれ、荘厳な顔立ちで、わけても目が深くおそろしいほど澄んでいる。雨が降っているから、家へお入りなさい、と私は言ったが、答はない。見ると、着物は雨の中を歩いてきたのに少しも濡れていないのだ。

私は畏怖《いふ》に打たれて、口をきけずにいた。老人はパンの礼を言って、立去った。立去りざま、彼がはっきりした声で私の耳もとでこう言うのを私はきいた。

『この間のお告げを忘れたのか。なぜ躊躇《ちゅうちょ》する。お前は神に遣わされた者なのだぞ』

私は老人のあとを追おうとした。

しかしあたりはすっかり暗み、雨脚は繁《しげ》く、老人の姿はもう見えなかった。羊どもの、身をすり合わせて不安げに啼《な》く声が、雨のなかにきこえた。

……その晩、私は眠れなかった。

あくる日、牧へ出ると、私は最も親しい同年の羊飼に、とうとうこの話をした。信心ぶかい少年は、話をきくなり、身をわななかせて、苜蓿《うまごやし》の花の上に膝《ひざ》まずいて、私を拝んだ。

旬日ならずして、私のまわりには近隣の羊飼たちが集まった。私は決して傲慢《ごうまん》な少年ではなかったが、みんなは進んで私の弟子になった。

そのうちに私の村から遠くないところで、八歳の預言者が出現したという噂《うわさ》が立った。幼ない預言者は説教をしたり、奇蹟《きせき》を行ったりするというのだ。盲《めく》らの少女の目に手をふれると、開眼したというような噂もある。

私は弟子たちとそこへ赴いた。預言者はほかの子供たちにまじって、おかしそうに笑い声を立てて、遊んでいた。私はその子供の前に膝まずいた。お告げの逐一を話した。

子供は乳のような肌《はだ》をし、金いろの捲毛《まきげ》が青く静脈の透けてみえる額にかかっていた。私が膝まずくと、笑いを納め、小さな唇《くちびる》のはたを二三度ひきつらせた。しかし私を見ているのではない。起伏に富んだ牧場の地平線をぼんやり見つめている。

そこで私もそのほうを見た。そこにかなり丈の高い橄欖《かんらん》の木が立っていた。梢《こずえ》に光りが漉《こ》されて、枝々や葉が、内側から明るんでいるようにみえた。風が渡った。子供はおごそかな様子で私の肩に手を触れ、そのほうを指さした。すると私には、その樹の梢に、多くの天使が群がって、金いろにかがやく翼をうごかしているのがはっきりみえた。

『東へ行くんだよ。東のほうへ、どこまでも行くんだ。そのためには、お告げのとおりにマルセイユへ行ったらいい』

と子供は、さきほどとはまるでちがうおごそかな声で言った。

噂はそうしてひろまった。フランスの各地で、同じようなことがつぎつぎと起っていた。十字軍の戦死者の子供たちは、ある日父親の形見の剣を持って家を出てしまった。またあるところでは、今まで庭の噴水のほとりで遊んでいた子供が、俄《にわ》かに玩具を放り出して、女中からわずかなパンをもらって出て行った。母親がつかまえて叱《しか》ると、マルセイユへ行く、と言って肯《き》かなかった。

ある村の広場では、夜のあけぬうちに、寝床から忍び出て来た子供たちが集まって、聖歌をうたいながら、どこへともしれず旅立った。大人たちが目をさましてみると、村にはごく小さくて歩けない子を除いては、子供という子供がいなくなっていた。

私がいよいよ多くの同志を連れて、マルセイユへの旅仕度をはじめていると、両親が私を連れに来て、泣いて私の無謀を詰《なじ》った。しかし私の大ぜいの弟子どもが、この不信心な両親を追っ払ってしまった。私と一緒に旅立ったものでも百人を下らなかった。フランスやドイツの各地から数千人の子供たちが、この十字軍に加わっていたのだ。

旅は容易ではなかった。半日も行くか行かぬに、最も幼ない最も弱い者が倒れた。

私たちは亡骸《なきがら》を埋めて泣き、小さな木の十字架をそこに立てた。

別の一隊の百人の子供たちは、黒死病の流行している地帯へ知らずに入って、ひとりのこらず斃《たお》れたときいている。私たちの隊でも、疲労のあまり錯乱して、崖《がけ》から身を投げて死んだ少女もある。

ふしぎなことに、死んでゆく子供たちは、必ず聖地の幻を見るのだった。それはおそらく荒廃した今の聖地ではなく、百合《ゆり》が咲き乱れ、蜜《みつ》のあふれる沃野《よくや》の幻だった。どうして私たちがそれを知ったかというと、死んでゆく者が幻を物語りもし、もし物語らなくても、目が恍惚《こうこつ》として広大な光りに直面しているように見えたからだ。

さて私たちはマルセイユに着いた。

そこではすでに数十人の少年少女が私たちを待っていた。私たちが到着すれば海の水が左右に分れると思っていたのだ。到着した私たちは、すでに三分の一の人数になっていた。

私は頰《ほお》を輝やかした子供たちに囲まれて港へ行った。港には多くの檣《ほばしら》が立ちならび、水夫たちはものめずらしげに私たちを見た。岸壁のところで私は祈った。夕日が射《さ》して、海はまばゆかった。私は永いこと祈った。海はそのままの姿で水を満々とたたえ、波はすこしも頓着《とんじゃく》せずに岸へ寄せた。

しかし私たちは諦《あき》らめなかった。主はきっと勢揃《せいぞろ》いを待っておられるのだ。子供たちは少しずつ到着した。みんな疲れ果て、なかにはひどく患《わずら》っている者もあった。私たちは何日も空しく待った。海は分れなかった。

そのとき一人の大へん信心深い様子の男が近づいて来て、私たちに喜捨を申し出た。その上自分の持船で、エルサレムまで私たちを連れてゆく名誉にあずかりたいと遠慮がちに言った。半ばは乗船をためらったが、私を含めて半ばは、勇んで船に乗り込んだ。

船は聖地へは向わずに、船首を南へ向けて、埃及《エジプト》のアレキサンドリアに着いた。その奴隷《どれい》市場で、私たちは悉《ことごと》く売られてしまった」

……安里はしばらく黙った。そのときの無念をまた思い返している風《ふう》である。

空にはすでに晩夏の壮麗な夕焼がはじまっていた。鰯雲はすっかり紅いになり、赤や黄の長い幟《のぼり》を、横に引きわたしたような雲もあった。海のほうでは、空が殊《こと》に燃えさかる炉のようである。あたりの草木までが、空の焔《ほのお》に映えて、緑をひときわ鮮やかにしている。

安里の言葉は、もう夕焼に直《じか》に向って、夕焼に話しかけているかのようである。彼の目には輝やく海の焔の中に故郷の風物や故郷の人たちの顔が見えるのである。また少年のころの自分の姿も見える。友だちの羊飼の姿も見える。夏の暑い日には、かれらは粗布《きぬ》の衣の片肌を脱ぎ、少年の白い胸に薔薇《ばら》いろの乳首を見せていた。殺され、あるいは死んだうら若い十字軍の戦士たちの顔が、海の夕映えに群がり立った。兜《かぶと》こそつけていないが、金髪や亜麻《あま》いろの髪は夕日に映え、焔の兜を戴《いただ》いているように見えるのである。

生き残った少年も四散した。永い奴隷の生活に、安里は知った顔に行き会ったことが一度もない。あれほど憧《あこが》れたエルサレムの地を訪れたこともとうとうない。安里は波斯《ペルシャ》の商人の奴隷になった。さらに売られて印度《インド》へ行った。そこで鉄木真《テムジン》の孫抜都《バツ》の西征の噂をきいた。彼は故国の危急を思うて泣いた。

当時、大覚禅師は仏教を学びに印度へ来ていた。ふとした機縁から、安里は禅師の力で自由の身にしてもらった。その御恩返しに、生涯《しょうがい》禅師に仕えたいと思うようになった。禅師の故国へ従い、さらに師が日本へ渡るときいて、たってお願いして、お供をして日本へ来たのである。

安里の心には今安らいがある。帰国の空しい望みはとうに捨て去り、日本の土に骨を埋める覚悟が出来ている。師の教えをよくきいて、いたずらに来世をねがったり、まだ見ぬ国に憧《あこが》れたりすることはない。それだというのに、夏の空を夕焼が染め、海が一線の緋《ひ》にかがやくときには、足はおのずと動いて、勝上ヶ岳の頂きへ向わずにはいられない。

夕焼を見る。海の反射を見る。すると安里は、生涯のはじめのころに、一度たしかに我身を訪れた不思議を思い返さずにはいられない。あの奇蹟、あの未知なるものへの翹望《ぎょうぼう》、マルセイユへ自分等を追いやった異様な力、そういうものの不思議を、今一度確かめずにはいられない。そうして最後に思うのは、大ぜいの子供たちに囲まれてマルセイユの埠頭《ふとう》で祈ったとき、ついに分れることなく、夕日にかがやいて沈静な波を打ち寄せていた海のことである。

安里は自分がいつ信仰を失ったか、思い出すことができない。ただ、今もありありと思い出すのは、いくら祈っても分れなかった夕映えの海の不思議である。奇蹟の幻影より一層不可解なその事実。何のふしぎもなく、基督の幻をうけ入れた少年の心が、決して分れようとしない夕焼の海に直面したときのあの不思議……。

安里は遠い稲村ヶ崎の海の一線を見る。信仰を失った安里は、今はその海が二つに割れることなどを信じない。しかし今も解《げ》せない神秘は、あのときの思いも及ばぬ挫《ざ》折《せつ》、とうとう分れなかった海の真紅《しんく》の煌《きら》めきにひそんでいる。

おそらく安里の一生にとって、海がもし二つに分れるならば、それはあの一瞬を措《お》いてはなかったのだ。そうした一瞬にあってさえ、海が夕焼に燃えたまま黙々とひろがっていたあの不思議……。

年老いた寺男はもはや何も言わずに佇《たたず》んでいる。夕焼は乱れた白髪に映え、澄んだ碧眼に一点の朱を鏤《ちりば》めている。

晩夏の太陽は稲村ヶ崎のあたりに沈みかけている。海は血潮を流したようになった。安里は昔を憶《おも》う。故郷の風物や故郷の人たちを憶う。しかし今では還《かえ》りたいという望みがない。何故なら、それらのもの、セヴェンヌは、羊たちは、故国は、夕焼の海の中へ消滅してしまったからだ。あの海が二つに分れなかったときに、それらは悉く消滅した。

しかし安里は、夕焼が刻々に色を変え、すこしずつ燃えつきて灰になるさまから目を離さない。

勝上ヶ岳の草木は、影にようやく犯されて、かえって葉脈や木の節々《ふしぶし》の輪郭がはっきりしている。多くの塔頭《たっちゅう》のいくつかは、すでに夕闇に没している。

安里の足もとにも影が忍び寄り、いつのまにか頭上の空は色を失って、鼠《ねずみ》いろを帯びた紺に移っている。遠い海上の煌めきはまだ残っているが、それは夕暮の空に細く窄《すぼ》められた一条の金と朱いろを映しているにすぎない。

そのとき佇んでいる安里の足もとから、深い梵鐘《ぼんしょう》の響きが起った。山腹の鐘楼が第一杵《しょ》を鳴らしたのである。

鐘の音《ね》はゆるやかな波動を起し、麓《ふもと》のほうから昇ってくる夕闇を、それが四方に押しゆるがして拡げてゆくように思われる。その重々しい音のたゆたいは、時を告げるよりもむしろ、時を忽《たちま》ち溶解して、久遠《くおん》のなかへ運んでゆく。

安里は目をつぶってそれをきく。目をあいたときには、すでに身は夕闇に涵《ひた》って、遠い海の一線は灰白色におぼめいている。夕焼はすっかり終った。

寺へかえるために、安里が少年を促そうとしてふり向くと、両手で抱いた膝に頭を載せて、少年は眠っていた。

新聞紙《がみ》

敏子の若い良人《おっと》はいつも忙しい。今夜も十時まで妻と附合って、それから自分の車を運転して、妻を置いて、次の附合へ行ってしまう。良人は映画俳優である。敏子は自分のついて行けない良人の夜の附合を、みんな我慢しなければならない。

敏子はタクシーをやとって、一人で牛込払方町の家へかえるのに慣れている。家には二歳になる赤ん坊が待っている。それでも敏子は、今夜もうすこし、外で遊んでいたいのである。

家の洋風の広間へ、夜一人でかえるのがいやである。そこにはあれだけ洗ったのに、まだ血痕《けっこん》が残っているように思われる。

あの云《い》いようのない混乱の後始末が、ようやく終ったのが昨日である。今夜は久々で気晴らしをする晩に、良人が最後まで附合ってくれるものとばかり思っていた。しかし良人はプロデューサアの麻雀《マージャン》の附合に誘われてしまった。今夜はもしかすると帰らないかもしれない。

敏子は、小柄《こがら》な敏感な、実に美しい少女だったので、学校時代にはテリヤという渾名《あだな》をつけられていた。取越苦労ばかりしていて、ちっとも肥《ふと》らなかった。父が映画会社の重役だったので、映画俳優と恋愛が生じて、幸福な結婚をしたのである。その繊細な魂は、繊細な体つきや顔立ちから、透かし絵のように窺《うかが》われた。遊ぶことと同じくらいに、人に同情することが好きである。

その晩も、ナイトクラブで行き会って、席を一緒にした友人の夫婦に、良人が大声で、面白そうに、例の話をするのに気をわるくした。

敏子が想像力の権化《ごんげ》と云ってもよいのに、アメリカ風の背広を着た若い美男の良人には、想像力というものが少しもなかった。もっぱら人の想像力に訴える職業だから、自分でそれをもつ必要がなかったのであろう。

「すごい話なんだ。全く莫迦《ばか》にした話なんだ」と彼は、バンドの音楽に対抗するように、身振をつけた大声で喋《しゃべ》った。「二ヶ月ほど前に、うちの赤ん坊の看護婦が変ったんだ。新規に来た女は、ばかにお腹の大きな女で、そのよく喰《く》うことと云ったら、米櫃《びつ》が忽《たちま》ち空《から》になっちまう。きいたら、胃拡張だというんだけどね。

それがおとといの夜おそく、僕と敏子が広間にいると、隣りの赤ん坊の部屋ですごい唸《うな》り声がきこえる。僕たちは飛んで行った。看護婦は腹を抱えて呻《うめ》いているし、そばではびっくりして赤ん坊が泣いている。『どうしたんだ』と僕がきいた。看護婦は、とぎれとぎれの声で、

『生れるかもしれないんです』

と云うじゃないか。これには僕もおどろいた。今の今まで、お腹の大きいのを、胃拡張だと思い込んでいた僕らは、呑気《のんき》なものさ。

僕たちは女中を起して、三人でようやく広間まで連れて行った。明るいところで見て、僕は二度おどろいた。看護婦の白い裾《すそ》は、真赤に血に染まっている。

僕が絨毯《じゅうたん》をどけて、とにかく床の上に、わるい毛布を敷いて寝かせた。看護婦は脂《あぶら》汗《あせ》を流して、額なんぞ、すっかり静脈が浮き出ているんだ。

産婦人科の医者を呼んだときは、もう生れたあとだった。広間は正に流血の惨事さ」

「ひどい奴《やつ》がいたもんだね」

と友人が口を挟《はさ》んだ。

「はじめから計画的なんだよ。まるで犬だね。僕の家に赤ん坊がいて、おむつ類が一杯あることや、僕が人気商売で家の中がルーズなことなんかを、みんな計算してやって来たんだ。看護婦会長もやって来て、女を詰問《きつもん》したが、ふてくされて、『すみません』の一言もないんだからね。昨日ようやく入院させたんだが、何でも、どこかの与太者の子らしいんだよ」

「それで生れた児はどうした」

「元気な男の児さ。うちでさんざん母親が大食をしたから、目方の重い立派な赤ん坊ができたんだね。……おかげで、きのう一日は、僕も敏子も、半分神経衰弱になっちまった」

「まあ死産じゃなくてよかったね」

「女にしてみれば、死産のほうがよかったのかもしれないよ」

敏子は良人がつい一昨夜自分の家で起った事件を、世間話のように吹聴《ふいちょう》する仕方におどろかずにはいられない。一寸《ちょっと》目を閉じた。すると、あの出産の怖《おそ》ろしい情景は浮んで来ない。寄木《よせぎ》の床に、血だらけの新聞紙《がみ》に包まれて、ころがしてあった嬰児《えいじ》だけが目に浮んで来る。良人はそれを見なかったのだ。

医師はこんな異常な状態で父《てて》無し児を生んだ母親に対する軽蔑《けいべつ》から、わざと嬰児を粗略に扱ったのに相違ない。彼は軽く顎《あご》で新聞紙《がみ》のほうを指し示すと、助手にそれで嬰児を包ませて、床《ゆか》に置かせたのである。敏子のやさしい心はひどく傷ついた。彼女は気味わるさを忘れた。真新らしいフランネルの布地をもち出して、それで嬰児を包んで、そっと安楽椅子《いす》の上に置いた。……

＊＊＊

敏子は良人にしつこいと思われるのがいやだったので、あれ以来たえず心を占めているその情景の記憶を、敢《あえ》て良人に愬《うった》えることはしなかった。今夜、敏子は、何か不安にさらされながら、微笑していた。

新聞紙《がみ》に包まれて床に置かれていた赤ん坊。……肉屋の包み紙のような血だらけの新聞紙《がみ》。……新聞紙《がみ》の産着《うぶぎ》。……このたとえようのないみじめさ。

彼女の心には看護婦への憎悪《ぞうお》は、ほとんど流れていなかった。赤ん坊のこのみじめさが、どうして豊かに育った敏子に、まるで自分のみじめさのように痛切に感じられたのであろう。

『あの新聞紙《がみ》に包まれた赤ん坊を』と彼女は考えた。『目撃したのは、ほとんど私一人だと云ってもいいわ。母親は見ていたわけがないし、赤ん坊自身も知るわけがない。私だけがいつまでも記憶のなかに、あの悲惨な誕生の情景を保っていなくてはならないんだわ。もしあの赤ん坊が大きくなって、自分の生れたときの姿を人から聞いたら、何と思うでしょう！……でも大丈夫だ。私一人が秘密を洩《も》らさなければそれまでなんだから。それに私はいいことをした。ちゃんとフランネルに包み直して、安楽椅子に寝かせてやったんだから』

敏子は無口である。

ナイトクラブの前で、良人はタクシーの運転手に「牛込」と言い、敏子を乗せて、外からドアをしめた。硝子《ガラス》ごしに彼の笑っている健康な歯並が見えた。自分たちの生活には何の不安もないのだという実感が、シートにもたれた敏子をひどく疲労させた。首をめぐらして良人を見た。良人はふりかえりもせず、自分のナッシュのほうへ急ぎ、その派手なツィードの背が街路の人ごみの中へまぎれてしまう。彼は人ごみでじっと立っていることがきらいなのである。

タクシーはうごきだした。入口前の薄暗がりに大ぜいの客がひしめいている劇場は、今閉《は》ねたところで、すでに看板の電飾を消していた。敏子は、劇場の前に数本立っている桜の木が、暗さのために、枝々につけた満開の造花を、白い紙屑《かみくず》そのままに見せているのを眺《なが》めた。

『……それでもあの赤ん坊は……』とさっきの考えを、しつこく追った。『自分の出生の秘密を全く知らずに育っても、ろくな者にはならないにちがいないわ。汚れた新聞紙《がみ》の産着は、あの赤ん坊の生涯《しょうがい》の象徴になるんだわ。……こんなにまであの赤ん坊のことが気になるのは、ひょっとするとうちの児の未来を思う不安から来ているのかもしれない。……あと二十年たつ。うちの児は幸福に立派に育つ。そのとき何か怖ろしい因縁で、二十歳になったあの不幸な子が、私の息子を傷つけでもして……』

四月はじめの曇った温かい日だったのに、こう考えると、敏子の衿元《えりもと》は寒くなった。『……そのとき私が身代りになろう。二十年後……四十三歳の私。……私がその子に、はっきり言ってやろう。新聞紙《がみ》の産着と、私の包みかえてやったフランネルの産着との話を……』

タクシーは、公園とお濠《ほり》に囲まれた暗い広大な道を走っていた。右の窓とおく、ビル街のまばらな明りが見えた。『……二十年先、可哀想《かわいそう》に、あのみじめな子は、ひどい怖ろしい境遇にいるだろう。希望もなく、お金もなく、若い身を荒《すさ》ませて、鼠《ねずみ》のようにに生きているだろう。あんなふうにして生れた児は、そうなる他《ほか》はないんだわ。そうして父親を呪《のろ》い、母親を憎み、いつも一人ぼっちだろう』

こんな憂鬱《ゆううつ》な考えは、どこかで彼女の気に入っているにちがいなかった。そうでなければ、敏子がそうまで微細に、「彼」の未来を思い描くことのできた筈《はず》がない。

タクシーは半蔵門をすぎて、英国大使館前へさしかかっていた。そのときこのあたりの有名な桜並木が、敏子の目いっぱいにひろがった。

彼女に咄嗟《とっさ》の気まぐれが生れた。ここで一人で夜桜を見ようと思い立ったのである。タクシーを下り、ゆっくり花を見てから、いくらも通るタクシーを拾い直せばいい。臆病《おくびょう》な敏子にとっては、これは大した冒険だったが、いろんな不安な夢想が爆発して、大人しく家へかえることを、どうしても妨げずに措《お》かないのである。

小柄な愛らしい若奥様は、タクシーを下りて、ひとりで車道を渡った。車道を渡るとき、いつもなら、連れにつかまって、びくびくしながら渡るのに、急に異様な解放感に襲われた敏子は、濠端の公園の側《がわ》へ、夜の疾駆する車を縫って、一気に渡った。

その細長い小公園は、千鳥《ちどり》ヶ淵《ふち》公園というのである。

公園じゅうが桜の林で、満開の花は、白々と枝から枝へつづいて、風のない曇った夜空の下に、ひしめき合ったまま凝固してしまったように見える。下げ渡された提灯《ちようちん》は消えている。そのかわり、赤、黄、緑などの裸電球が、樹下のそこかしこに、どんよりと灯《とも》っている。

十時を大分廻ったので、花見の人影は少かった。足もとには紙屑がちらばり、黙った人がゆき交うときに、紙の踏みにじられる音や、空罎《あきびん》のころがる音が、唐突にした。

『……新聞紙《がみ》……血にまみれた新聞紙《がみ》……みじめなお誕生……あんな身の上が、もし自分のものだと知ったら、その人の一生は、めちゃくちゃになるにちがいないわ。それほどの人一人の大きな秘密を、何のゆかりもない私が、このさきじっと、もちつづけて行かねばならないなんて……』

敏子はこういう空想で、日《ひ》頃《ごろ》の臆病さを忘れてしまった。ゆき交う人も多くはしめやかな男女の一組であるから、彼女にからかって来たりはしない。ある一組は花を見ずに、濠ぞいの石のベンチに腰かけて、濠のほうを眺めて黙っている。濠は真黒で、水のおもても影に包まれている。濠のむこうの皇居の森は黒く立ちはだかり、曇った夜空との境も暗澹《あんたん》として、何の文色《あいろ》もない。

敏子はゆっくり、花の下の暗い道を歩いた。頭上に花が重たく感じられるような気がした。

いくつか並んだ石のベンチの、外れの一つに、白いものが見えた。花が散って溜《たま》っているのでもなく、石の欠けた色でもなかった。彼女はそのほうへ歩いた。

黒い影が外れのベンチに寝ていた。

酔って寝ているのでないことは、周到に敷きつめた新聞紙《がみ》でそれとわかる。白く見えたのは新聞紙《がみ》だったのだ、と敏子は思った。

石の上に、幾重にも古い新聞紙《がみ》が敷き重ねられ、そこに横向きに体をかがめて、茶色いジャンパアの男が寝ていた。ここが春になってからの彼の定宿なのであろう。

敏子は思わずその前に立止った。新聞紙《がみ》に包まれて眠っている男が、そのとき、忽ちあのみじめな産着に包まれて床にころがされていた赤ん坊を思い出させたのにふしぎはない。

男の梳《くしけず》らない汚れた髪が、ところどころもつれたようになっているのを、敏子は見下ろした。ジャンパアの肩は、寝息につれて闇《やみ》の中に起伏している。

敏子はさっきからの自分の空想、同情のやさしい心に育《はぐ》くまれていた悲しい空想が、急に形を成すように感じた。男の闇にうかんでいる額は、若い額だったが強い皺《しわ》を刻んで、永い貧苦のあとがはっきりわかった。カーキいろのズボンを折り曲げて寝ていたが、その先には素足に穴だらけの運動靴《ぐつ》を穿《は》いていた。

敏子は急にその顔が見たくなった。顔のほうへまわって、腕のなかに埋めている寝顔に見入った。男は意外に若く、秀《ひい》でた眉《まゆ》をもち、美しい鼻筋をしていた。うっすらとあいた口もとには幼なさがあった。

敏子があまり近づいたので、男の褥《しとね》にしている新聞紙《がみ》が、大仰な音を立てた。男は目をさまして、急に目をかがやかすと、大きな手がいきなり敏子の手首をつかんだ。

敏子は、どうしたことか少しも怖くなかった。その繊細な手首をあずけたまま、咄嗟のあいだに、

『おや、もう二十年たったのだわ』

と敏子は思った。……

皇居の森は真黒に静まり返っている。

牡<ruby>ぼ</ruby>

丹<ruby>たん</ruby>

思いもかけぬ友人が、思いもかけぬところへ私を誘いに来た。牡丹園を見に行こうというのである。友人草田は、職業も居所も不明で何かの政治運動に携わっていると いう風評があるが、たしかではない。小柄《こがら》で、目が鋭く、諧謔《かいぎゃく》に富み、何でも知っている男である。

午後二時すぎに、私たちは家を出て電車を二度乗りかえて、ついぞ乗ったことのない郊外電車の客になった。それは五月のはじめのよく晴れた祭日である。

郊外の小駅の前には、神奈川県の一港市に連絡する大型のバスが待っていた。バスは都心の道路よりも、よほど見栄《みば》えのする新らしいコンクリート道路である（ママ）。

「軍用道路なんだよ。今度出来たんだ」

と何でも知っている友は、まことに簡潔に説明した。路傍の池には、おたまじゃくしを掬《すく》っているピクニックの子供たちが、すぐかたわらを通るバスには目もくれずに、シャツのはみだした小さなズボンのお尻《しり》を並べている。

とある停留所でバスを下りる。牡丹園の道しるべが大きく出ている。道は田畑のあいだをうねり、時刻が時刻なので、帰路の人たちが群をなして、私たちはたびたび道を除《よ》けなければならない。

茄子《なす》の苗床。葱坊主《ねぎぼうず》。道のもう片方は沼になっていて、おたまじゃくしが、日を受けて明るんでいる藻《も》をくぐるのがはっきりと見え、見えない去年の蛙《かえる》がそこかしこで鳴いている。その一角が区切られて夏大根の洗い場になっている。腿《もも》まであるゴム長を穿《は》いた二人の農夫が、せっせと大根を洗っては、かたわらの板の上に、互いちがいに、洗い了《お》えた夏大根を積んでいる。

「この洗い立ての白さは妙にエロティックだね」

と私が言った。

「そうだね」

と無暗《むやみ》に道を急いでいる草田は、好加減《いいかげん》な返事をした。街の雑沓《ざっとう》を二人で歩くと、この男の足の速さに姿を見失ったことが何度かある。

小道は昇りになって、木深いところに門があり「桂《かつら》ヶ岡《おか》牡丹園」の文字が読まれた。私たちは入園料を払って門をくぐった。俄《にわ》かに視界がひらけ、大ぜいの見物客が三々五々もとおっている明るい牡丹の花圃《かほ》が目の前にあった。

小径《こみち》が花圃をいくつにも分けており、それぞれの区劃《くかく》は、アネモネ、躑躅《つつじ》、アイリス、などに縁取られている。牡丹にはひとつひとつ、華麗な名を書いた立札が添えてある。

麟鳳《りんぽう》。

金閣。

扶桑司。

花大臣。

酔顔。

霞ケ関。

長楽。

還城楽《げんじょうらく》。

錦輝。

月世界。

麟鳳は赤紫の天鵞絨《ビロード》の大輪である。長楽は薄桃色が中央へゆくほど濃い緋色《ひいろ》になっている。なかんずく豪華なのは白い大輪の月世界でその前にはカメラを構えた客が膝《ひざ》まずき、うしろから画家がスケッチの鉛筆をうごかしていた。

牡丹はしかし一体に盛りをすぎ、すでに頽《すた》れた花は、洋紅色の花弁が、火に会ったようにちりちりと皺《しわ》だみ、黄いろい蕊《しべ》はちぢんで、乾いた葉ばかりが、葉脈をくっきりさせて、彫刻的な端麗さを残していた。花の落ちた葉ばかりの木《ぼく》もあった。低い木《ぼく》から、青黄いろい生々しい茎が生い出《い》で、その上に、大きな白い花輪が重くたわんでいるものもあったが、中には添木を附した一尺ほどの高さの木《ぼく》もある。

「あのくらいにしたいもんだわ」

と二人の老嬢《オールドミス》らしい客の、大声の会話が耳にひびいた。

「やっぱりこのくらいの面積がなくちゃいけないのよ」

「うちのはやっぱり、いろいろ抜いて行かなくちゃ」

草田が私の肩を叩《たた》いて、注意を促した。

私はそのほうを見た。

一人の見すぼらしい身装《みなり》をした老人が、われわれのそばをゆるゆると通りすぎた。つぎはぎの縞《しま》のワイシャツに、裾《すそ》のすぼまった軍隊ズボンを穿き、色の剝《は》げた紅《あか》い鳥打帽子をかぶっている。地下足袋を穿いている。

体つきはがっちりしていて、頰《ほお》には白い無精髭《ぶしょうひげ》がまばらに光り、奥深い目が輝きを放っている。まわりの見物客には少しも関心を示さない。一本一本、牡丹の前に立ちどまり、時にはしゃがんで、喰《く》い入るように花を見つめている。

丁度老人が見つめている花は、初日の出という緋いろの牡丹であった。ひらききって衰えがもう一歩《ひとあし》で見えはじめようという花である。影は花弁の内外《うちそと》に複雑に畳まれ、風につれて、それらの影は互いにせめぎ合って複雑に動いた。

「何だい、あれは」

と私は草田の耳もとで低声《こごえ》でたずねた。草田があまり真剣な面持《おももち》で、老人を見送ったからである。

「この牡丹園の持主だよ。川又《かわまた》というんだ。つい一年ほど前にここを買い取ったんだ」

と友は低い迫った声で答えた。それから園の外れの、小高い丘の上に張られた天幕を見上げて急に朗らかな声で、「やあ」と言った。

「あそこにビールの売店がある。もう牡丹も飽きたな。呑《の》みに行かないか」

私は彼の勝手に少なからず腹を立て、まだ牡丹を半分も見ていないから先に行って呑んでいてくれ、と言った。

気忙《きぜわ》しい案内人がビールを呑みに行くと、一人残った私はおちついて爾余《じよ》の牡丹を見ることができた。

雪月花という名の牡丹は、白ちりめんの花弁のうちに、ほとんど金色《こんじき》の蕊を護《まも》っていた。それぞれその牡丹に個性があった。眺《なが》めわたすと、そこかしこに立ったりしゃがんだりしている見物客の姿が邪魔であるが、黒い土のうえにひとつひとつ重たい影を落している牡丹は、満開の草花の花園などとはちがって、一本一本が土のスペースに囲まれて孤独に見え、全体の印象は、沈鬱《ちんうつ》に感じられた。見事にひらき切った花も、木《ぼく》が低くて、それに比して花ばかりが大々《だいだい》としているから、きのうまでの雨に湿った土から、じかに咲き出たような気味のわるい生々《なまなま》しさがあった。

私は小径を曲った。

すると花圃はまだそのさきにつづいており、ビールの売店のある丘をめぐって、むこうの山ぞいまで見わたすかぎりの牡丹であった。

渇《かわ》きを覚えた私は、我を折って丘の石段をのぼりはじめた。天幕の外れに、派手なビーチ・パラソルが見え、その下の卓にビール罎《びん》とコップを置いて、草田は手をあげて私を呼んだ。

私たちは二本のビールをまたたく間《ま》にあけた。草田が、口もとの泡《あわ》を、毛深い腕で拭《ぬぐ》って、こう言った。

「ここの牡丹が何本あるか知ってるかい」

「さあね。相当な数だろう」

私は夕影が半ば犯してきた牡丹園の全景を眺め下ろした。まだ家族づれの客の数はかなりあった。カメラのレンズが、傾きかけた日をうけて、その一人の胸に光ったりした。

「五八〇本あるんだよ」

「よく知ってるな」

と草田の博識に馴《な》れている私はおどろかずに合槌《あいづち》を打った。

そのとき、牡丹園の只中《ただなか》を、蹌踉《そうろう》と先程の老人が横切った。彼はまた一つの牡丹の前に、立止って、手をうしろに組んで、じっと花のおもてを見つめていた。

「五八〇本といおうか、五八〇人といおうか」

と突然草田が言った。

私は愕然《がくぜん》として、顔をあげて草田を見た。何でも知っている友は言葉を継いだ。

「あの川又という老人は、もとの有名な川又大佐なんだよ。君も知ってるだろう。南《ナン》京虐殺《キンぎやくさつ》の首謀者と目された男だ。

あいつはとうとう身を隠して、戦犯裁判から逃げとおした。もう大丈夫となると、姿を現わして、この牡丹園を買いとったんだ。

戦犯の罪状には、彼の責任をとるべき虐殺が、数万人に及んでいる。しかし本当のところ、大佐がたのしみながら、手ずから念入りに殺したのは、五八〇人にすぎなかった。

しかも、君、それがみんな女だよ。大佐は女を殺すことにしか個人的な興味を持たなかったんだ。

ここの持主になってから川又は牡丹の木を厳密に五八〇本に限定した。手ずから花を育て事実牡丹園はこれだけの成果をあげている。しかしこんな奇妙な道楽は何だと思う？　俺《おれ》はいろいろと考えた。今では多分こうだろうという結論に達している。

あいつは自分の悪を、隠密な方法で記念したかった。多分あいつは悪を犯した人間のもっとも切実な要求、世にも安全な方法で、自分の忘れがたい悪を顕彰することに成功したんだ」

橋づくし

……………元はと問へば分別の
あのいたいけな貝殻《かひがら》に一杯もなき蜆橋《しじみばし》、
短かき物はわれわれが此《こ》の世の住居秋の日よ。
――『天の網島』名ごりの橋づくし――

陰暦八月十五日の夜、十一時半にお座敷が引けると、小弓《こゆみ》とかな子は、銀座板甚道《いたじんみち》の分桂家《わけかつらや》へかえって、いそいで浴衣《ゆかた》に着かえた。ほんとうは風呂《ふろ》に行きたいのだが、今夜はその時間がない。

小弓は四十二歳で、五尺そこそこの小肥りした体に、巻きつけるように、白地に黒の秋草のちぢみの浴衣を着た。かな子は二十二歳で踊りの筋もいいのに、旦那運《だんな》がなくて、春秋《はるあき》の恒例の踊りにもいい役がつかない。これは白地に藍《あい》の観世水《かんぜみず》を染めたちぢみの浴衣を着た。

「満佐子《まさこ》さんは、今夜はどんな柄《がら》かしら」

「萩《はぎ》に決ってるよ。早く子供がほしいんだとさ」

「だって、もうそこまで行ってるの？」

「行ってやしないよ。それから先の話なんだよ。岡惚《おかぼ》れだけで子供が生れたら、とんだマリヤ様だわ」

と小弓が言った。花柳界では一般に、夏は萩、冬は遠山《とおやま》の衣裳《いしょう》を着ると、妊娠するという迷信がある。

いよいよ出ようというときに、又小弓は腹が空《す》いた。毎度のことであるのに、空腹はまるで事故のように、突然天外から降って来る心地がする。それまではそんなに空いていない。又便利なことに、お座敷のあいだはどんなに退屈な席でも、腹が空いて困ったことはない。お座敷の前と後とに限って、それまで腹工合《ぐあい》のことなんか忘れているのに、突然発作に襲われたように腹が空くのである。小弓はそれに備えて、程のいい時に、適度に喰《た》べておくということができない。たとえば夕刻髪結へ行くと、同じ土地の妓《こ》が、順を待つあいだを、岡半の焼肉丼《どんぶり》なんぞを誂《あつら》えて、旨《うま》そうに喰べているのを見ることがある。それを見ても小弓は何とも思わない。旨そうだとも思わない。それだというのに、ものの一時間もすると、突如として空腹がはじまり、唾液が忽《たちま》ち小さな丈夫な歯の附根から、温泉のように湧《わ》いた。

小弓やかな子は、分桂家へ看板料と食費を毎月納めている。小弓の食費は格別多いのである。それは小弓が大食の上に、口が奢《おご》っているからだったが、考えてみると、お座敷の前後に腹の空く奇癖がはじまってから、食費がだんだんに減り、今では、かな子を下廻るようになっている。奇癖がはじまったのは、いつごろからとも知れない。呼ばれた家の台所で、お座敷へ出る前に、小弓が足許《あしもと》に火がついたように、「ちょいと何か喰べるものないこと」と要求するようになったのは、いつごろからとも知れない。今日では、はじめに呼ばれた家の台所で夕食を喰べ、最後に呼ばれた家の台所で、お座敷の引けたあと、夜食を喰べるのが習慣になった。そこで、腹もこの習慣に調子を合せ、分桂家へ納める食費も減るようになったのである。

すでに寝静まった銀座を、小弓とかな子が浴衣がけで新橋の米井《よねい》へ歩いてゆくとき、かな子は窓々に鎧扉《よろいど》を下ろした銀行のはずれの空を指して、

「晴れてよかったわね。本当に兎《うさぎ》のいそうな月よ」

と言ったが、小弓は自分の腹工合のことばかり考えていた。今夜のお座敷は、最初が米井である。最後が文酒家《ふみのや》である。文酒家で夜食をして来ればよかったが、時間がないのでまっすぐ着換えにかえって、又行先が米井では、夕食をした台所で、一晩のうちに又夜食を催促しなければならない。それを考えると大そう気が重い。

……が、米井の勝手口を入ったとき、小弓のこの煩悶《はんもん》は忽ち治った。すでに予想通り萩のちりめん浴衣を着て、厨口《くりやぐち》に立って待っていた米井の箱入娘満佐子が、小弓の姿を見るなり、

「まあ早かったわね。まだ急ぐことないわ。上ってお夜食でも喰べていらっしゃいよ」

と気《き》を利かせて言ったからである。

広い台所はまだ後片付で混雑している。明りの下に、夥《おびただ》しい皿小鉢《さらこばち》がまばゆく光っている。満佐子は厨口の柱に片手を支えているので、その体は灯《ひ》を遮《さえぎ》り、その顔は暗い。言われた小弓の顔にも灯影《ほかげ》は届かず、小弓は安心した咄嗟《とっさ》の顔つきを見られなかったのを喜んだ。

小弓が夜食を喰べているあいだ、満佐子はかな子を自分の部屋へ伴なった。家へ数多く来る芸者の中でも、満佐子はかな子と一等気が合った。同い年だということもある。小学校が一緒だということもある。どちらも器量が頃合《ころあい》だということもある。そういう諸々《もろもろ》の理由を超えて、何だか虫が好くのである。

かな子はそれに大人しくて、風にも耐えぬように見えるが、積むべき経験を積んでいるので、何の気なしに言う一言《ひとこと》が満佐子の助けになることもあって頼もしい。それに比べて勝気な満佐子は、色事については臆病《おくびょう》で子供っぽい。満佐子の子供っぽさは評判のたねで、母親もタカを括《くく》っていて、娘が萩の浴衣なんぞを誂えても気にもとめないのである。

満佐子は早大芸術科に通っている。前から好きだった映画俳優のRが、一度米井へ来てからは熱を上げて、部屋にはその写真を一杯飾っている。そのときRとお座敷で一緒に撮った写真を、ボーン・チャイナの白地の花瓶《かびん》に焼付けさせたのが、花を盛って、机の上に飾ってある。

「きょう役の発表があったのよ」

と坐《すわ》るなり、かな子は貧しい口もとを歪《ゆが》ませて言った。

「そう？」満佐子は気の毒に思って知らぬ振りをした。

「又、唐子《からこ》の一役きりだわ。いつまでたってもワンサで悲観しちまう。レビューだったら、万年ラインダンスなのね、私って」

「来年はきっといい役がつくわよ」

「そのうち年をとって小弓さんみたいになるのが落ちだわ」

「ばかね。まだ二十年も先の話じゃないの」

こういう会話を交わしながら、今夜の願事《ねぎごと》はお互いに言ってはならないのであるが、満佐子もかな子も、相手の願事が何であるかがもう分っている。満佐子はRと一緒になりたいし、かな子は好い旦那が欲しいのである。そしてこの二人にはよくわかっているが、小弓はお金が欲しいのである。

この三人の願いは、傍《はた》から見ても、それぞれ筋が通っている。公明正大な望みというべきである。月が望みを叶《かな》えてくれなかったら、それは月のほうがまちがっている。

三人の願いは簡明で、正直に顔に出ていて、実に人間らしい願望だから、月下の道を歩く三人を見れば、月はいやでもそれを見抜いて、叶えてやろうという気になるにちがいない。

満佐子がこう言った。

「今夜はもう一人ふえたのよ」

「まあ、誰」

「一ト月ほど前に東北から来た家の女中。みなっていうのよ。私、要らないっていうのに、お母様がどうしてもお供を一人つけなければ心配だっていうんですもの」

「どんな子」

「まあ見てごらんなさい。そりゃあ発育がいいんだから」

そのとき葭《よし》障子をあけて、当のみなが立ったまま顔を出した。

「障子をあけるときは、坐ってあけなさいって言ったでしょう」

と満佐子が権高《けんだか》な声を出した。

「はい」

答は胴間《どうま》声《ごえ》で、こちらの感情がまるっきり反映していないような声である。姿を見ると、かな子は思わず笑いを抑えた。妙なありあわせの浴衣地で拵《こしら》えたワンピースを着て、引っかきまわしたようなパーマネントの髪をして、袖口《そでぐち》からあらわれたその腕の太さと云《い》ったらない。顔も真黒なら、腕も真黒である。その顔は思いきり厚手に仕立てられていて、ふくらみ返った頬《ほお》の肉に押しひしがれて、目はまるで糸のようである。口をどんな形にふさいでみても、乱杙歯《らんぐいば》のどの一本かがはみ出してしまう。この顔から何かの感情を掘り当てることはむつかしい。

「一寸《ちょっと》大した用心棒だわね」

とかな子は満佐子の耳もとで言った。

満佐子は力《つと》めて厳粛な表情を作っていた。

「いいこと？　さっきも言ったけど、もう一度言うわよ。家を出てから、七つの橋を渡りきるまで、絶対に口をきいちゃだめよ。願い事がだめになってしまうんだから。……それから、知ってる人から話しかけられてもだめなんだけれど、これはあんたは心配が要らないわね。……それから同じ道を二度歩いちゃいけないんだけど、これは、小弓さんが先達だから、あとについて行けばまちがいがないわ」

満佐子は大学では、プルウストの小説についてレポートを出したりしているのに、こういうことになると、学校でうけた近代教育などは、見事にどこかへ吹き飛んでしまった。「はい」とみなは答えたが、本当にわかっているのかいないのか不明である。

「どうせあんたもついて来るんだから、何か願い事をしなさいよ。何か考えといた？」

「はい」

とみなはもそもそした笑い方をした。

「あら、いっぱしだわね」

と横からかな子が言った。

するとそこへ博多帯《はかたおび》を平手で叩《たた》きながら、

「さあ、これで安心して出かけられるわ」

と小弓が顔を出した。

「小弓さん、いい橋を選《よ》っといてくれた？」

「三吉橋《みよしばし》からはじめるのよ。あそこなら、一度に二つ渡れる勘定でしょう。それだけ楽じゃないの。どう？　この頭のいいこと」

これから口を利《き》けなくなるので、三人は、一せいに姦《かしま》しく喋《しゃべ》り溜《だ》めをした。喋り溜めは厨口までそのままつづいた。厨口の三和土《たたき》に満佐子の下駄《げた》が揃《そろ》えてある。伊勢由《いせよし》の黒塗りの下駄である。そこへさし出した満佐子の足の爪先《つまさき》が、紅《あか》くマニキュアされていて、暗がりの中でもほのかな光沢を放って映えるのに、小弓ははじめて気づいた。

「まあ、お嬢さん、粋《いき》ねえ。黒塗りの下駄に爪紅《つまべに》なんて、お月さまでもほだされる」

「爪紅だって！　小弓さんって時代ねえ」

「知ってるわよ。マネキンとか云うんでしょう、それ」

満佐子とかな子は顔を見合わせて吹き出した。

＊＊＊

小弓が先達になって、都合四人は月下の昭和通りへ出た。自動車屋の駐車場に、今日一日の用が済んだ多くのハイヤーが、黒塗りの車体に月光を流している。それらの車体の下から虫の音がきこえている。

昭和通りにはまだ車の往来《ゆきき》が多い。しかし街がもう寝静まったので、オート三輪のけたたましい響きなどが、街の騒音とまじらない、遊離した、孤独な躁音《そうおん》というふうにきこえる。

月の下には雲が幾片か浮んでおり、それが地平を包む雲の堆積《たいせき》に接している。月はあきらかである。車のゆききがしばらく途絶えると、四人の下駄の音が、月の硬い青ずんだ空のおもてへ、じかに弾《はじ》けて響くように思われる。

小弓は先に立って歩きながら、自分の前には人通りのないひろい歩道だけのあることに満足している。誰にも頼らずに生きてきたことが小弓の矜《ほこ》りなのである。そしてお腹のいっぱいなことにも満足している。こうして歩いていると、何をその上、お金を欲しがったりしているのかわからない。小弓は自分の願望が、目の前の鋪道《ほどう》の月かげの中へ柔らかく無意味に融け入ってしまうような気持がしている。硝子《ガラス》のかけらが、鋪道の石のあいだに光っている。月の中では硝子だってこんなに光るので、日頃の願望も、この硝子のようなものではないかと思われて来る。

小弓の引いている影を踏んで、満佐子とかな子は、小指をからみ合わせて歩いている。夜気は涼しく、八ツ口から入る微風が、出しなの昂奮《こうふん》で汗ばんだ乳房を、しずかに冷やして引締めているのを、二人ながら感じている。お互いの小指から、お互いの願望が伝わってくる。無言なので、一そう鮮明に伝わってくるのである。

満佐子はRの甘い声や切れ長の目や長い揉上《もみあ》げを心に描いている。そこらのファンとちがって、新橋の一流の料亭《りょうてい》の娘がこうと思い込んだことが、叶えられないわけはないと思う。Rがものを言ったとき、自分の耳にかかったその息が、少しも酒くさくはなくて、香《かぐ》わしかったのを憶《おぼ》えている。夏草のいきれのように、若い旺《さか》んな息だったと憶えている。一人でいるときにそれを思い出すと、膝《ひざ》から腿《もも》へかけて、肌《はだ》を漣《さざなみ》が渡るような気がする。今もこの世界のどこかにRの体の存在しているということが、自分の再現する記憶と同じほど確実でもあり、不確かでもあって、その不安が心をしじゅう苛《さいな》んだ。

かな子は、肥《ふと》った金持の中年か初老の男を夢みている。肥っていないと金持のような気がしない。その男の庇護《ひご》がひたすら惜しげなく注《そそ》がれてくるのを、ただ目をつぶって浴びていればよいのだと思う。かな子は目をつぶることには馴《な》れている。ただ今までは、さて目をあいてみると、当の相手がもういなくなっていたのである。

……二人は申し合わせたように、うしろを振向いた。みなが黙ってついて来ていた。頬に両手をあてて、ワンピースの裾《すそ》を蹴《け》立てて、赤い鼻緒の下駄をだらしなく転がすようにしてついて来る。その目はあらぬ方を見ていて、一向真剣味がない。満佐子もかな子も、みなのその姿を、自分たちの願望に対する侮辱のように感じた。

四人は東銀座の一丁目と二丁目の堺《さかい》のところで、昭和通りを右に曲った。ビル街に、街燈のあかりだけが、規則正しく水を撒《ま》いたように降っている。月光はその細い通りでは、ビルの影に覆《おお》われている。

程なく四人の渡るべき最初の橋、三吉橋がゆくてに高まって見えた。それは三叉《みつまた》の川筋に架せられた珍らしい三叉の橋で、向う岸の角《かど》には中央区役所の陰気なビルがうずくまり、時計台の時計の文字板がしらじらと冴《さ》えて、とんちんかんな時刻をさし示している。橋の欄干は低く、その三叉の中央の三角形を形づくる三つの角に、おのおの古雅な鈴蘭燈《すずらんとう》が立っている。鈴蘭燈のひとつひとつが、四つの燈火を吊《つる》しているのに、その凡《すべ》てが灯《とも》っているわけではない。月に照らされて灯っていない灯の丸い磨硝《すり》子の覆いが、まっ白に見える。そして灯のまわりには、あまたの羽虫が音もなく群がっている。

川水は月のために擾《みだ》されている。

先達の小弓に従って、一同はまずこちら岸の橋の袂《たもと》で、手をあわせて祈願をこめた。近くの小ビルの一つの窓の煙った灯が消えて、一人きりの残業を終って帰るらしい男が、ビルを出しなに、鍵《かぎ》をかけようとして、この奇異な光景を見て立ちすくんだ。女たちはそろそろと橋を渡りだした。下駄を鳴らして歩く同じ鋪道のつづきであるのに、いざ第一の橋を渡るとなると、足取は俄《にわ》かに重々しく、檜《ひのき》の置舞台の上を歩くような心地になる。三叉の橋の中央へ来るまではわずかな間である。わずかな間であるのに、そこまで歩いただけで、何か大事《だいじ》を仕遂げたような、ほっとした気持になった。

小弓は鈴蘭燈の下で、ふりむいて、又手をあわせ、三人がこれに習った。

小弓の計算では、三叉の二辺を渡ることで、橋を二つ渡ったことになるが、渡るあとさきに祈念を凝らすので、三吉橋で四度手をあわさねばならない。

たまたま通りすぎたタクシーの窓に、びっくりした人の顔が貼《は》りついて、こちらを見ているのに満佐子は気づいたが、小弓はそんなことに頓着《とんじゃく》していなかった。

区役所の前まで来て、区役所へお尻《しり》をむけて、四度目に手を合わせたとき、かな子も満佐子も、第一と第二の橋を無事に渡ったという安堵《あんど》と一緒に、今までさほどに思っていなかった願事《ねぎごと》が、この世でかけがえのないほど大切なものに思われだした。

満佐子はRと添えなければ死んでしまえというほどの気持になっている。橋を二つ渡っただけで、願望の強さが数倍になったのである。かな子はいい旦那がつかなければ生きていても仕様がないと思う迄《まで》になっている。手を合わすときに、胸は迫って、満佐子は忽ち眼頭《めがしら》が熱くなった。

ふと横を見る。みなが殊勝に、目をとじて手を合わせている。私と比べて、どうせろくな望みを抱いていないと思うと、みなの心の裡《うち》の何もない無感覚な空洞《くうどう》が、軽蔑《けいべつ》に値いするようにも、又、羨《うらや》ましいようにも思われた。

川ぞいに南下して、四人は築地から桜橋へゆく都電の通りへ出た。もちろん終電車はとうの昔に去って、昼のあいだはまだ初秋の日光に灼《や》ける線路が、白く涼しげな二条を伸ばしていた。

ここへ出る前から、かな子は妙に下腹が痛んできた。何が中《あた》ったのか、食中りに相違ない。はじめは絞るような痛みが少し兆《きざ》して、二、三歩ゆくうちに忘れてしまったのが、今度は忘れているという安心がしじゅう意識にのぼり、この意識の無理に亀裂《ひび》が入って、忘れていると思うそばから又痛みが兆してくるのである。

第三の橋は築地橋である。ここに来て気づいたのだが、都心の殺風景なこういう橋にも、袂には忠実に柳が植えてある。ふだん車で通っていては気のつかないこうした孤独な柳が、コンクリートのあいだのわずかな地面から生《お》い立って、忠実に川風をうけてその葉を揺らしている。深夜になると、まわりの騒がしい建物が死んで、柳だけが生きていた。

築地橋を渡るにつけて、小弓がまず柳の下かげで、桜橋の方向へ手を合わせた。先達という役目に気負っているのか、小弓はいつになく、その小肥りの背筋をまっすぐに立てている。事実小弓は、自分の願い事をいつしか没却して、大過なく七つの橋を渡ることのほうが、目前の大事のように思っているのである。どうしても渡らなければならぬと思うと、そのこと自体が自分の願事《ねぎごと》であるかのような気がしてきた。それはずいぶん変な心境であるけれど、あの突然襲ってくる空腹同様、自分はいつでもこのようにして人生を渡ってきたという思いが、月下をゆくうちにふしぎな確信に凝り固まり、その背筋はますます正しく、顔は正面を切って歩いている。

築地橋は風情《ふぜい》のない橋である。橋詰の四本の石柱も風情のない形をしている。しかしここを渡るとき、はじめて汐《しお》の匂《にお》いに似たものが嗅《か》がれ、汐風に似た風が吹き、南の川下に見える生命保険会社の赤いネオンも、おいおい近づく海の予告の標識のように眺《なが》められた。

これを渡って、手を合わせたとき、かな子は、痛みがいよいよ切迫して、腹を突き上げてくるのを感じた。電車通りを渡って、S興行の古い黄いろのビルと川との間の道をゆくとき、かな子の足はだんだん遅くなり、満佐子も気づかって歩みを緩めるが、生憎《あいにく》口をきいて安否をたずねることができない。かな子が両手で下腹を押え、眉《まゆ》をしかめて見せたので、満佐子にもようやく納得が行った。

しかし一種の陶酔状態にいる先達の小弓は、何も気づかずに昂然《こうぜん》と同じ歩度でゆくので、あとの三人との距離はひろがった。

いい旦那がすぐ目の前にいて、手をのばせばつかまろうというときに、その手がどうしても届きそうもない心地がかな子はしている。かな子の顔色は事実血の気を失って、額から油汗《あぶらあせ》が滲《にじ》み出ている。人の心はよくしたもので、下腹の痛みが募るにつれ、かな子は先程まであれほど熱心に願い、それに従って現実性も色増すように思われたあの願事が、何だか不意に現実性を喪《うしな》って、いかにもはじめから非現実的な、夢のような、子供じみた願望であった気がしてきた。そして難儀な歩みを運び、待ったなしで迫ってくる痛みに抗していると、そんな他愛ない望みを捨てさえすれば、痛みはたちどころに治るような気がした。

いよいよ四番目の橋が目の前まで来たとき、かな子は満佐子の肩にちょっと手をかけ、その手の指で踊りのフリのように自分の腹をさして、後れ毛が汗で頰《ほお》に貼りついた顔をもうだめだというこなしで振り、忽《たちま》ち身をひるがえして、電車通りのほうへ駈《か》け戻った。

満佐子はその後を追おうとしたが、道を戻っては自分の願《がん》が徒《あだ》になるのを思って、下駄《げた》の爪先《つまさき》で踏み止まって、ただ振向いた。

四番目の橋畔《はしたもと》では、はじめて気づいた小弓も振向いていた。

月かげの下を、観世水《かんぜみず》を藍《あい》に流した白地の浴衣《ゆかた》の女が、恥も外聞もない恰好《かっこう》で駈け出してゆき、その下駄の音があたりのビルに反響して散らばると思うと、一台のタクシーが折よく角《かど》のところにひっそりと停《とま》るのが眺められた。

第四の橋は入船橋である。それを、さっき築地橋を渡ったのと逆の方向へ渡るのである。

橋詰に三人が集まる。同じように拝む。満佐子はかな子を気の毒にも思うが、その気の毒さが、ふだんのように素直に流れ出ない。落伍《らくご》した者は、これから先自分とはちがう道を辿《たど》るほかはないという、冷酷な感懐が浮ぶだけである。願い事は自分一人の問題であって、こんな場合になっても、人の分まで背負うわけには行かない。山登りの重い荷物を扶《たす》けるのとはちがい、そもそも人を扶けようのないことをしているのである。

入船橋の名は、橋詰の低い石柱の、緑か黒か夜目《よめ》にわからぬ横長の鉄板に白字で読まれた。橋が明るく浮き上ってみえるのは、向う岸のカルテックスのガソリン・スタンドが、抑揚のない明るい燈火を、ひろいコンクリートいっぱいにぶちまけている反映のためであるらしい。

川の中には、橋の影の及ぶところに小さな灯も見える。桟橋《さんばし》の上に古い錯雑した小屋を建て、植木鉢《うえきばち》を置き、

屋　形　船
な　わ　船

つり船
あみ船

という看板を掲げて住む人が、まだ起きている燈火であるらしい。

ここあたりから、ビルのひしめきは徐々に低くなって、夜空がひろがるのが感じられる。気がつくと、あれほどあきらかだった月が雲に隠れて、半透明になっている。総体に雲の嵩《かさ》が増している。

三人は無事に入船橋を渡った。

川は入船橋の先でほとんど直角に右折している。第五の橋までは大分道のりがある。広いがらんとした川ぞいの道を、暁橋まで歩かなければならない。

右側は多く料亭《りょうてい》である。左側は川端に、何か工事用の石だの、砂利だの、砂だのが、そこかしこに積んであって、その暗い堆積《たいせき》が、ところによっては道の半ばまでも侵している。やがて左方に、川むこうの聖路加病院の壮大な建築が見えてくる。

それは半透明の月かげに照らされて、鬱然《うつぜん》と見えた。頂きの巨《おお》きな金の十字架があかあかと照らし出され、これに侍するように、航空標識の赤い燈が、点々と屋上と空とを劃《かく》して明滅しているのである。病院の背後の会堂は灯を消しているが、ゴシック風の薔薇《ばら》窓《まど》の輪郭が、高く明瞭《めいりょう》に見える。病院の窓々は、あちこちにまだ暗い燈火をかかげている。

三人は黙って歩いている。一心に、気が急《せ》いて歩いているあいだは、満佐子もあまり物を思わない。三人の足取はそのうち、体が汗ばむほどに早くなった。はじめは気のせいかと思われたが、まだ月の在処《ありか》のわかる空が怪しくなって、満佐子のこめかみに、最初の雨滴が感じられたからである。が、幸いにして、雨はそれ以上激しくなる気配はない。

第五の暁橋の、毒々しいほど白い柱がゆくてに見えた。奇抜な形にコンクリートで築いた柱に、白い塗料が塗ってあるのである。その袂で手を合わせるときに、満佐子は橋の上だけ裸かになって渡してある鉄管の、道から露《あら》わに抜き出た個所につまずいて危うくころびそうになった。橋を渡れば、聖路加病院の車廻しの前である。

その橋は長くない。あまつさえ三人とも足が早くなっている。すぐ渡り切ってしまうところを、小弓の身に不運が起った。

というのは、むこうから、だらしなく浴衣の衿《えり》をはだけて、金盥《かなだらい》をかかえた洗い髪の女が、いそぎ足で三人の前に来たのである。ちらと見た満佐子は、洗い髪の顔がいやに白々と見えたのでぞっとした。

「ちょいと小弓さん、小弓さんじゃないの。まあしばらくね。知らん顔はひどいでしよう。ねえ、小弓さん」

橋の上で立ちどまった女は、異様なふうに首を横へのばしてから、小弓の前に立ちふさがった。小弓は目を伏せて答えない。

女の声は甲高いのに、風が隙間《すきま》から抜けてゆくように、力の支点の定まらない声である。そして呼びかけが、同じ抑揚のままつづき、小弓を呼んでいるにもかかわらず、そこにはいない人を呼ぶかのようである。

「小田原町のお風呂《ふろ》屋のかえりなのよ。それにしても久しぶりねえ。めずらしいところで会ったわねえ、小弓さん」

小弓は肩に手をかけられて、ようやく目をあげた。そのとき小弓の感じたことがある。いくら返事を渋っていても、一度知り人から話しかけられたら、願《がん》はすでに破れたのである。

満佐子は女の顔を見て、一瞬のうちに考えて、小弓を置いてどんどん先へ立った。女の顔には満佐子も見おぼえがある。戦後わずかのあいだ新橋に出ていて頭がおかしくなって妓籍《ぎせき》を退《ひ》いた確か小えんと云った老妓である。お座敷に出ている時分から、異様な若造りで気味わるがられたが、その後このあたりの遠縁の家で養生をしていて、大分よくなったという話をきいたことがある。

小えんが親しかった小弓をおぼえていたのは当然だが、満佐子の顔を忘れていたことは僥倖《ぎょうこう》である。

第六の橋はすぐ前にある。緑に塗った鉄板を張っただけの小さな堺橋《さかい》である。満佐子は橋詰でする礼式もそこそこに、ほとんど駈けるようにして、堺橋を渡ってほっとした。そして気がつくと、もう小弓の姿は見えず、自分のすぐうしろに、みなのむっつりした顔が附き従っていた。

先達がいなくなった今では、第七の、最後の橋を満佐子は知らない。しかしこの道をまっすぐ行けば、いずれ暁橋に並行した橋のあることがわかっている。それを渡っていよいよ願が叶《かな》うのである。

まばらな雨滴が、再び満佐子の頰《ほお》を搏《う》った。道は小田原町の外れの問屋の倉庫が並んでいるところで、工事場のバラックが川の眺《なが》めを遮《さえぎ》っている。大そう暗い。遠い街燈のあかりが鮮明に望まれるので、そこまでの闇《やみ》が一そう深く思われる。

いざとなると勝気な満佐子は、深夜の道をこうして行くことが、願掛けという目的もあって、それほど怖《おそ》ろしいわけではない。しかし自分のうしろに接してくるみなの下駄《げた》の音が、行くにつれて、心に重くかぶさって来るのである。その音は気楽に乱れてきこえるが、満佐子の小刻みな足取に比べて、いかにも悠揚《ゆうよう》せまらぬ足音が、嘲《あざ》けるように自分をつけてくるという心地がする。

かな子が落伍した頃《ころ》まで、みなの存在は、満佐子の心にほとんど軽侮に似たものを呼び起すだけだったが、それから何かしら気がかりになって、二人きりになった今では、この山出しの少女が一体どんな願い事を心に蔵しているのか、気にしまいと思っても気にせずにはいられない。何か見当のつかない願事《ねぎごと》を抱いた岩乗《がんじょう》な女が、自分のうしろに迫って来るのは、満佐子には気持が悪い。気持が悪いというよりも、その不安はだんだん強くなって、恐怖に近くなるまで高じた。

満佐子は他人の願望というものが、これほど気持のわるいものだとは知らなかった。いわば黒い塊《かたま》りがうしろをついて来るかのようで、かな子や小弓の内に見透かされたあの透明な願望とはちがっている。

……こう思うと、満佐子は必死になって、自分の願事《ねぎごと》を掻き立てたり、大切に守ったりする気になった。Rの顔を思う。声を思う。若々しい息を思う。しかし忽ち《たちま》そのイメージは四散して、以前のように纏《まと》った像を結ぼうとしない。

少しも早く第七の橋を渡ってしまわなければならない。それまで何も思わないで急がなければならない。

するうちに、遠くに見える街燈は橋詰の灯らしく思われ、広い道にまじわるところが見えて、橋の近づく気配がした。

橋詰の小公園の砂場を、点々と黒く雨滴の穿《うが》っているのを、さきほどから遠く望んでいた街燈のあかりが直下に照らしている。果して橋である。

三味線の箱みたいな形のコンクリートの柱に、備前橋と誌《しる》され、その柱の頂きに乏しい灯がついている。見ると、川向うの左側は築地《つきじ》本願寺で、青い円屋根が夜空に聳《そび》えている。同じ道を戻らぬためには、この最後の橋を渡ってから、築地へ出て、東劇から演舞場の前を通って、家へかえればよいのである。

満佐子はほっとして、橋の袂で手を合わせ、今までいそいだ埋め合せに、懇切丁寧に祈念を凝らした。しかし横目でうかがうと、みながあいかわらず猿真似《さるまね》をして、分厚い掌を殊勝に合わせているのが忌々《いまいま》しい。祈願はいつしかあらぬ方へ外《そ》れて、満佐子の心のなかでは、しきりにこんな言葉が泡《あわ》立った。

『連れて来なきゃよかったんだわ。本当に忌々しい。連れて来るんじゃなかった。』

……このとき、満佐子は男の声に呼びかけられて、身の凍る思いがした。パトロールの警官が立っている。若い警官で、頰が緊張して、声が上ずっている。

「何をしているんです。今時分、こんなところで」

満佐子は今口をきいてはおしまいだと思うので、答えることができない。しかし警官の矢継早の質問の調子と、上ずった声音で、咄嗟《とっさ》に満佐子の納得の行ったことは、深夜の橋畔で拝んでいる若い女を、投身自殺とまちがえたらしいのである。

満佐子は答えることができない。そしてこの場合、みなが満佐子に代って答えるべきだということを、みなに知らせてやらなければならない。気の利《き》かないにも程がある。満佐子はみなのワンピースの裾《すそ》を引張って、しきりに注意を喚起した。

みながいかに気が利かなくても、それに気のつかぬ筈《はず》はないのであるが、みなも頑《かたく》なに口をつぐみつづけているのを見た満佐子は、最初の言いつけを守るつもりなのか、それとも自分の願い事を守るつもりなのか、みなが口をきかない決意を固めているのを覚《さと》って呆然《ぼうぜん》とした。

「返事をしろ。返事を」

警官の言葉は荒くなった。

ともあれ橋を大いそぎで渡ってから釈明しようと決めた満佐子は、その手をふり払って、いきなり駈け出した。緑いろの欄干に守られた備前橋は欄干も抛物線《ほうぶつせん》をなして、軽い勾配《こうばい》の太鼓橋になっている。駈け出したとき満佐子の気づいたのは、みなも同時に橋の上へ駈け出したことである。

橋の中ほどで、満佐子は追いついた警官に腕をつかまれた。

「逃げる気か」

「逃げるなんてひどいわよ。そんなに腕を握っちゃ痛い！」

満佐子は思わずそう叫んだ。そして自分の願い事の破れたのを知って、橋のむこうを痛恨の目つきで見やると、すでに事なく渡りきったみなが、十四回目の最終の祈念を凝らしている姿が見えた。

＊＊＊

家へかえった満佐子が泣いて訴えたので、母親はわけもわからずにみなを叱《しか》った。

「一体おまえは何を願ったのだい」

そうきいても、みなはにやにや笑うばかりで答えない。

二三日して、いいことがあって、機嫌《きげん》を直した満佐子が、又何度目かの質問をして、みなをからかった。

「一体何を願ったのよ。言いなさいよ。もういいじゃないの」

みなは不得要領に薄笑いをうかべるだけである。

「憎らしいわね。みなって本当に憎らしい」

笑いながら、満佐子は、マニキュアをした鋭い爪先で、みなの丸い肩をつついた。その爪は弾力のある重い肉に弾《はじ》かれ、指先には鬱陶《うっとう》しい触感が残って、満佐子はその指のもってゆき場がないような気がした。

女方

一

増山は佐野川万菊の芸に傾倒している。国文科の学生が作者部屋の人になったのも、元はといえば万菊の舞台に魅せられたからである。

高等学校の時分から増山は歌舞伎《かぶき》の虜《とりこ》になった。当時佐野川屋は若女方で、「鏡獅子《かがみじし》」の蝴蝶《こちよう》の精や、せいぜい「源太勘当《げんだかんどう》」の腰元千鳥のような役で出ていた。そのころはひたすら大人しい、端正な芸であって、誰も今日の大をなすとは思っていなかった。

しかし当時から、増山はこの冷艶《れいえん》な人が、舞台で放つ冷たい焔《ほのお》のようなものを見ている。一般の観客はおろか、新聞の劇評家たちも、それをはっきり指摘した人はいない。ごく若い時分からこの人の舞台に揺曳《ようえい》していた、雪を透かして見える炎の下萌《したも》えのようなものを、指摘した人はいない。そして今では、誰もがそれを自分の発見であるかのごとく言いはやしている。

佐野川万菊は今の世にめずらしい真女方《まおんながた》である。つまり器用に立役《たちやく》を兼ねたりすることのできない人である。花やかではあるが、陰湿であり、あらゆる線が繊細をきわめている。力も、権勢も、忍耐も、胆力も、智勇も、強い抵抗も、女性的表現という一つの関門を通さずしては決して表現しない人である。人間感情のすべてを女性的表現で濾過《ろか》することのできる才能である。それをこそ真女方というのだが、現代ではまことにめずらしい。それは或《あ》る特殊な織巧な楽器の音色であって、ふつうの楽器に弱音器をかけて得られるものではない。ただやみくもに女を真似《まね》ることで得られるものではない。

たとえば「金閣寺」の雪姫などは、佐野川屋の当り役で、増山は一ト月興行に十日も通った記憶があるが、何度重ねて見ても彼の陶酔はさめなかった。あの狂言そのものに、佐野川万菊を象徴する凡《すべ》てがある。凡ての要素がからまり合っている。

「抑々《そもそも》金閣と申すは、鹿苑院《ろくおんいん》の相国《しょうこく》義満公の山亭、三重の楼造《たかどのづく》り、庭には八つの致景を致し、夜泊の石、岩下の水、滝の流れも春深く、柳桜を植えまぜて、今ぞ都の錦《にしき》なる」

という浄瑠璃《じょうるり》のマクラ文句も、大道具のきらびやかさ、その桜と滝と金色燦然《こんじきさんぜん》たる楼閣《ろうかく》との対比も、舞台にたえず不安を与える滝の暗い水音の太鼓の効果も、嗜虐《しぎゃく》的で好色な叛将《はんしょう》松永大膳《だいぜん》の蒼《あお》ざめた相貌《そうぼう》も、旭《あさひ》に写せば不動の尊体が現じ、夕日に向えば竜の形があらわれる名剣倶利加羅丸《くりからまる》の霊験《れいげん》も、その滝や桜に映える夕日のあでやかさも、ひんぷんたる落花も、……すべてが雪姫という一人の高貴な美しい女性のために存在しているのである。雪姫の衣裳《いしょう》は変ったものではない。ふつうの赤姫の緋綸子《ひりんず》である。しかしこの雪舟の孫娘には、その名に因《ちな》む雪の幻が揺曳している。雪舟が描いた秋冬山水図の満目《まんもく》の雪がひろがっている。こうした雪の幻影が、彼女の緋綸子をまばゆいものにしているのだ。

増山はなかんずく、桜の木に縛《いま》しめられた姫が、祖父の伝説を思い出して、爪先《つまさき》で落花に鼠《ねずみ》をえがき、その鼠が生動して、縛しめの縄《なわ》を喰《く》い切るにいたる「爪先鼠」の件《くだ》りを愛した。もちろん佐野川万菊は、ここで人形振りを見せたりすることはなかった。縛しめの縄が万菊の姿態を、いつもよりも一そう美しく見せた。というのはこの女方の織巧な身のこなし、指のうごき、指の反《そ》り、それら人工的な姿態の唐草模様は、日常の動作のためにはいたいたしく見えたが、縄に縛しめられると却《かえ》ってふしぎな活力を得て、不自由な動作の強《し》いる花文字のような無理な姿態が、一瞬一瞬に美しい危機をえがき、しかもその危機のつながりが、あくまでもしなやかな、不撓《ふとう》の生命力を波打たせて来るように思われたからである。

佐野川屋の舞台には、たしかに魔的な瞬間があった。その美しい目はよく利《き》いたので、花道から本舞台を見込んだり、本舞台から花道を見込んだり、あるいは「道成《どうじょう》寺《じ》」でキッと鐘を見上げたりするときの目には、目づかい一つで観衆の全部に、情景が一変したかのような幻覚を起させることがよくあった。「妹背山《いもせやま》」の御殿で、万菊の扮《ふん》するお三輪が、恋人の求女《もとめ》を橘姫《たちばなひめ》に奪われ、官女たちにさんざんなぶられた末、嫉妬《しっと》と怒りに狂わんばかりになって花道にかかる。と、舞台の奥で、「三国一の聟《むこ》取り済ました。シャンシャンシャンシャン。お目出とう存じまする」という官女たちの声がする。床《ゆか》の浄瑠璃が「お三輪はきっと見返りて」と力強く語る。「あれを聞いては」とお三輪が見返る。いよいよお三輪が人格を一変して、いわゆる疑着《ぎちゃく》の相をあらわす件りである。

ここを見るたびに、増山は一種の戦慄《せんりつ》を感じた。明るい大舞台と、きらびやかな金《きん》殿《でん》の大道具と、美しい衣裳と、これを見守る数千の観客との上を、一瞬、魔的な影がよぎる。それはあきらかに万菊の肉体から発している力だが、同時に万菊の肉体を超えている力でもある。彼のしなやかさ、たおやかさ、優雅、繊細、その他もろもろの女性的な諸力を具《そな》えた舞台姿から、こうしたとき、増山は、暗い泉のようなものの迸《ほとばし》るのを感じる。それが何であるかはわからない。舞台俳優の魅力の最後のものであるあの不可思議な悪、人をまどわし一瞬の美の中へ溺《おぼ》れさせるあの優美な悪、それがその泉の正体だと増山は思うことがある。しかしそう名付けても、それだけでは何も説き明かされない。

お三輪は髪を振りみだす。彼女のかえってゆく本舞台には、彼女を殺すべき鱶七《ふかしち》の刃《やいば》が待っている。

「奥は豊かに音楽の、調子も秋の哀れなり」

お三輪が自分の破局へむかって進んでゆくあの足取には、同じように戦慄的なものがあった。死と破滅へむかって、裾《すそ》をみだして駈《か》けてゆく白い素足は、今自分を推し進めている激情が、舞台のどの時、どの地点でおわるかを、正確に知っていて、嫉妬の苦しみのなかで欣《よろこ》び勇みながら、そこへ向って馳《は》せ寄るように思われた。そこでは苦悩と歓喜とが豪奢《ごうしゃ》な西陣織の、暗い金糸の表と、明るい糸のあつまる裏面とのように、表裏をなしていたのである。

二

増山が作者部屋の人となったのは、歌舞伎の、わけても万菊の魅惑に依《よ》ることは勿《もち》論《ろん》だが、同時に、舞台裏に通暁することなしには、この魅惑の縛しめからのがれられないと思ったためでもあった。人ぎきに舞台裏の幻滅をも知っていて、一方では、そこに身を沈めて、この身一つに本物の幻滅を味わいたいと思ったためでもあった。

しかし幻滅はなかなか訪れなかった。万菊その人がそれを阻止していた。たとえば、「あやめぐさ」の訓《おし》えをひたすら守って、「女方は楽屋にても、女方という心を持つべし。弁当なども人の見ぬかたへ向きて用意すべし」とある一条のとおり、時間がなくて客の前で弁当をとらねばならぬ時などは、「一寸《ちょっと》失礼いたします」と断って、鏡台のわきのほうへうつむいて、実に見事に、後ろ姿からさえ感づかせぬほど、手早く美しく食事をすました。

舞台の万菊に魅せられたのは、増山は男であるから、あくまで女性美に魅せられたのであることはまちがいない。が、この魅惑が、楽屋の姿をまざまざと見たのちも崩れないというのはふしぎである。云《い》うまでもなく万菊は、衣裳を脱いで裸かになる。繊細な体つきではあるけれど、紛れもない男の体である。その体で鏡台にむかって、肩まで白粉《おしろい》で塗りつぶしながら、客にしている女らしい挨拶《あいさつ》は、気味が悪いと云えないこともない。歌舞伎に親しんだ増山でさえ、はじめて楽屋をのぞいたときは、そういう感を抱いたのだから、まして女方が気味がわるいと云って歌舞伎を毛嫌《けぎら》いする一部の人などに、こういうところを見せたら何と言うかわからない。

しかし増山は、衣裳を脱いだ万菊の裸体や、汗とりのガーゼの半襦袢《はんじゅばん》一枚の姿を見ても、幻滅と云うよりは、一種の安心を感じた。それは、それ自体としてグロテスクであるかもしれない。が、増山の感じた魅惑の正体、いわば魅惑の実質はそこにはなく、従ってそこでもって彼の感じた魅惑が崩壊する危険はなかった。万菊は衣裳を脱いでも、その裸体の下に、なお幾重のあでやかな衣裳を、着ているのが透かし見られた。その裸体は仮りの姿であった。その内部には、あのように艶冶《えんや》な舞台姿に照応するものが、確実に身をひそめている筈《はず》だった。

増山は大役を演じて楽屋にかえったときの佐野川屋が好きであった。今演じてきた大役の感情のほてりが、まだ万菊の体一杯に残っている。それは夕映えのようでもあり、残月のようでもある。古典劇の壮大な感情、われわれの日常生活とは何ら相渉《あいわた》らぬ感情、御位《みくらい》争いの世界とか、七小町の世界とか、奥州攻の世界とか、前太平記の世界とか、東山の世界とか、甲陽軍記の世界とか、一応は歴史に則《のっと》っているように見えながら、その実どこの時代とも知れぬ、錦絵《にしきえ》風に彩《いろど》られ誇張され定型化されたグロテスクな悲劇的世界の感情、……人並外れた悲嘆、超人的な情熱、身を灼《や》きつくす恋慕、怖《おそ》ろしい歓喜、およそ人間に耐えられぬような悲劇的状況に追いつめられた者の短かい叫び、……そういうものが、つい今しがたまで万菊の身に宿っていたのだ。どうやって万菊の細身《ほそみ》の体がそれに耐えてきたかふしぎなほどだ。どうしてこの繊細な器《うつわ》から、それらが溢《こぼ》れてしまわなかったのかふしぎである。

ともあれ万菊は、たった今、そうした壮大な感情の中に生きたのだ。舞台の感情はいかなる観客の感情をも凌駕《りょうが》しているから、それでこそ、万菊の舞台姿は輝やきを発した。舞台の全部の人物がそうだといえるかもしれない。しかし現代の役者のなかで、彼ほどそういう日常から離れた舞台上の感情を、真率に生きていると見える人はなかった。

「女方は色がもとなり。元より生れ付て美しき女方にても、取廻しを立派にせんとすれば色がさむべし。又心を付て品やかにせんとせばいやみつくべし。それゆえ平生女《へいぜいおな》子《ご》にて暮さねば、上手の女方とはいわれがたし。舞台へ出て爰《ここ》は女子《おなご》の要《かなめ》の所と、思う心がつくほど男になる物なり。常が大事と存《ぞんず》る由《よし》、再々申されしなり」（あやめぐさ）

常が大事。……そうだ、万菊の日常も、女の言葉と女の身のこなしが貫ぬいていた。舞台の女方の役のほてりが、同じ仮構の延長である日常の女らしさの中へ、徐々に融け消えてゆく汀《みぎわ》のような時、その時、もし万菊の日常が男であったら、汀は断絶して、夢と現実とは一枚の殺風景なドアで仕切られることになったであろう。仮構の日常が仮構の舞台を支えている。それこそ女方というものだと増山は考えた。女方こそ、夢と現実との不倫の交わりから生れた子なのである。

三

老名優たちが踵《きびす》を接して世を去ったあとでは、楽屋における万菊の権勢は強大だった。女方の弟子たちは腰元のように彼に仕え、舞台で万菊の姫や上﨟《じょうろう》に附き従う腰元たちの、老若の序列は楽屋のそれと変らなかった。

佐野川屋の紋を染め抜いたのれんを分けて、楽屋へ入って行く者はふしぎな感じに襲われる。この優雅な城郭の中には男はいないのである。同じ一座の人間とはいえ、増山もそこへ入ってゆくときは異性であった。彼は何かの用事で、肩でのれんを分けて、そこへ一歩《ひとあし》ふみ入れるより早く、自分が男であることを、妙に新鮮に、なまなましく感じた。

増山は会社の用事で、レビューの女の子たちの、むっとするほど女くさい楽屋を訪ねたことがある。肌《はだ》もあらわな娘が、動物園の獣のように、思い思いの姿態をしていて、無関心にこちらをちらりと見る。しかしそこへ入ってゆく増山と女の子との間には、万菊の楽屋のような妙な違和感はない。増山にわざわざ自分は男だと、今更らしく思い直させるようなものはない。

万菊の一門の者が、増山に格別の厚意を示したというわけではない。むしろ蔭《かげ》では、なまじ大学教育をうけた増山が、生意気だとか、出すぎるとか、噂《うわさ》されていることを彼自身知っている。時には増山の衒学《げんがく》が、鼻つまみになっていることも知っている。この世界では技術を伴わない学問などは、三文の値打もないのである。

万菊が人にものをたのむときの、尤《もっと》もそれは機嫌《きげん》のよいときのことであるが、鏡台から身を斜《はす》にふりむいて、にっこりして軽く頭を下げるときの、何とも云えぬ色気のある目もとは、この人のためなら犬馬の労をとりたいとまで、増山に思わせる瞬間があった。そういうとき万菊自身も、自分の権威を忘れず、とるべき一定の距離を忘れていないながらも、明瞭《めいりょう》に自分の色気を意識していた。これが女なら、女の全身の上に色気の潤《うる》んだ目もとが加わるわけであるが、女方の色気というものは、或《あ》る瞬間の一点の目の仄《ほの》めきだけが、それだけ独立して、女をひらめかせるものであった。

「桜木町（万菊は昔風に、踊りや長唄《ながうた》の師匠を、その住居の町の名で呼んだ）には、それじゃあ、あなたから申上げて頂戴《ちょうだい》。私からはどうも申上げにくいから」

と万菊が言ったのは、一番目の「八陣守護城《はちじんしゅごのほんじょう》」が終って、中幕《なかまく》の「茨木《いばらき》」には出ないので、雛衣《ひなぎぬ》の衣裳を脱ぎ、かつらを脱ぎ、浴衣《ゆかた》を着て、ひとまず鏡の前に落ちついたときである。

増山は、用があるからと呼ばれて、「八陣」の幕が閉まるのを楽屋で待っていた。鏡が忽《たちま》ち緋《ひ》いろに燃え上る。楽屋の入口いっぱいに衣ずれの音をさせてかえって来た万菊から、弟子や衣裳方が三人がかりで、脱がすべきものを脱がせて片付け、去るべき人は去って、次の間で火鉢《ひばち》のそばに坐《すわ》っている弟子のほかには人もなく、俄《にわ》かに楽屋は寂然《せきぜん》とした。廊下のラウドスピーカアからは、道具を片付けている舞台の金槌《かなづち》の音がつたわってくる。顔見世月《かおみせづき》の十一月下旬のことで、すでに楽屋にはスチームがとおっている。病院の窓のような殺風景な窓の硝子《ガラス》は蒸気に曇り、鏡台のかたわらには七宝の花瓶《かびん》にたわわに白菊が盛られている。万菊はわが名に因《ちな》む白菊が好きである。

「桜木町には……」云々《うんぬん》というとき、万菊は鏡に向って、厚い紫縮緬《ちりめん》の座蒲団《ざぶとん》に坐って、鏡の中をまっすぐに見ながら言った。壁際《かべぎわ》に坐っている増山からは、万菊の衿足《えりあし》と、鏡の中のその雛衣の化粧をまだ落さぬ顔とが見えた。しかしその目は増山を見ていず、自分の顔を正視している。舞台のほてりが、薄氷《うすらひ》を透かす旭《あさひ》のように、なおその白粉の頬《ほお》を透かしている。彼は雛衣を見ているのだ。

正しく彼は、自分の今演じて来た雛衣、森三左衛門義成の娘、若い佐藤主計之介《かずえのすけ》の新妻《にいづま》、そして良人《おっと》の忠義のために夫婦の縁を切られ、「添臥《そいふ》しもせぬ薄い縁《えにし》」に貞女を立て、自害する雛衣の顔を鏡の中に見ている。雛衣は舞台の上で、すでに身も世もあらぬ絶望の果に死んだ。鏡の中の雛衣はその幽魂だ。彼はその幽魂すら、今にも彼の身から立去ってゆくことを知っている。彼の目は雛衣を追う。しかし役の激情のほてりが納まると共に、雛衣の顔は遠ざかる。彼は別れを告げる。千秋楽まではまだ七日もある。あした又雛衣の顔は、万菊の顔の、しなやかな皮膚の上へかえって来るだろう。……

増山は、前にも云うように、こうした自失の状態にある万菊を見るのが好きだった。そこでほとんど目を細めていた。——万菊は突然増山のほうへ向き直り、今までの増山の注視に気づきながらも、人に見られることには馴《な》れた俳優の恬淡《てんたん》さで、用談のつづきを言った。

「あそこの合の手が、あれじゃあ、どうしても足りませんわ。あの合の手で、いそいで動いて動けないことはありませんけれど、それじゃあねえ、あんまり風情《ふぜい》がなくって」

万菊は来月出す新作の舞踊劇の、清元の作曲のことを言っているのである。

「増山さん、あなた、どう?」

「ええ、私もそう思います。『瀬戸の唐橋、暮れかぬる』の、あのあとの合の手でしょう」

「ええ、暮れエかアぬウるウウウ」とうたってから、万菊は問題の個所を、繊細な指先で調子をとりながら、口三味線で説明した。

「私が申しましょう。桜木町さんも、きっとわかって下さると思いますから」

「そうお願いできます？　いつもいつも、厄介《やっかい》なことばっかりお願いして、本当に申訳ないんですけど」

増山は用談がすむといつもすぐ立上ることにしている。

「私もお風呂《ふろ》へまいりますから」

と万菊も立上った。せまい楽屋の入口を、増山は身を退《ひ》いて、万菊を先に通した。万菊は軽く会釈《えしゃく》をして、弟子を連れて、先に廊下へ出て、増山のほうへ斜かいにふりむいて、にっこりしながら、もう一度会釈をした。目尻《めじり》に刷《は》いた紅《べに》があでやかに見えた。増山が自分を好いていることを、万菊はよく承知していると増山は感じた。

四

増山の属する劇団は、十一月、十二月、正月と、同じ劇場に居据《いすわ》ることになり、正月興行の演目が、早くから取沙汰《とりざた》された。その中に或《あ》る新劇作家の新作がとりあげられることになり、この作家は若さに似合わぬ見識家で、いろいろな条件を出し、増山は作家と俳優との間のみならず、劇場関係の重役との間をも、複雑な折衝を通じてつないでゆくことで多忙を極めた。増山はインテリであるというので、そういう役目にも狩り出されていたのである。

劇作家の出した条件の一つに、彼の信頼している新劇の或る若い有能な演出家に、演出を担当させるという一条があり、重役もそれを呑《の》んだ。万菊は賛成したが、あまり乗気ではなかった。そしてその不安をこう打明けた。

「私なんか、よくわかりませんけれど、そういう若い方が、歌舞伎《かぶき》をよく御存知《ごぞんじ》ないで、無鉄砲なことを仰言《おつしや》るとねえ」

万菊はもっと円熟した、というのは、もっと妥協的な年輩の演出家を望んでいた。

新作は「とりかへばや物語」を典拠にした平安朝物で、現代語の脚本であったが、重役はこの新作については奥役《おくやく》に委《ゆだ》ねることをしないで、若い増山に一任すると言った。増山は自分の仕事だと思うと緊張を感じ、又その脚本も佳《よ》いものだと思ったから、仕事に生甲《いきが》斐《い》を感じた。

脚本が出来上り、配役が決定すると匆々《そうそう》、劇場の社長室附の応接間で、十二月中旬の或る午前、打合せ会がひらかれた。製作担当重役、劇作家、演出家、舞台装置家、俳優たち、それと増山とが出席者である。

スチームは暖かく、窓からさし入る日光はゆたかである。増山は打合せ会のときに一等幸福を感じる。それは旅行の相談に地図をひろげて語り合うようなものである。どこからバスに乗りどこから歩くか、あのへんにはいい水があるか、中食《ちゅうじき》の弁当はどこでひらくか、眺《なが》めはどこが一等佳いか、かえりは汽車にするか、それとも時間がかかっても船にしたほうがよくはないか、等々。

演出家の川崎は定刻に遅れた。増山は彼の演出した舞台を見たことはないが、評判は聞き知っている。抜擢《ばってき》されて、一年のうちに、イプセン物とアメリカ現代劇の二つを手掛け、その後者の演出で、某新聞社の演劇賞をとった人である。

川崎以外のみんながすでに揃《そろ》っている。せっかちで有名な装置家はみんなの注文をきいて書きとるための大版のノートブックをすでにひろげて、鉛筆のキャップで空白の頁《ページ》をしきりに叩《たた》いている。

とうとう重役が噂話《うわさばなし》をはじめた。

「何しろ才能はあっても若い人だからねえ。俳優さんのほうでいたわってやらなくちやいけませんよ」

そのときドアがノックされて、女給仕が、いらっしゃいましたと言った。

川崎はまぶしげな面持《おももち》で入ってきて、いきなり、字で云《い》えば金釘《かなくぎ》流というようなお辞儀をした。五尺七、八寸はあるらしい長身の男である。彫《ほり》の深い、男らしい、しかし大そう神経質な風貌《ふうぼう》をしている。冬だというのによれよれの単衣《ひとえ》のレインコートを着て、それを脱ぐと、煉瓦《れんが》いろのコーデュロイの上衣《うわぎ》を着ている。まっすぐな長髪が、鼻の先まで垂れ下がるのを、たびたび搔《か》き上げるようにする。……増山はこの第一印象で一寸《ちよつと》がっかりした。人に抜ん出た男なら、自分を社会の定型から外そうとするだろうに、この男は在《あ》り来《きた》りの新劇青年そのままの恰好《かつこう》をしている。

川崎はすすめられるままに上座に腰を下ろしたが、昵懇《じつこん》の劇作家のほうばかり向いている。一人一人の俳優に紹介されて挨拶《あいさつ》するが、またすぐ劇作家のほうを向いてしまう。この気持は増山にも憶《おぼ》えがある。年若な俳優の多い新劇畑で育ったものは、素顔で並ぶと堂々たる貫禄《かんろく》の年輩の俳優ばかりの歌舞伎役者に、馴染《なじ》んでゆくのが容易ではない。

事実、打合せ会に並んだ大名《おおな》題《だい》の役者たちは、無言の、慇懃《いんぎん》な態度で、どことはなしに川崎に対する軽侮の気持を漂わせていた。増山はふと万菊の顔を伺った。万菊は、矜《ほこ》りを秘めてつつましく控え、侮《あなど》る様子がさらになかった。それを見て増山は敬愛の念を深めた。

一同が揃ったので、劇作家が台本の梗概《こうがい》を話した。その中で万菊は、子役時代はさておき、おそらく生れてはじめて立役《たちやく》を演ずるのである。

権大納言《ごんだいなごん》に兄妹二人の子があって、性格が反対であるところから男女姿を変えて育てられ、兄（実は妹）は侍従を経て右大将となり、又妹（実は兄）は宣耀殿《せんようでん》の尚侍《しょうじ》となったが、後に実相が露《あらわ》れてもとの男女に復し、兄は右大臣の四の君と、妹は中納言とそれぞれ結婚して、めでたく栄えた、という筋である。

万菊の役は、妹（実は兄）の役である。立役と云っても、実は立役の姿になるのは短かい大詰の一場《ひとば》だけで、それまではずっと宣耀殿の尚侍の姿で、真女方《まおんながた》で、全く女で行ってほしいのである。それまで特に男を露見させるような演技を見せず、全く女で行ってほしい、というのが作者と演出家の一致した意見であった。

この台本の面白味は、歌舞伎の女方の成立ちをおのずから諷《ふう》したように出来ていることで、尚侍が実は男であるというのは万菊が実は男であるというのと異らない。それればかりではない。真女方の万菊がこの役を演ずるためには、男でありながら女方である彼が、その日常生活の操作を二重に重ねて、舞台の上に展開せねばならない。本来の立役の演ずる弁天小僧の娘姿のような単純なものではない。そして万菊は、この役に大いに興味を抱いていた。

「万菊さんの役は全く女で行っていただいていいのです。終幕の姿も、女らしくて一向にかまいません」

とはじめて川崎が口を切った。声は朗らかで、さわやかにひびいた。

「さようでございますか。そうさせていただけば楽ですけど」

「いや、楽じゃありませんよ、決して」

と川崎は断定的に言った。こういう風に力を入れるとき、彼の頰《ほお》は灯《ひ》のともるように赤くなった。

一座が少し白け、増山も思わず万菊のほうを見た。万菊は口に手の甲をあてて、恬《てん》淡《たん》に笑っていた。それでみんなの気分がほどけた。

「では本読みをいたします」

と劇作家は、安コップほどに厚い眼鏡の奥に二重に見える突き出た眼《め》を、卓上の台本の上に落した。

五

二三日してから、それぞれの俳優の体の空《あ》くひまを見つけて、抜き稽古《げいこ》がはじめられた。顔の揃う稽古は、今月の興行がおわってからの数日間しかできないので、それまでに固めるべきところは、固めておかなくては間に合わない。

抜き稽古がはじまってみると、果して川崎は、西洋人が紛れ込んで来たようなものであることが、みんなにわかってしまった。川崎は歌舞伎のかの字も知らなかった。そばで増山が歌舞伎の術語の一つ一つを説明してやらなければならない。こういうことから、川崎は大そう増山をたよりにするようになった。最初の抜き稽古のあと、川崎がいちはやく酒に誘ったのは増山である。

増山は一概に川崎の味方になってはいけない自分の立場を知っていたが、彼の気持はよくわかるような気がした。この青年の理論は精密だった。心の持ち方は清潔であり、万事に青年らしく、その人柄《ひとがら》が劇作家に愛される所以《ゆえん》がよくわかった。歌舞伎の世界に見られぬこんな本当の青年らしさに、増山は心を洗われる思いがした。増山の立場は、何とかしてそういう川崎の長所が、歌舞伎のプラスになるように引廻すことである。

十二月興行の千秋楽のあくる日から、いよいよ顔を揃えた立稽古がはじまった。クリスマスの二日あとであった。歳末の街のあわただしさは、劇場の窓々、楽屋の窓々からも感じられた。

四十畳の稽古場の窓ぎわに、粗末な机が置かれている。窓を背にして、川崎と、いわば舞台監督の役をつとめる作者部屋の増山の先輩の人とが坐《すわ》る。増山は川崎のうしろに控えている。俳優たちは壁ぎわに坐り、出番になると中央に出てゆき、忘れたセリフを舞台監督がつけるのである。

川崎と俳優たちの間にはしばしば火花が散った。

「そこのところ、『河内《かわち》へなと行ってしまいたい』というセリフのところで、立上って上手《かみて》の柱のそばまで歩いて下さい」

「ここは、どうも、立上れないところですがね」

「何とかして立上って下さい」

苦笑いをしながら、川崎の顔は、みるみる矜りを傷つけられて蒼《あお》ざめてくる。

「立上れって仰言ったって無理ですな。こういうところは、じっと肚《はら》に蓄《た》めて物を言うところですから」

そこまで言われると、川崎は、はげしい焦躁《しょうそう》をあらわして、黙ってしまう。

しかし万菊のときはちがっていた。川崎が坐れと言えば坐り、立てと言えば立った。水の流れるように、川崎の言葉に従った。万菊が、いかに気の入《はい》っている役だとはいえ、いつもの稽古のときと可成《かなり》ちがうのを増山は感じた。

万菊の第一場の出場《でば》がおわって、再び壁際《かべぎわ》の席へかえったとき、増山は一寸用事に呼ばれて稽古場を外《はず》していたが、かえって来てふと見ると、次のような情景が目に入った。

川崎は机に乗り出さんばかりにして稽古を凝視している。長い髪が垂れているのを払おうともしない。腕組みしているコーデュロイの背広の肩先が怒っている。

彼の右手には白い壁と窓がある。歳末大売り出しのアドバルーンが朔風《さくふう》の吹きすさむ晴れた冬空にかかっている、冬の硬い、白墨で書きなぐったような雲がある。古いビルの屋上の小さな杜《もり》と稲荷《いなり》神社の小さな朱《あか》い鳥居とが見える。

そのさらに右手の壁ぎわに万菊が端坐している。台本を膝《ひざ》に置いて、着崩れのしない正しい衿元《えりもと》の利休鼠《りきゅうねずみ》を見せている。しかしここから見えるのは、万菊の正面の顔ではなく、ほとんど横顔である。目がいかにも和《な》いで、やわらかな視線が、川崎のほうへ向いて動こうともしない。

……増山は軽い戦慄《せんりつ》を感じ、入ろうとしていた稽古場に入りかねた。

六

増山はあとで万菊の楽屋へ呼ばれたが、くぐり馴れたのれんをくぐるとき、いつもとはちがった感情の引っかかりがあった。万菊はにこやかに紫の座蒲団《ざぶとん》の上で彼を迎え、楽屋見舞の改進堂の菓子を彼にすすめた。

「今日の稽古はいかがでした？」

「はあ」

増山はこの質問におどろいた。万菊は決してこの種の質問をする人ではない。

「いかがでした？」

「あの調子なら巧《うま》く行くと思いますが……」

「そうでしょうか。川崎さんがあんまりやりにくそうでお気の毒だわ。××屋さんも△△屋さんも、すこしかさにかかった言い方をなさるもんだから、私、ひやひやして。……おわかりでしょう。私、自分でこうしたいと思うところも、川崎さんの仰言るとおりにして、私一人でも、川崎さんがなさりいいように、と思っているのよ。だって他《ほか》の方々に、私から申上げるわけに行かないし、ふだんやかましい私が大人しくしていれば、他の方々も気がつくだろうと思います。そうでもして、川崎さんを庇《かば》ってあげなければ、折角ああして、一生けんめいやっていらっしゃるのに、ねえ」

増山は何の感情の波立ちもなしに、万菊のこの言葉をきいていた。万菊自身が、自分の恋をしていることに気づいていないのかもしれなかった。彼はあまりにも壮大な感情に馴らされていた。そして増山はといえば、万菊の中に結ぼおれた或る思いは、いかにも万菊にふさわしくないように思われた。増山が万菊のうちに期待したのは、もっとずっと透明な、ずっと人工的な、美的なものの感じ方ではなかったか？

万菊はいつになくやや横坐りに坐っていた。なよやかな姿に一種のけだるさがあった。鏡には七宝の花瓶《かびん》に活《い》けた深紅の寒菊の小さい密集した花々と、青々と剃《そ》り上げた万菊の衿足《えりあし》とが映っていた。

――舞台稽古の前日になると、川崎の焦躁は、傍目《はため》にもいたいたしかった。稽古がすむ。待ちかねていたように、増山を酒に誘う。増山には用事があった。そこで二時間ばかりあとに、川崎の待っている酒場へ行った。

大晦日《おおみそか》の前の晩だというのに、酒場は混雑している。スタンドで一人で呑んでいる川崎の顔は蒼く、酔えば酔うほど蒼くなるたちである。入りしなにその蒼い顔を見た増山は、この青年からかけられている自分の精神的負担が、不当に重すぎるような気がした。二人は別々の世界に住む人間だったし、青年の混乱や悩みが、礼儀上、それほどこちらへまともにかかって来られる因《いわ》れはなかった。

果して川崎は、心安立てに、増山を蝙蝠《こうもり》だの二重スパイだのと言ってからんだ。増山は笑って受け流した。この青年と五つ六つしか年はちがわないが、増山にはすでに「わけ知り」の世界に住んでいるという自負があったからである。

とはいうものの、増山は、苦労を知らない、あるいは苦労の足りない人間に対する、一種の羨望《せんぼう》を抱いていた。彼が歌舞伎《かぶき》の幕内《まくうち》にいて、大ていの中傷に平気になっていることは、卑屈と云《い》えないまでも、自分を滅ぼすような誠実さとは縁のない人間であることを示すものであった。

「僕はもうすっかりいやになりましたよ。初日の幕があいたら、どこかへ雲隠れしたいくらいだ。こんないやな気持で舞台稽古に臨むと思うとたまらない。今度の仕事は僕のやった中で一等ひどい仕事だと思う。もうこりごりだ。もう決して二度と、こんな別世界には跳び込まない」

「だってそんなことは、はじめから大ていい予測がついてたんじゃないですか。新劇とはちがいますからね」

と増山は冷淡に出た。すると川崎は意外なことを言い出した。

「僕はなかんずく万菊さんがたまらないんだ。本当にいやだ。もう二度とあの人の演出はしたくない」

川崎は見えない敵を睨《にら》むように、煙草《たばこ》の煙が渦《うず》巻いている酒場の低い天井を睨んだ。

「そうかなあ。私はあの人はよく演《や》っているように思うんだが」

「どうしてです。あの人のどこがいいんです。僕は稽古中に、ごてて言うことをきかなかったり、いやに威嚇《いかく》的に出たり、サボタージュをしたりする役者には、あんまり腹も立たないけれど、万菊さんは一体何です。あの人が一等僕を冷笑的に見ている。腹の底から非妥協的で、僕のことを物知らずの小僧ッ子だと決めてかかっている。そりゃああの人は、何から何まで僕の言うとおりに動いてくれる。僕の言うとおりになるのはあの人一人だ。それが又、腹が立ってたまらないんだ。『そうか。お前がそうしたいんならそうしてやろう。しかし舞台には一切私は責任はもてないぞ』とあの人は無言のうちに、しょっちゅう僕に宣言してるようなもんだ。あれ以上のサボタージュは考えられんよ。僕はあの人が一等腹黒いと思うんだ」

増山は呆《あき》れてきいていたが、この青年に今真相を打明けることは憚《はばか》られた。真相とは行かぬまでも、万菊が川崎にもっている厚意を知らせるのも憚られた。生活感情のまるでちがう世界へいきなり飛び込んで、感情の反応の仕方がわからなくなってしまった川崎は、それをきかされても、又ぞろそれを、万菊の策略ととるかもしれない。この青年の目は明るすぎて、理論には秀《ひい》でていても、芝居の裏の暗い美的な魂をのぞくことはできなかった。

七

年が明けて、曲りなりにも、初芝居の初日はあいた。

万菊は恋をしていた。その恋はまず、目ざとい弟子たちの間で囁《ささや》かれた。たびたび楽屋へ出入りをしている増山にも、これは逸早《いちはや》くわかったことだが、やがて蝶《ちよう》になるべきものが繭《まゆ》の中へこもるように、万菊は自分の恋の中へこもっていた。彼一人の楽屋は、いわばその恋の繭である。ふだんから静かな人だが、正月だというのに、万菊の楽屋は一そうひっそりしているように思われた。

廊下をとおりすがりに、開けっ放しになっている万菊の楽屋を、増山はのれん越しに一寸覗《ちよつとのぞ》いてみることがある。出の合図を待つばかりになって、すでに舞台姿になった万菊が、鏡の前に坐っている後ろ影を見ることがある。何か古代紫の衣裳《いしよう》の袖《そで》と、白粉《おしろい》を塗ったなだらかな肩が半ば露《あら》われているところと、漆黒にかがやく鬘《かつら》の一部とを、ちらりと見る。

そういうときの万菊は、孤独な部屋で、一心に何かを紡《つむ》いでいる女のように見える。彼女は自分の恋を紡いでいる。いつまでも、そうして放心したように紡いでいるのである。

増山には直感でわかるのだが、この女方の恋の鋳型《いがた》とては、舞台しかないのである。舞台はひねもす彼のかたわらに在り、そこではいつも、恋が叫び、嘆き、血を流している。彼の耳にはいつもその恋慕の極致をうたう音楽がきこえ、彼の繊巧な身のこなしは、たえず舞台の上で恋のために使われている。頭から爪先《つまさき》まで恋ならぬものはないのだ。その白い足袋の爪先も、袖口にほのめくあでやかな襦袢《じゆばん》の色も、その長い白鳥のような項《うなじ》も、みんな恋のために奉仕している。

増山は万菊が自分の恋を育てるために、舞台の上のあの多くの壮大な感情から、進んで暗示をうけるだろうと疑わない。世間普通の役者なら、日常生活の情感を糧《かて》にして、舞台を豊かにしてゆくだろうが、万菊はそうではない。万菊が恋をする！　その途端に、雪姫やお三輪や雛衣《ひなぎぬ》の恋が、彼の身にふりかかってくるのである。

それを思うと、さすがに増山も只《ただ》ならぬ思いがした。増山が高等学校の時分からひたすら憧《あこが》れてきたあの悲劇的感情、舞台の万菊が官能を氷の炎にとじこめ、いつも身一つで成就《じようじゆ》していたあの壮大な感情、……それを今万菊は目《ま》のあたり、彼の日常生活のうちに育《はぐく》んでいるのである。そこまではいい、しかし、その対象は、才能こそ幾分あるかもしれないが、事《こと》歌舞伎に関しては目に一丁字《いつていじ》もない、若い平凡な風采《ふうさい》の演出家にすぎない。万菊が愛するに足る彼の資格は、ただこの国の異邦人だというだけで、それもやがて立去って二度来ないだろう一人の若い旅人にすぎない。

八

「とりかへばや物語」の世評はよかった。初日になったら雲隠れする筈《はず》の川崎は、毎日劇場に来てダメ出しをしたり、奈落《ならく》をとおって表と裏をしきりに往復したり、花道七三のスッポンの機械《からくり》に、めずらしそうに触ってみたりしていた。子供みたいなところのある男だと増山は思った。

新聞評が万菊を褒《ほ》めたその日、増山はわざわざその新聞を川崎に見せたが、川崎は負けずぎらいの少年のように唇《くちびる》を引きしめて、

「みんな演技はお上手さ。しかし演出はなかったのさ」

と吐き出すように言うばかりであった。

増山はもちろん、川崎のこんな罵詈《ばり》雑言《ぞうごん》を万菊に伝えることはせず、川崎も亦《また》、万菊に面とむかうと神妙にしていたが、万菊があまりにも他人の感情に盲目で、自分の厚意が素直に川崎に通じていると信じて疑わないのが、増山には歯痒《はがゆ》かった。相手の気持がわからない点では川崎も徹底していた。この一点でだけ、川崎と万菊は、似た者同士というところがあった。

正月も七日のことである。増山は万菊の楽屋に呼ばれた。小さな鏡餅《かがみもち》が鏡台の横に、万菊の信心しているお札《ふだ》と一緒に飾られている。あしたはこの小さな餅も、多分弟子に喰《た》べられてしまうのである。

万菊は機嫌《きげん》のよいときの常で、いろいろと菓子をすすめた。

「さっき川崎さんが見えましたわ」

「ええ、私も表で会いました」

「まだいらっしゃるでしょうか」

「『とりかへばや』がすむまでは居るでしょう」

「何か、あとお忙がしいようなことを言っていらして？」

「いいえ、別に」

「それでしたら、一寸あなたにお願いがあるんですけど」

増山はなるたけ事務的な面持《おももち》で聴く用意をした。

「何でしょうか」

「あの、今夜ね、今夜ハネたら……」――万菊の頰には、見る見る紅いの色が昇った。その声はいつもより透明で、いつもよりも高い。「……今夜ハネたら、御一緒にお食事をしたいんですけど、あなたから御都合を伺っていただけない？　二人きりで、いろいろお話したいって」

「はあ」

「わるいわね。あなたにこんな用事をおねがいして」

「いや……いいんです」

そのとき万菊の目はぴたりと動きを止《や》めて、ひそかに増山の顔色を窺《うかが》っているのがわかった。増山の動揺を期待して、たのしんでいるように感じられた。

「じゃあ、そう申し伝えてまいりますから」

と増山はすぐ立上った。

――表の廊下で、むこうから来る川崎にすぐぶつかったのは、幕間《まくあい》の混雑のなかで、一種の奇遇のように思われた。川崎は花やかな廊下に似合わぬ身装《みなり》をしていた。この青年の何かいつも昂然《こうぜん》としている態度は、ただ芝居をたのしみに来ている善男善女の群の中に置くと、少々滑稽《こっけい》に見えた。

増山は彼を廊下の片隅《かたすみ》へ連れて行って、万菊の意向を伝えた。

「今さら何の用があるんだろう。食事なんておかしいな。今夜は暇だから、全然都合はいいけど」

「何か芝居の話だろう」

「チェッ、芝居の話か。もう沢山だな」

このとき増山に、舞台でいつも見る端敵《はがたき》のような安っぽい感情がわれ知らず生れ、彼自身が舞台の人のように振舞っているのに気づかなかった。

「君、食事に呼ばれたのがいい機会だから、歯に衣《きぬ》着せないで、君の言いたいことをみんなぶちまければいいじゃないか」

「でも……」

「君にはそんな勇気はないのかな」

この一言が青年の誇りを傷つけた。

「よし。それじゃそうしよう。いつかはっきりした対決の機会が来ることは覚悟していたんだ。招待はおうけするって、伝えて下さい」

……………。

万菊は大喜利《おおぎり》に出ていたので、閉場《ハネ》まで体が空《あ》かなかった。芝居がハネると、役者たちは身じまいもそこそこに、風のようにかえってしまう。こういう慌《あわただ》しい動きを少し外して、万菊はモジリを着、地味な襟巻《えりまき》をして、川崎を待っていた。川崎は、やってきて、外套《がいとう》のポケットに両手をつっこんだまま、ぶっきらぼうな挨拶《あいさつ》をした。

「雪がふってまいりました」

と、いつも腰元をやる弟子が、大変事を報告するように駈《か》けて来て、腰をかがめた。

「ひどい雪？」

万菊はモジリの袖口を頰にあてた。

「いいえ、ほんのチラホラ」

「車のところまで傘《かさ》がないとね」

「はい」

増山は楽屋口で見送り、口番《くちばん》は丁寧に、万菊と川崎の履物《はきもの》をそろえた。弟子が傘をすでにひらいて、淡雪の散って来る戸外へかざしていた。

雪はコンクリートの暗い塀《へい》を背に、見えるか見えぬかというほどふっていて、二三の雪片が楽屋口の三和土《たたき》の上に舞った。

に見えた。

「それじゃあ」と万菊は増山に会釈《えしやく》をした。微笑している口もとが仄《ほの》かに襟巻のかげ

「いいのよ。傘は私がさしてゆくから。それより運転手に早くそう言って頂戴《ちようだい》」

万菊は弟子にそう言いつけて、自分でさした傘を、川崎の上へさしかけた。川崎の外套の背と、万菊のモジリの背が、傘の下に並んだとき、傘からは、たちまち幾片《いくひら》の淡雪が、はねるように飛んだ。

見送っている増山は、自分の心の中にも、黒い大きな濡《ぬ》れた洋傘《こうもり》が、音を立ててひらかれるのを感じた。少年時代から万菊の舞台にえがき、幕内の人となってからも崩れることのなかった幻影が、この瞬間、落した繊細な玻璃《はり》のように、崩れ去って四散するのが感じられた。『俺《おれ》はやっとここまで来て幻滅を知ったのだから、もう芝居はやめてもいい』と彼は思った。

しかし幻滅と同時に、彼はあらたに、嫉妬《しつと》に襲われている自分を知った。その感情がどこへ向って自分を連れてゆくのかを増山は怖《おそ》れた。

百万円煎《せん》餅《べい》

「おばさんとの約束は九時だったね」

と健造がきいた。

「ええ、九時だわ。一階の玩具《おもちゃ》売場のへんで待ってるって、おばさんが言うんだけれど、あそこじゃろくすっぽ話もできないし、三階の音楽喫茶を教えといたの」

と清子が言った。

「そいつぁよく気が利《き》いたよ」

こうして若い夫婦は、裏手からぶらぶらと新世界のビルへ近づいてゆき、屋上の五重塔のネオンを見上げた。

梅雨《つゆ》どきの曇ったむしあつい晩だった。雲が低く閉ざしているので、ネオンの照りがあたりの空に濃密ににじんでいた。

その明滅している彩光の、淡い色ばかりで組み立てられた繊細な五重塔は、実に美しかった。ときどき部分部分の明滅が全体に及んで、一瞬そこが闇《やみ》になると、その闇に残る彩光の残像が消えるか消えないかに、又パッとあらわれ出るときの美しさは格別である。浅草六区一帯のどこからも眺《なが》められるこれが、埋め立てられた瓢箪池《ひょうたんいけ》のかわりに、夜は六区の目じるしになった。

誰の手も届かない飛切りの生活の夢が、そこに純潔に蔵《しま》われているような感じがして、二人は駐車場の柵《さく》によりかかって、しばらくぼんやり空を仰いでいた。

ランニング・シャツ一枚の健造は、粗末なズボンに下駄《げた》をつっかけていた。色白だが肩から胸の肉が逞《たく》ましく、その光って隆起した肉のくびれからは、つやのいい腋毛《わきげ》がいっぱいはみ出していた。ノー・スリーヴを着た清子の腋は、いつも健造がやかましく言うのできれいに剃《そ》られていた。でも剃ると、生えてきかかるときに腋が痛いので、たびたび神経質に剃らねばならず、そのために腋の白い肌《はだ》がほんのりと赤みを帯びてしまっていた。

清子は小さな丸顔に、可愛《かわい》らしい目鼻を散らばせて、それを一つ一つ糸でかがりつけたような感じの顔をしていた。この顔には、どこか決して笑わない生《き》まじめな小動物の顔を思わせるものがあって、人はこの顔をすぐ信じることができるが、そこから何かの感想を引出すことはむずかしかった。

彼女は桃いろのビニールの大きなハンドバッグを提げた腕に、健造の薄青のスポーツ・シャツを掛けていた。健造は素手で歩くのが好きだった。

清子の質実な化粧や髪のかたちを見ても、かれらの地道なくらしがわかった。清子の小さな目は澄んでいて、良人《おっと》以外の男には、ほんの一瞬でも向けられることがなかった。

二人はほのぐらい駐車場前の道路を横切って、新世界の一階の売場へ入った。するとその広大な売場には、すばらしい安物のぴかぴかした商品が、いたるところに極彩色の山をなし、売子の顔はその山の隙間《すきま》からわずかに覗《のぞ》いて、場内は蛍光燈《けいこうとう》の涼しい光りに溢《あふ》れていた。アンチモニーの東京タワーの模型が林立しているうしろには、東京風景を彩《いろど》った壁掛の鏡が連なり、歩くにつれてそれぞれの鏡の中には向い側のネクタイや夏シャツの山が波打ち歪《ゆが》んだ。

「こんなに鏡だらけの部屋に住んだらたまらないわね。恥ずかしくて」

「別に恥ずかしいってこともないだろう」

健造は投げ出すような調子でものを言うが、必ず妻の言葉に敏感に答えてやり、好《い》い加減《かげん》に無視したりすることがない。二人はいつのまにか玩具売場の前に来ていた。

「おばさんったら、健ちゃんが玩具売場が好きなことを知ってるんだわ。だからここで待合せようなんて言ったのね」

「ふふ」

健造は宇宙ロケットや汽車や自動車の玩具が好きだった。買いもしないで、売子の説明をきいて、いちいち動かしてみるので、清子は恥ずかしい思いをした。そこで清子はちょっと邪魔を入れ、健造の腕を引いて、売場の棚《たな》から少し離れて歩いた。

「玩具の選《よ》り方で見ると、あなたのほしいのはやっぱり男の児ね」

「そんなこともないさ。女の児なら女の児でもいいさ。でも早くほしいなあ」

「あと一二年の辛抱だと思うわ」

「そうだ。計画は絶対に守らなくちゃいかんよ」

夫婦はかねが一心に貯《たくわ》えている貯金の通帳をいくつかに分けて、それにX計画Y計画Z計画などの名を与えていた。子供は絶対に計画的に作るべきで、X計画の貯金額が達成されるまでは、どんなにほしくても我慢しなければならなかった。二人はいろんな点で月賦の不利を感じていたから、電気洗濯機やテレビや電気冷蔵庫は、A計画B計画C計画の達成のときはじめて現金で買うようにしており、そのうちAとBはすでに成就《じょうじゅ》されていた。D計画は小額予算だったが、不急不用の洋服箪笥《だんす》だったので、いつも後廻しにされて、なかなか目的額に達しなかった。それまで健造や清子の洋服は、押入れの中に下げておけばよく、二人とも衣裳《いしょう》道楽にはまるで関心がなかったので、冬の寒さを防ぐものが揃《そろ》っていれば事足りた。

大きな買物をするときには、いたって慎重だった。まず型録《カタログ》を取り寄せ、各社の製品を比較し、使った人の意見を万遍なくきき、いよいよ買う段になると、御徒町《おかちまち》の問屋街へ出かけて買った。

しかし子供となると違う。すっかり生活のメドが立ち、十分な上にも十分な貯えが出来、生れた子供が一人前になるまでとは行かなくても、子供のために親が世間に恥じないだけの環境を調えてやる用意が要る。乳幼児の粉ミルク代がどれだけ莫迦《ばか》にならないかを、健造はすでに子持ちの友達からきいてよく研究していた。

こういう理想的な計画を心に抱いていたので、夫婦は貧しい人たちの、行き当りばったりな生活態度を蔑《さげす》んでいた。子供は理想的な育児の環境に、計画出産によって生み出されるべきものであるし、子供が出来たらその先には、もっとたのしい生活の夢が待っていた。しかし二人の夢は、あんまり遠くを追わないことにかけても堅実だった。そしていつも目の前に光りを見ていた。

現代日本に希望がないなどという青年の考え方ほど、健造を腹立たしくさせる考えはなかった。健造はあんまり物を深く考えないたちだったが、人間が自然を尊重して、自然に忠実に、しかも努力して生きるかぎり、道は必ずむこうからひらけて来るという、宗教的信条のようなものを持っていた。まず自然を崇拝すべきであり、夫婦の睦《むつ》み合いはその基本であり、一組の男女が信頼し合って生きることこそ、世界の絶望を阻《はば》むもっとも大きな力でなければならない。

幸いなことに健造は清子を愛していたから、未来に希望をかかげて生きる力は、自然の与えた条件のとおりに生きてゆくことに他《ほか》ならなかった。ほかの女から水を向けられることもあったが、そんな遊びのための遊びには、彼はどうしても「不自然」の匂《にお》いをかいだ。それより清子と、野菜や魚のちかごろの高値をこぼし合っているほうがましだった。

――いつのまにか二人は話しながら売場を一巡してしまっていたので、立止ったのは又しても玩具売場の前であった。

健造の目の前に空飛ぶ円盤の発着の基地の玩具があり、彼の目はこの玩具に釘《くぎ》附けになった。ブリキの基地のおもてには、窓からのぞける複雑な内部の機械が描かれ、司令塔の中に明滅する燈火が廻っているが、プラスチックで作られた藍《あい》いろの円盤は、むかしながらの竹蜻蛉《たけとんぼ》の原理で空中へ飛ぶのである。この基地は宇宙の只中《ただなか》にうかんでいるらしく、地面に当る部分のブリキには、いちめんの星空と雲が描かれていた。星のなかにはお馴染《なじみ》の土星の環《わ》も見えた。

ぴかぴか光った夏の星空の床《ゆか》はすてきだった。色刷りのブリキのおもてはいかにも冷たそうで、そこの星空に身を横たえたら、蒸暑い夜の熱気は忽《たちま》ち去ってゆきそうに

思われた。清子が気がついて止めるひまもなく、健造は基地の一角のバネに指をあて
て力強くはじいた。
藍いろの円盤は、旋回しながら、売場の上へ勢いよく飛び出した。
売子がおもわず手をのばして叫んだ。
円盤はゆるやかに旋回しながら下りてきて、むかいの菓子売場の上に落ちた。落ち
たところが丁度、百万円煎餅《せんべい》の上だった。
「こいつは当りだぞ」
と、円盤のゆくてへ目をめぐらしていた健造が、走り寄って無邪気に叫んだ。
「何が当りなの？」
と清子が恥ずかしさにいそいで玩具の売子へ背を向けて、健造のあとを追いながら
きいた。
「だって見ろよ。ここに着陸したんだ。きっといいことがあるぜ」
円盤を乗せた長方形の瓦《かわら》煎餅は、思い切り大きな紙幣の形をしていて、本物の紙幣
を模した焼判に、百万円の表記がしてあった。そして紙幣に似せた印刷の紙に、聖徳
太子の代りに禿頭《はげあたま》の店主の顔を入れたのが、セロファンで包まれた三枚の瓦煎餅の表
を覆《おお》うていた。

三枚五十円はいかにも高かったので、清子は反対したが、健造は縁起をかついでとうとうそれを買った。買うとすぐセロファンの包みを破き、一枚を清子にやり、一枚は自分でかじり、のこる一枚は清子のハンドバッグにつっこんだ。

やや苦みのある甘さが、健造の丈夫な歯が嚙《か》み砕く煎餅の一片から、口の中に流れた。清子もためらわずに、手に余る百万円札の角《かど》のところを口に入れて、鼠《ねずみ》がかじるように小さくかじった。

健造はさっきの空飛ぶ円盤を、玩具売場の前をとおって売子に返したが、受けとる売子は不機嫌《ふきげん》に横を向いたまま手を出した。

清子は弓のように張った乳房を持ち、小柄《こがら》ながら均斉《きんせい》のとれた体をしていて、それでいて健造と歩くときは、健造のかげに隠れるような風情《ふぜい》があった。車道を横切るときなど、彼は妻の二の腕をきつく握り、左右の車のゆききに目を配りながら、自分の手がたしかめる妻の肉のふくよかさを、誇らしげに向う岸へ運んで行った。

何でも自分でできるのに、良人まかせにしている女の、よくたわめられた活力と謂《い》った感じが健造は好きだった。清子は新聞なんか読んだことがなく、それでいて身のまわりのもの一切にはふしぎに正確な知識を持っていた。清子が櫛《くし》を手にしたり、カレンダーをめくったり、浴衣《ゆかた》を畳んでいたりしても、そこには生活のしきたりのようなものは少しも感じられず、彼女がいつもいきいきとした体と心で、櫛やカレンダーや浴衣という「物」と親しく附合っているように見えるのであった。そういう物の世界に、清子はお風呂《ふろ》につかるようにどっぷりとつかっていた。

「四階の室内遊園地へ行って時間を潰《つぶ》そうよ」

と健造が言って、丁度とまったエレヴェーターに乗ったとき、彼女は黙ってついてきたが、四階で下りると彼のズボンのバンドを引張ってこう言った。

「ねえ、むだ遣いはやめましょうよ。こういうところは、一つ一つは安いようでも、結局思いがけないお金を遣わせるようにできてるんだもの」

「そう言うなよ。今夜は何だか愉《たの》しい晩じゃないか。ロード・ショウでも見るつもりなら、何でもないよ」

「ロード・ショウなんて意味ないじゃない？　少し待てば、おんなじものがうんと安く見られるんだもの」

生活に対する清子の真剣さは愛らしかった。その尖《とが》らせた唇《くちびる》には、百万円煎餅の茶いろの粉が少しついていた。

「よせよ。みっともない。煎餅が口についてるぜ」

清子はすぐかたわらの鏡の柱のところへ行って、小指の爪先で、貼《は》りついた粉をとった。手の中の煎餅は、まだ三分の二ほど残っていた。

そこはたまたま「海底二万哩《マイル》」という見世物の入口で、おどろな岩組が天井にまで及び、海底の岩盤にとまった潜水艦の丸窓が、切符売場になっていた。大人四十円、小人二十円と書いてある。

「四十円なんて高いわ」と、鏡から顔を戻しながら清子が言った。「こんな見世物で、作り物のお魚を見たって、ちっともお腹が張らないけれど、四十円出せば、鱚《きす》でも鯛《たい》でも、一等いいお魚が百グラム買えるんだのに」

「きのう見たら、黒鯛の切身も四十円だったな。まあいいや。百万円札をバリバリ喰《た》べながら、不景気なことを言うなよ」

一寸《ちよつと》した押問答ののち、結局健造が切符を買った。

「いやだわ。こんなお煎餅。こんなもの喰べてるとやたらに気が大きくなるんだもの」

「でも不味《まず》くはねえな。腹が空《す》いてたから丁度いい」

「さっき御飯たべてもうあれだ」

中へ入ると、駅のプラットフォームのようなところに、二人乗りのトロッコのようなものが、離れ離れに五六台並んで線路の上に止っていた。ほかにも三四組客があったが、夫婦は遠慮なく先頭の車に乗り込んだ。二人が並んで坐ると大そう窮屈で、いきおい健造は腕をうしろに廻して妻の背を抱かなければならなかった。

車掌のような男が無愛想に呼笛《よびこ》を吹き鳴らした。汗の冷えた健造の逞ましい腕は、清子のあらわな背や肩にぴったりと貼りついた。素肌は素肌と、微妙に折り畳まれる昆虫《こんちゅう》の翅《はね》のように、うまく接触して一つになった。トロッコは鈍い震動をはじめた。少しも怖がらない顔つきで、

「怖いわ」

と清子は言った。

線路上の車は一台ずつ間隔を置いて、真暗な岩組のトンネルの中へ辷《すべ》り込む。トンネルへ入るやいなや急なカーヴがあり、洞穴《どうけつ》の壁に車のとどろきが反響して、耳もつんざくばかりになった。

「あっ」

と清子が首をすくめた。頭上をすれすれに青い鱗光《りんこう》を放つ大きな鱶《ふか》が通り抜けたのである。

清子がしがみついたので咄嗟《とっさ》に若い良人は接吻《せっぷん》した。鱶がとおったあとは再び真暗闇《まっくらやみ》の中に、急カーヴをめぐる轟音《ごうおん》だけになったが、健造の唇は見事に清子の唇を射当

てて誤たなかった。それは闇の只中《ただなか》で銛《もり》が射当てた小魚のようだった。小魚はぴちぴちと跳ねて、そして静まった。

闇が清子にふしぎな羞恥《しゆうち》を与えた。この車のはげしい動揺と轟音がなかったら、何が彼女の羞恥を支えたろう。良人の腕に抱かれてトンネルの奥深く辷り込んでゆくとき、清子は自分の体が闇にさらされることを思って真赧《まつか》になった。何も見えず何も見られないこの闇の濃密さには、かえって彼女の体を包むものをむだにしてしまうような力があった。清子は子供のころ親に隠れて遊んだ古いお納戸《なんど》のなかの闇を思い出すのであった。

ふいにその闇から赤い花がはじけるように、目の前に真赤な光線がくっきりと閃き《ひらめ》出て、清子は又きゃっと言った。それは海底にうずくまっている巨大な鮟鱇《あんこう》が、かっとひらいた大きな口であった。そのまわりには、珊瑚《さんご》や濃緑の海藻《かいそう》の毒々しい色が競い立っていた。

健造はしがみつく清子の頬《ほお》に頬をつけ、肩にまわした手の指先はおもしろそうに髪の毛を綺《いろ》うていた。その指先の動きは車の速度に比べていかにもゆるやかで、清子は良人がこの見世物ばかりか、見世物を怖がる彼女をもゆっくりと娯《たの》しんでいるのを知った。

「早くすまないかなあ。私もう怖くていや」

と清子は言ったが、もとよりその声は、轟音に消されて声にならなかった。

再びトロッコは闇を走った。怖がりながらも清子の心には勇気があった。こうして健造の腕に抱かれているかぎり、どんな恐怖にも恥ずかしさにも耐えられるという自信がある。二人とも希望を失ったことがないのだから、今幸福だという状態は、大ていこれと似たような緊張に充《み》ちていた。

たちまち不快な褐色《かっしょく》の大章魚《おおだこ》が目の前に現れた。又清子は叫び声を洩《も》らし、健造はその項《うなじ》にすばやく接吻した。章魚は洞《ほら》いちめんに巨大な足をひろげ、両の目からは鋭い電光を放っていた。

次の角には海底の藻林に、しょんぼりと溺死体《できしたい》が立っていた。

やがてトンネルの向うに明りがさし、車は徐々に速度をゆるめ、うるさい反響から俄《にわ》かに放たれてトンネルを出ると、そこはもう明るいさっきのプラットフォームで、車掌の制服を着た男が、車の前枠《まえわく》に手をかけて惰性をとめた。

「これでおしまいかい？」

と健造が車掌にきいた。

「ええ、そうです」

清子は身をそらせて、プラットフォームに下り立つと、すぐ健造の耳もとで、

「これで四十円なんてばかにしてるわね」

と囁《ささや》いた。

出口を出しなに、二人は手にした喰べかけの百万円煎餅の大きさを比べた。清子は三分の二をあまし、健造は半分をあましていた。

「何だ。ここへ入る前とおんなじだ。つまり煎餅を喰うひまがなかったくらいスリルがあったというわけだ」

「そう思えばあきらめがつくわね」

しかしそのとき健造の目は、又しても別の入口の色彩ゆたかな看板に向けられていた。マジック・ランドという字のまわりを電飾がめぐり、群立つ小人たちの驚きに瞠《みひら》かれた目は赤や緑の電気になって明滅し、かれらのドミノの衣裳《いしょう》には金粉や銀粉ががやいていた。すぐそこへ入ると言い出しかねて、健造は煎餅をかじりながら、そこらの壁に身を凭《もた》せて喋《しゃべ》りだした。

「さっき新世界へ入るとき、駐車場のあいだをとおったろう。あのへんの土の道に、明りの加減で、俺《おれ》たちの前に影法師がくっきり出てた。あのとき俺はへんなことを考えたんだ。お前の影と俺の影とのあいだは五十センチばかり離れてたよ。その間に、

ひょこっと、小《ち》っちゃい子供の影が出て来て、その子供の手を俺たちが引いて歩いていたらどんなだろうってね。そうしたら、何だかほんとに子供の影が、俺たちの影からすっと分れて、俺たちの間へひょこっと現れたような気がしたんだ」

「あらいやだ」

「気がついたら、ずっとうしろを通った人の影だったんだ。お抱え運転手たちがキャッチ・ボールをしていて、一人が球拾いに駈《か》けた影なんだ」

「そう。……でもそのうちに、親子三人で散歩に行くことだってできるんだわね」

「こういうところへも連れて来るぞ」と健造は看板を指さして言った。「そのためにも下見をしなくちゃ」

切符売場で金を出す健造を見て、今度は清子は何も言わなかった。

時間がわるいのか、マジック・ランドはひどく閑散だった。二人が間仕切を通って入ってゆく道の両側は、点滅する明りの人工の花に飾られて、オルゴールの音楽が流れていた。

「いつか家を建てたら、玄関までの道をこんな風にしようや」

「悪趣味だわ」

自分の持家へ入ってゆく気持というものはどんなだろう。建築資金はまだ二人の計画のどこにも顔を出していなかったが、いずれは顔を出すべきものだった。未来には、今は夢としか思われないどんなものも、そのときにはごく自然な表情で現れて来るだろう。……ふだんは堅実この上なしの夫婦が、清子の言うように百万円煎餅を喰べたおかげか、今夜に限ってずっと先のほうまでも夢みずにはいられなかった。

人工の花には人工の大きな蝶《ちょう》がとまって蜜《みつ》を吸っていた。蝶の大きさは折鞄《おりかばん》ほどもあり、半透明の赤い翅には黄や黒の斑《まだ》らがあって、つき出た目の豆電球が明滅していた。下から投射している光線のために、プラスチックの花や草叢《くさむら》には、霧を透かす夕日のような、ぼんやりした光が漂うていた。霧と見えるのは床《ゆか》から舞い上る埃《ほこり》かもしれなかった。

矢印の示すままに、二人が最初に入った部屋は「傾斜した部屋」だった。床をはじめすべての家具調度が斜《かし》いでいて、まっすぐに体をのばして踏み込むと、部屋そのものに悪意のある違和感が感じられた。

「こんな家には住みたくないね」

と、黄いろいペンキで塗った木製のチューリップの活《い》けてある卓上に手を支えながら健造が言った。この言葉には何だか王様のような響きがあった。彼の強い断言には、自分では気づいていなかったが、決して他人の容喙《ようかい》をゆるさない希望や幸福の特権的な性質があらわれていた。彼の抱く希望に他人の希望への凌辱《りょうじょく》が含まれ、彼の考えている幸福が他人に一指も触れさせない性質のものであることはふしぎがなかった。

それにしてもこうして意気張って、斜めの机に手を支《か》てている若い良人《おっと》の、ランニング・シャツ一枚の姿は清子を微笑《ほほえ》ませた。それは一見家庭的なけしきだった。日曜日の工作に手づくりの一間《ひとま》を建て、しかも寸法をまちがえて失敗し、窓も机も斜めに歪《ゆが》んでしまった部屋のなかに、自分で自分に怒りながら、呆然《ぼうぜん》と立っている青年のような姿だ。

「こうやって暮したら、住めないことないわね」

と清子が機械人形のように両手をひろげ、体を正確に部屋の傾斜に合わせて傾けて、立っている健造に近づいた。そこで清子の顔は健造のひろい肩の左側に、花瓶《かびん》に挿《さ》した花のように斜めになった。

健造は若者らしくしかめた眉《まゆ》のまま少し笑って、妻の斜めの頬に接吻して、それから百万円煎餅を荒々しくかじった。……

柔かい階段や、動揺する廊下や、両側からお化けが顔をつき出す丸木橋や、こういう盛沢山の異変をくぐり抜けて、二人がそこを出たときには、場内の暑さにいや気《け》がさし、一枚の煎餅を喰べおわった健造は、清子がどうしても喰べ切れなくなった残りを口に入れながら、どこか涼しい夜風に当ることのできる場所を探した。

木馬の並んだむこうに露台へ出る出口があった。

「今何時？」

と清子がきいた。

「九時十五分前だ。あそこへ出て、九時まで涼んで行こうよ」

「ああ咽喉《のど》が乾いた。お煎餅がカサカサで」

と清子は預っている健造の薄青のシャツで、汗ばんだ白い咽喉元をあおぎながら言った。

「もうすぐ、冷たいものが飲めるんじゃないか」

ひろいバルコニイの夜風は涼しかった。健造は大きな伸びをして、妻と一緒に手摺《てすり》にもたれた。二人の若い裸の腕は、夜露にしめった黒い鉄の手摺に、なまなましくまつわった。

「いい気持。さっきここへ入るときよりずっと涼しくなったのね」

「ばかだな。高いからだよ」

はるか眼下に寝静まった戸外の遊園地の、暗い器械の数々が見えた。メリイ・ゴー・ラウンドは少し傾斜したまま、うつろな座席を夜露にさらしていた。空中観覧車の黒い鉄枠《てつわく》のあいだに、宙にうかんで風にこころもち揺れているいくつもの椅子《いす》が見えた。

これと対蹠的《たいしょ》なのが、左方の料理屋の賑《にぎ》わいである。鳥瞰図《ちょうかんず》を見るように、その料理屋のひろい塀《へい》の内が隅々《すみずみ》まではっきり見える。丁度芝居の舞台のようで、幾棟かの離れ、渡り廊下、庭の泉水、石燈籠《いしどうろう》、座敷の内部、或《あ》る部屋は赤襷《あかだすき》の女中たちが皿小鉢《さらこばち》を片附けており、或る部屋は芸者が立って踊っている。その一つ一つがつぶさに見えるのである。そして部屋という部屋の軒につらねた赤い提灯《ちょうちん》の列が美しい。その白抜きの文字が美しい。

風の加減かして音は少しもきこえず、これだけの展望が、夏の夜の澱《よど》んだ大気の底に精緻《せいち》に煮凝《にこご》っているようなのが、ほとんど神秘的な美しさで眺《なが》められる。

清子が又例のロマンチックな話題をはじめた。

「あんなとこ高価《たか》いんでしょうねえ」

「そりゃあ高いさ、馬鹿《ばか》の行く処《ところ》さ」

「もろきゅうなんて洒落《しゃ》れたこと言って、胡瓜《きゅうり》なんか、ずいぶん高く売るんだろうな。いくらぐらい？」

「さあ、二百円ぐらいかな」

健造は清子の手からスポーツ・シャツを受けとって腕をとおした。清子は手をのばしてそのボタンを一つ一つはめてやりながら、つづけた。

「ばかにしてるわ、十倍じゃないの。今、最上品だって、三本二十円で売ってるわよ」

「へえ、安くなったんだな」

「一週間ぐらい前から下って来たんだわね」

九時五分前になったので、二人はそこを離れて、三階の音楽喫茶へ下りる階段を探した。二枚の百万円煎餅はもう平らげられていた。のこる一枚は、さしも大きな清子のハンドバッグにも納まりきらず、その留金の横から少しはみ出していた。

――せっかちなおばさんは、時間の前から来て、すでに待っていた。舞台のやかましいジャズ演奏のよく見える椅子は満員だったが、貸植木のフェニックスの傍《かたわ》らの、舞台が死角に入る席のあたりは空いていた。そこのボックスに浴衣《ゆかた》を着て一人で坐っているおばさんは、いかにもこの店にそぐわなかった。

おばさんは下町風のよく洗い上げられた顔をした小柄な初老の女で、手をこまかく動かしてまめに喋った。若い人たちと気楽に附合ってゆけるのが自慢だった。

「どうせ御馳走《ごちそう》してくれるんだろう。先に高価《たか》いものをとっといたよ」

とおばさんが言っている間に、高いグラスの上に果物の切れ端を盛り上げたパフェが運ばれてきた。

「ちぇっ。いやんなるな。俺たちはソーダ水を二つだ」

おばさんは伸ばした小指の爪《つめ》をぴんと立てて、匙《さじ》を深く使って、底のクリームを巧みにすくい上げながら、いつものように早口でひとりで喋った。

「ここはやかましくて話がきこえなくていいやね。電話で一寸《ちよつと》話したとおり、今夜は中野のほうなんだよ。それも素人《しろうと》さんの家で、呆《あき》れるじゃないか、奥さん連のクラス会なんだってさ。ちかごろは山の手の奥さんも隅に置けないやね。どうせ昼間はツンとすまして歩いているんだろうけどさ。……それでね、あんた方の噂《うわさ》をきいて、ぜひあんた方をっていうお名指しなんだよ。こういうことは、年を喰った薄穢《うすぎたな》いのじゃいやだって。そりゃあ無理もないやね。……だから私も吹っかけてやったんだよ。そうしたら、それでも安いから、気に入ったら祝儀《しゆうぎ》も弾《はず》むっていうんだよ。どうせ向う様は相場なんか御存じないからね。……それにしてもあんた方、本意気でやって頂戴《ちようだい》よ。言わないでもわかってるだろうけれど、今夜気に入ってもらえば、上品なお得意もふえることだしね。まああんた方ぐらいイキの合ったのも少ないから、その点安心だけど、おばさんの顔も潰《つぶ》さないでおくれよね。……それはそうと、向う様の幹事の奥さんが、中野の駅前の喫茶店で待ってるっていうんだよ。それからさきはわかってらあね。私たちに住所を知られないように、そこからタクシーで、わざとぐるぐる廻り道をして、とんでもない道をとおって、まさか目かくしまではさせないが、表札が読めないように、いそいでくぐり戸から引張り込むやり方だよ。感じが悪いけど、向う様も立場が立場だから仕方がないやね。我慢して頂戴よ、そういう点は。……おばさん？　おばさんはあっち へ行けば、いつものとおり玄関で張り番さ。誰が来たってとぼけるのはお手のものだからね。……そろそろ行こうか。とにかくしっかりやって頂戴よね、しつこいようだけれど」

＊＊＊

深夜に健造と清子は、おばさんと別れて浅草にかえってきた。六区を抜けてゆくと、絵看板が曇った夜空の下に毒々しい色を黒く沈めていた。常になくひどく疲れていたので、健造の下駄《げた》の音は鋪道《ほどう》を引きずるようにきこえた。

二人はふと同時に新世界ビルの頂上を仰いだ。五重塔のネオンはすでに消えていた。

「ちぇっ、いやなお客だ。あんな気障《きざ》なお客ってはじめてだ」

清子はうつむいて歩いたまま答えなかった。

「え？　おい。気取ったいやな婆《ばば》アばっかりだったな」

「うん。でも仕方がないわ。……お祝儀をうんと貰《もら》ったもの」

「奴《やつ》ら、亭主《ていしゅ》からくすねた金で遊び放題をやってるんだ。金が出来ても、あんな女になるなよ」

「ばかね」

清子は闇《やみ》のなかにひどく白い笑顔を見せた。

「いやな奴らだ」

と健造は唾《つば》を吐いた。唾は力強く白い弧をえがいて散った。

「全部でいくらになった？」

「これだけ」

清子はハンドバッグに手をさし入れて、無造作に裸の紙幣をつかみ出した。

「へえ、五千円か。こんなに貰ったのははじめてだな。おばさんは〆《し》めて三千円はとってるし。……畜生、こいつをビリビリ破いてやったら、胸がスッとするんだが」

清子はあわてて良人の手から紙幣を取り返すと、ハンドバッグの中にかさばっている最後の一枚の百万円煎餅に指がさわって、やさしいなだめるような口調でこう言った。

「代りにこれでも破きなさいよ」

健造はセロファンの残り紙に包まれた百万円煎餅をうけとった。紙を丸めて路上に捨てた。深夜の道では、セロファンを丸める音は誇大にひびいた。

掌に余る大きな百万円煎餅を、彼は両手で引き破ろうと身構えた。手に煎餅の甘い肌《はだ》が粘《ねば》ついた。買ってからずいぶん時が経《た》ったので、すっかり湿った煎餅は、引き破ろうとするそばから柔かくくねって、くねればくねるほど強靱《きょうじん》な抵抗が加わり、健造はどうにもそれを引き破ることができなかった。

憂国

壱《いち》

昭和十一年二月二十八日、(すなわち二・二六事件突発第三日目)、近衛歩兵一聯隊《れんたい》勤務武山信二《たけやましんじ》中尉《ちゆうい》は、事件発生以来親友が叛乱《はんらん》軍に加入せることに対し懊悩《おうのう》を重ね、皇軍相撃の事態必至となりたる情勢に痛憤して、四谷区青葉町六の自宅八畳の間に於《お》て、軍刀を以《もつ》て割腹自殺を遂げ、麗子《れいこ》夫人も亦《また》夫君に殉じて自刃《じじん》を遂げたり。中尉の遺書は只《ただ》一句のみ「皇軍の万歳を祈る」とあり、夫人の遺書は両親に先立つ不孝を詫《わ》び、「軍人の妻として来《きた》るべき日が参りました」云々《うんぬん》と記せり。烈夫烈婦の最期《さいご》、洵《まこと》に鬼神をして哭《な》かしむの概あり。因《ちな》みに中尉は享年《きようねん》三十歳、夫人は二十三歳、華燭《かしよく》の典を挙げしより半歳に充《み》たざりき。

弐《に》

武山中尉の結婚式に参列した人はもちろん、新郎新婦の記念写真を見せてもらっただけの人も、この二人の美男美女ぶりに改めて感嘆の声を洩《も》らした。軍服姿の中尉は軍刀を左手に突き右手に脱いだ軍帽を提げて、雄々しく新妻を庇《かば》って立っていた。まことに凜々《りり》しい顔立ちで、濃い眉《まゆ》も大きくみひらかれた瞳《ひとみ》も、青年の潔《きよ》らかさといさぎよさをよく表わしていた。新婦の白い裲襠《うちかけ》姿の美しさは、例えん方もなかった。やさしい眉の下のつぶらな目にも、ほっそりした形のよい鼻にも、ふくよかな唇《くちびる》にも、艶《あで》やかさと高貴とが相映じている。忍びやかに裲襠の袖《そで》からあらわれて扇を握っている指先は、繊細に揃《そろ》えて置かれたのが、夕顔の蕾《つぼみ》のように見えた。

二人の自刃のあと、人々はよくこの写真をとりだして眺《なが》めては、こうした申し分のない美しい男女の結びつきは不吉なものを含んでいがちなことを嘆いた。事件のあとで見ると、心なしか、金屛風《きんびょうぶ》の前の新郎新婦は、そのいずれ劣らぬ澄んだ瞳で、すぐ目近《まぢか》の死を透かし見ているように思われるのであった。

二人は仲人《なこうど》の尾関中将の世話で、四谷青葉町に新居を構えた。新居と云《い》っても、小さな庭を控えた三間《ま》の古い借家で、階下の六畳も四畳半も日当りがわるいので、二階の八畳の寝室を客間に兼ね、女中も置かずに、麗子が一人で留守を守った。

新婚旅行は非常時だというので遠慮をした。二人が第一夜を過したのはこの家であった。床に入る前に、信二は軍刀を膝《ひざ》の前に置き、軍人らしい訓誡《くんかい》を垂れた。軍人の妻たる者は、いつなんどきでも良人《おっと》の死を覚悟していなければならない。それが明日来るかもしれぬ。あさって来るかもしれぬ。いつ来てもうろたえぬ覚悟があるかと訊《き》いたのである。麗子は立って簞笥《たんす》の抽斗《ひきだし》をあけ、もっとも大切な嫁入道具として母からいただいた懐剣を、良人と同じように、黙って自分の膝の前に置いた。これでみごとな黙契が成立ち、中尉は二度と妻の覚悟をためしたりすることがなかった。

結婚して幾月かたつと、麗子の美しさはいよいよ磨《みが》かれて、雨後の月のようにあきらかになった。

二人とも実に健康な若い肉体を持っていたから、その交情ははげしく、夜ばかりか、演習のかえりの埃《ほこり》だらけの軍服を脱ぐ間ももどかしく、帰宅するなり中尉は新妻をその場に押し倒すことも一再でなかった。麗子もよくこれに応《こた》えた。最初の夜から一ト月をすぎるかすぎぬに、麗子は喜びを知り、中尉もそれを知って喜んだ。

麗子の体は白く厳そかで、盛り上った乳房は、いかにも力強い拒否の潔らかさを示しながら、一旦《いったん》受け容《い》れたあとでは、それが塒《ねぐら》の温かさを湛《たた》えた。かれらは床の中でも怖《おそ》ろしいほど、厳粛なほどまじめだった。おいおい烈《はげ》しくなる狂態のさなかでもまじめだった。

昼間、中尉は訓練の小休止のあいだにも妻を想《おも》い、麗子はひねもす良人の面影《おもかげ》を追っていた。しかし一人でいるときも、式のときの写真をながめると幸福が確かめられた。麗子はほんの数ヶ月前まで路傍の人にすぎなかった男が、彼女の全世界の太陽になったことに、もはや何のふしぎも感じなかった。

これらのことはすべて道徳的であり、教育勅語の「夫婦相和シ」の訓《おし》えにも叶《かな》っていた。麗子は一度だって口ごたえはせず、中尉も妻を叱《しか》るべき理由を何も見出《みいだ》さなかった。階下の神棚《かみだな》には皇太神宮の御札と共に、天皇皇后両陛下の御真影が飾られ、朝《あさ》毎《ごと》に、出勤前の中尉は妻と共に、神棚の下で深く頭を垂れた。捧《ささ》げる水は毎朝汲《く》み直され、榊《さかき》はいつもつややかに新らしかった。この世はすべて厳粛な神威に守られ、しかもすみずみまで身も慄《ふる》えるような快楽に溢《あふ》れていた。

参《さん》

斎藤内府の邸《やしき》は近くであったのに、二月二十六日の朝、二人は銃声も聞かなかった。ただ、十分間の惨劇がおわって、雪の暁闇《ぎょうあん》に吹き鳴らされた集合喇叭《ラッパ》が中尉の眠りを破った。中尉は跳ね起きて無言で軍服を着、妻のさし出す軍刀を佩《は》して、明けやらぬ雪の朝の道へ駈《か》け出した。そして二十八日の夕刻まで帰らなかったのである。

麗子はやがてラジオのニュースでこの突発事件の全貌《ぜんぼう》を知った。それからの二日間の麗子の一人きりの生活は、まことに静かで、門戸を閉ざして過された。

麗子は雪の朝ものも言わずに駈け出して行った中尉の顔に、すでに死の決意を読んだのである。良人がこのまま生きて帰らなかった場合は、跡を追う覚悟ができている。彼女はひっそりと身のまわりのものを片づけた。数着の訪問着は学校時代の友達への形見として、それぞれの畳紙《たとう》の上に宛名《あてな》を書いた。常日頃《つねひごろ》、明日《あす》を思ってはならぬ、と良人に言われていたので、日記もつけていなかった麗子は、ここ数ヶ月の倖《しあわ》せの記述を丹念に読み返して火に投ずることのたのしみを失った。ラジオの横には小さな陶器の犬や兎《うさぎ》や栗鼠《りす》や熊《くま》や狐《きつね》がいた。さらに小さな壺《つぼ》や水瓶《みずがめ》があった。これが麗子の唯《ゆい》一《いっ》のコレクションだったが、こんなものを形見に上げてもはじまらない。しかもわざわざ棺に納めてもらうにも当らない。するとそれらの小さな陶器の動物たちは、一そうあてどのない、よるべのない表情を湛えはじめた。

麗子はその一つの栗鼠を手にとってみて、こんな自分の子供らしい愛着のはるか彼方《かなた》に、良人が体現している太陽のような大義を仰ぎ見た。自分は喜んで、そのかがやく太陽の車に拉《らっ》し去られて死ぬ身であるが、今の数刻には、ひとりでこの無邪気な愛着にも浸っていられる。しかし自分が本当にこれらを愛したのは昔である。今は愛した思い出を愛しているにすぎないので、心はもっと烈《はげ》しいもの、もっと狂おしい幸福に充たされている。……しかも麗子は、思うだにときめいて来る日夜の肉の悦《よろこ》びを、快楽などという名で呼んだことは一度もなかった。美しい手の指は、二月の寒さの上に、陶器の栗鼠の氷るような手ざわりを保っているが、そうしているあいだにも、中尉の逞《たく》ましい腕が延びてくる刹那《せつな》を思うと、きちんと着た銘仙《めいせん》の裾前《すそまえ》の同じ模様のくりかえしの下に、麗子は雪を融かす熱い果肉の潤《うるお》いを感じた。

脳裡《のうり》にうかぶ死はすこしも怖くはなく、良人の今感じていること、考えていること、その悲嘆、その苦悩、その思考のすべてが、留守居の麗子には、彼の肉体と全く同じように、自分を快適な死へ連れ去ってくれるのを固く信じた。その思想のどんな砕片にも、彼女の体はらくらくと溶け込んで行けると思った。

麗子はそうして、刻々のラジオのニュースに耳を傾け、良人の親友の名の幾人《いくたり》かが、蹶起《けっき》の人たちの中に入っているのを知った。これは死のニュースだった。そして事態が日ましにのっぴきならぬ形をとるのを、勅命がいつ下るかもしれず、はじめ維新のための蹶起と見られたものが、叛乱の汚名を着せられつつあるのを、つぶさに知った。聯隊からは何の連絡もなかった。雪ののこる市内に、いつ戦がはじまるか知れなかった。

二十八日の日暮れ時、玄関の戸をはげしく叩《たた》く音を、麗子はおそろしい思いできいた。走り寄って、慄《ふる》える手で鍵《かぎ》をあけた。磨硝子《すりガラス》のむこうの影は、ものも言わなかったが、良人にちがいないことがよくわかった。麗子がその引戸の鍵を、これほどまだるっこしく感じたことはなかった。そのために鍵はなお手に逆らい、引戸はなかなか開かない。

戸があくより早く、カーキいろの外套《がいとう》に包まれた中尉の体が、雪の泥濘《でいねい》に重い長靴《ちょうか》を踏み入れて、玄関の三和土《たたき》に立った。中尉は引戸を閉めると共に、自分の手で又鍵を捩《ねじ》ってかけた。それがどういう意味でしたことか、麗子にはわからなかった。

「お帰りあそばせ」

と麗子は深く頭を下げたが、中尉は答えない。軍刀を外し外套を脱ぎかけたので、麗子がうしろに廻って手つだった。うけとる外套は冷たく湿って、それが日向《ひなた》で立てる馬糞《ばふん》くさい匂《にお》いを消して、麗子の腕に重くのしかかった。これを外套掛にかけ、軍刀を抱いて、彼女は長靴を脱いだ良人に従って茶の間へ上った。階下の六畳である。

明るい灯《ひ》の下で見る良人の顔は、無精髭《ぶしょうひげ》に覆《おお》われて、別人のようにやつれている。頬《ほお》が落ちて、光沢と張りを失っている。機嫌《きげん》のよいときは帰るなりすぐ普段着に着かえて晩飯の催促をするのに、軍服のまま、卓袱台《ちゃぶだい》に向って、あぐらをかいて、うなだれている。麗子は夕食の仕度をすべきかどうか訊くことを差控えた。

ややあって、中尉はこう言った。

「俺《おれ》は知らなかった。あいつ等は俺を誘わなかった。おそらく俺が新婚の身だったのを、いたわったのだろう。加納も、本間も、山口もだ」

麗子は良人の親友であり、たびたびこの家へも遊びに来た元気な青年将校の顔を思い浮べた。

「おそらく明日にも勅命が下るだろう。奴等は叛乱軍の汚名を着るだろう。俺は部下を指揮して奴らを討たねばならん。……俺にはできん。そんなことはできん」

そして又言った。

「俺は今警備の交代を命じられて、今夜一晩帰宅を許されたのだ。明日の朝はきっと、奴らを討ちに出かけなければならんのだ。俺にはそんなことはできんぞ、麗子」

麗子は端座して目を伏せていた。よくわかるのだが、良人はすでにただ一つの死の言葉を語っている。中尉の心はもう決っている。言葉の一つ一つは死に裏附けられ、この黒い堅固な裏打のために、言葉が動かしがたい力を際立《きわ》たせている。中尉は悩みを語っているのに、そこにはもう逡巡《しゅんじゅん》がないのである。

しかし、こうしているあいだの沈黙の時間には、雪どけの渓流《けいりゅう》のような清冽《せいれつ》さがあった。中尉は二日にわたる永い懊悩の果てに、我家で美しい妻の顔と対座しているとき、はじめて心の安らぎを覚えた。言わないでも、妻が言外の覚悟を察していることが、すぐわかったからである。

「いいな」と中尉は重なる不眠にも澄んだ雄々しい目をあけて、はじめて妻の目をまともに見た。「俺は今夜腹を切る」

麗子の目はすこしもたじろがなかった。

そのつぶらな目は強い鈴の音《ね》のような張りを示していた。そしてこう言った。

「覚悟はしておりました。お供をさせていただきとうございます」

中尉はほとんどその目の力に圧せられるような気がした。言葉は譫言《うわごと》のようにすらすらと出て、どうしてこんな重大な許諾が、かるがるしい表現をとるのかわからなかった。

「よし。一緒に行こう。但《ただ》し、俺の切腹を見届けてもらいたいんだ。いいな」

こう言いおわると、二人の心には、俄《にわ》かに解き放たれたような油然《ゆうぜん》たる喜びが湧《わ》いた。

麗子は良人のこの信頼の大きさに胸を搏《う》たれた。中尉としては、どんなことがあっても死に損ってはならない。そのためには見届けてくれる人がなくてはならぬ。それに妻を選んだというのが第一の信頼である。共に死ぬことを約束しながら、妻を先に殺さず、妻の死を、もう自分には確かめられない未来に置いたということは、第二のさらに大きな信頼である。もし中尉が疑り深い良人であったら、並の心中のように、妻を先に殺すことを選んだであろう。

中尉は麗子が「お供をする」と言った言葉を、新婚の夜から、自分が麗子を導いて、この場に及んで、それを澱《よど》みなく発音させたという大きな教育の成果と感じた。これは中尉の自侍《じじ》を慰め、彼は愛情が自発的に言わせた言葉だと思うほど、だらけた己惚《うぬぼ》れた良人ではなかった。

喜びはあまり自然にお互いの胸に湧き上ったので、見交わした顔が自然に微笑した。麗子は新婚の夜が再び訪れたような気がした。

目の前には苦痛も死もなく、自由な、ひろびろとした野がひろがるように思われた。

「お風呂《ふろ》が湧いております。お召しになりますか」

「ああ」

「お食事は？」

この言葉は実に平淡に家庭的に発せられ、中尉は危うく錯覚に陥ろうとした。

「食事は要らんだろう。酒の燗《かん》をしといてくれんか」

「はい」

麗子は立って良人の湯上りの丹前を出すときに、あけた抽斗《ひきだし》へ良人の注意を惹《ひ》いた。中尉は立って行って、箪笥の抽斗の中をのぞいた。整理された畳紙《たとう》の上に一つ一つ形見の宛名が読まれた。こうして健気《けなげ》な覚悟を示された中尉は、悲しみが少しもなく、心は甘い情緒に充たされた。若い妻の子供らしい買物を見せられた良人のように、中尉はいとしさのあまり、妻をうしろから抱いて首筋に接吻《せっぷん》した。

麗子は首筋に中尉の髭《ひげ》のこそばゆさを感じた。この感覚はただ現世的なものである以上に、麗子にとって現実そのものだったが、それが間もなく失われるという感じは、この上もなく新鮮だった。一瞬一瞬がいきいきと力を得、体の隅々《すみずみ》までがあらたに目ざめる。麗子は足袋の爪先《つまさき》に力を沁《し》み入らせて、背後からの良人の愛撫《あいぶ》を受けた。

「風呂へ入って、酒を呑《の》んだら……いいか、二階に床《とこ》をとっておいてくれ……」

中尉は妻の耳もとでこう言った。麗子は黙ってうなずいた。

中尉は荒々しく軍服を脱ぎ、風呂場へ入った。その遠い湯のはねかえる音をききながら、麗子は茶の間の火鉢《ひばち》の火加減を見、酒の燗の仕度に立った。

丹前と帯と下着を持って風呂場へゆき、湯の加減をきいた。ひろがる湯気の中に、中尉はあぐらをかいて髭を剃《そ》っており、その濡《ぬ》れた逞《たく》ましい背中の肉が、腕の動きにつれて機敏に動くのがおぼろに見えた。

　ここには何ら特別の時間はなかった。麗子はいそがしく立ち働らき、即席の肴《さかな》を作っていた。手も慄《ふる》えず、ものごとはいつもよりきびきびと小気味よく運んだ。それでもときどき、胸の底をふしぎな鼓動が走る。遠い稲妻のように、それがちらりと強烈に走って消える。そのほかは何一つふだんと変りがない。

　風呂場の中尉は髭を剃りながら、一度温ためられた体は、あの遣場《やりば》のない苦悩の疲労がすっかり癒《い》やされ、死を前にしながら、たのしい期待に充《み》たされているのを感じた。妻の立ち働らく音がほのかにきこえる。すると二日の間忘れていた健康な欲望が頭をもたげた。

　二人が死を決めたときのあの喜びに、いささかも不純なもののないことに中尉は自信があった。あのとき二人は、もちろんそれとはっきり意識はしていないが、ふたたび余人の知らぬ二人の正当な快楽が、大義と神威に、一分の隙《すき》もない完全な道徳に守られたのを感じたのである。二人が目を見交わして、お互いの目のなかに正当な死を見出《みいだ》したとき、ふたたび彼らは何者も破ることのできない鉄壁に包まれ、他人の一指も触れることのできない美と正義に鎧《よろ》われたのを感じたのである。中尉はだから、自分の肉の欲望と憂国の至情のあいだに、何らの矛盾や撞着《どうちゃく》を見ないばかりか、むしろそれを一つのものと考えることさえできた。

暗いひびわれた、湯気に曇りがちな壁鏡の中に、中尉は顔をさし出して丹念に髭を剃った。これがそのまま死顔になる。見苦しい剃り残しをしてはならない。剃られた顔はふたたび若々しく輝やき、暗い鏡を明るませるほどになった。この晴れやかな健康な顔と死との結びつきには、云ってみれば或《あ》る瀟洒《しょうしゃ》なものがあった。

これがそのまま死顔になる！　もうその顔は正確には半ば中尉の所有を離れて、死んだ軍人の記念碑上の顔になっていた。彼はためしに目をつぶってみた。すべては闇《やみ》に包まれ、もう彼はものを見る人間ではなくなっていた。

風呂から上った中尉は、つややかな頬《ほお》に青い剃り跡を光らせて、よく熾《おこ》った火鉢のかたわらにあぐらをかいた。忙しいあいだに麗子が手早く顔を直したのを中尉は知った。頬は花やぎ、唇《くちびる》は潤いをまし、悲しみの影もなかった。若い妻のこんな烈《はげ》しい性格のしるしを見て、彼は本当に選ぶべき妻を選んだと感じた。

中尉は杯を干すと、それをすぐ麗子に与えた。一度も酒を呑んだことのない麗子が、素直に杯をうけて、おそるおそる口をつけた。

「ここへ来い」

と中尉は言った。麗子は良人《おっと》のかたわらへ行って、斜めに抱かれた。その胸ははげしく波打ち、悲しみの情緒と喜悦とが、強い酒をまぜたようになった。中尉は妻の顔を眺《なが》め下ろした。これが自分がこの世で見る最後の人の顔、最後の女の顔である。旅人が二度と来ない土地の美しい風光にそそぐ旅立ちの眼差《まなざし》で、中尉は仔細《しさい》に妻の顔を点検した。いくら見ても見倦《みあ》かぬ美しい顔は、整っていながら冷たさがなく、唇はやわらかい力でほのかに閉ざされていた。中尉は思わずその唇に接吻した。やがて気がつくと、顔はすこしも歔欷《きよき》の醜さに歪《ゆが》んではいないのに、閉ざされた目の長い睫《まつげ》のかげから、涙の滴《しずく》が次々と溢《あふ》れ出て眼尻《めじり》から光って流れた。

やがて中尉が二階の寝室へ上ろうと促すと、妻は風呂に入ってから行くと言った。そこで中尉は一人で二階へ行き、瓦斯《ガス》ストーヴに温ためられた寝室に入って、蒲団《ふとん》の上に大の字に寝ころんだ。こうして妻の来るのを待っている時間まで、何一つつも洄《かわ》らなかった。

彼は頭の下に両手を組み、スタンドの光の届かぬおぼろげに暗い天井の板を眺めた。彼が今待っているのは死なのか、狂おしい感覚の喜びなのか、そこのところが重複して、あたかも肉の欲望が死に向っているようにも感じられる。いずれにしろ、中尉はこれほどまでに渾身《こんしん》の自由を味わったことはなかった。

窓の外に自動車の音がする。道の片側に残る雪を蹴《け》立てるタイヤのきしみがきこえる。近くの塀《へい》にクラクションが反響する。……そういう音をきいていると、あいかわらず忙しく往来している社会の海の中に、ここだけは孤島のように屹立《きつりつ》して感じられる。自分が憂《うれ》える国は、この家のまわりに大きく雑然とひろがっている。自分はそのために身を捧《ささ》げるのである。しかし自分が身を滅ぼしてまで諫《いさ》めようとするその巨大な国は、果してこの死に一顧を与えてくれるかどうかわからない。それでいいのである。ここは華々しくない戦場、誰にも勲《いさお》しを示すことのできぬ戦場であり、魂の最前線だった。

麗子が階段を上って来る足音がする。古い家の急な階段はよくきしんだ。このきしみは懐《なつか》しく、何度となく中尉は寝床に待っていて、この甘美なきしみを聴いたのである。二度とこれを聴くことがないと思うと、彼は耳をそこに集中して、貴重な時間の一瞬一瞬を、その柔らかい蹠《あしのうら》が立てるきしみで隈《くま》なく充《み》たそうと試みた。そうして時間は燦《きら》めきを放ち、宝石のようになった。

麗子は浴衣《ゆかた》に名古屋帯を締めていたが、その帯の紅いは薄闇《うすやみ》のなかに黒ずんで、中尉がそれに手をかけると、麗子の手の援《たす》ける力につれて、帯はゆらめきながら走って畳に落ちた。まだ着ている浴衣のまま、中尉は妻の両脇に手を入れて抱こうとしたが、八ツ口の腋《わき》の温かい肌《はだ》に指が挟《はさ》まれたとき、中尉はその指先の感触に、全身が燃えるような心地がした。

二人はストーヴの火明りの前で、いつのまにか自然に裸かになった。口には出さなかったけれど、心も体も、さわぐ胸も、これが最後の営みだという思いに湧き立っていた。その「最後の営み」という文字は、見えない墨で二人の全身に隈なく書き込まれているようであった。

中尉は烈《はげ》しく若い妻を掻《か》き抱いて接吻した。二人の舌は相手のなめらかな口の中の隅々までたしかめ合い、まだどこにも兆《きざ》していない死苦が、感覚を灼《や》けた鉄のように真赤に鍛えてくれるのを感じた。まだ感じられない死苦、この遠い死苦は、彼らの快感を精錬したのである。

「お前の体を見るのもこれが最後だ。よく見せてくれ」

と中尉は言った。そしてスタンドの笠《かさ》を向うへ傾け、横たわった麗子の体へ明りが棚引《たなび》くようにしつらえた。

麗子は目を閉じて横たわっていた。低い光りが、この厳そかな白い肉の起伏をよく見せた。中尉はいささか利己的な気持から、この美しい肉体の崩壊の有様を見ないですむ倖《しあわ》せを喜んだ。

中尉は忘れがたい風景をゆっくりと心に刻んだ。片手で髪を弄《もてあそ》びながら、片手でしずかに美しい顔を撫《な》で、目の赴くところに一つ一つ接吻した。富士額のしずかな冷たい額から、ほのかな眉《まゆ》の下に長い睫に守られて閉じている目、形のよい鼻のたたずまい、厚みの程のよい端正な唇のあいだからかすかにのぞいている歯のきらめき、やわらかな頬と怜悧《れいり》な小さい顎《あご》、……これらが実に晴れやかな死顔を思わせ、中尉はやがて麗子が自ら刺すだろう白い咽喉《のど》元を、何度も強く吸《きっ》ってほの赤くしてしまった。唇に戻って、唇を軽く圧し、自分の唇をその唇の上に軽い舟のたゆたいのように揺れ動かした。目を閉じると、世界が揺籃《ようらん》のようになった。

中尉の目の見るとおりを、唇が忠実になぞって行った。その高々と息づく乳房は、山桜の花の蕾《つぼみ》のような乳首を持ち、中尉の唇に含まれて固くなった。胸の両脇からなだらかに流れ落ちる腕の美しさ、それが帯びている丸みがそのままに手首のほうへ細まってゆく巧緻《こうち》なすがた、そしてその先には、かつて結婚式の日に扇を握っていた繊細な指があった。指の一本一本は中尉の唇の前で、羞《はじ》らうようにそれぞれの指のかげに隠れた。……胸から腹へと辿《たど》る天性の自然な括《くび》れは、柔らかなままに弾《はず》んだ力をたわめていて、そこから腰へひろがる豊かな曲線の予兆をなしながら、それなりに些《いささ》かもだらしなさのない肉体の正しい規律のようなものを示していた。光りから遠く隔たったその腹と腰の白さと豊かさは、大きな鉢《はち》に満々と湛《たた》えられた乳のようで、ひときわ清らかな凹《くぼ》んだ臍《へそ》は、そこに今し一粒の雨滴が強く穿《うが》った新鮮な跡のようであった。影の次第に濃く集まる部分に、毛はやさしく敏感に叢《む》れ立ち、香りの高い花の焦《こ》げるような匂《にお》いは、今は静まってはいない体のとめどもない揺動と共に、そのあたりに少しずつ高くなった。

ついに麗子は定かでない声音でこう言った。

「見せて……私にもお名残によく見せて」

こんな強い正当な要求は、今まで一度も妻の口から洩《も》れたことがなく、それはいかにも最後まで慎しみが隠していたものが迸《ほとばし》ったように聞かれたので、中尉は素直に横たわって妻に体を預けた。白い揺蕩《ようとう》していた肉体はしなやかに身を起し、良人にされたとおりのことを良人に返そうという愛らしい願いに熱して、じっと彼女を見上げている中尉の目を、二本の白い指で流れるように撫でて瞑《つぶ》らせた。

麗子は瞼《まぶた》も赤らむ上気に頰をほてらせて、いとしさに堪えかねて、中尉の五分刈の頭を抱きしめた。乳房には短かい髪の毛が痛くさわり、良人の高い鼻は冷たくめり込み、息は乳房に熱くかかっていた。彼女は引き離して、その男らしい顔を眺めた。凜々《りり》しい眉、閉ざされた目、秀《ひい》でた鼻梁《びりょう》、きりりと結んだ美しい唇、……青い剃り跡の頰は灯を映して、なめらかに輝やいていた。麗子はそのおのおのに、ついで太い首筋に、強い盛り上った肩に、二枚の楯《たて》を張り合わせたような逞ましい胸とその樺《かば》色の乳首に接吻した。胸の肉附のよい両脇が濃い影を落している腋窩《えきか》には、毛の繁《しげ》りに甘い暗鬱《あんうつ》な匂いが立ち迷い、この匂いの甘さには何かしら青年の死の実感がこもっていた。中尉の肌《はだ》は麦畑のような輝やきを持ち、いたるところの筋肉はくっきりとした輪郭を露骨にあらわし、腹筋の筋目の下に、つつましい臍窩《せいか》を絞っていた。麗子は良人のこの若々しく引き締った腹、さかんな毛におおわれた謙虚な腹を見ているうちに、ここがやがてむごたらしく切り裂かれるのを思って、いとしさの余りそこに泣き伏して接吻を浴びせた。

横たわった中尉は自分の腹にそそがれる妻の涙を感じて、どんな劇烈な切腹の苦痛にも堪えようという勇気を固めた。

こうした経緯を経て二人がどれほどの至上の歓《よろこ》びを味わったかは言うまでもあるまい。中尉は雄々しく身を起し、悲しみと涙にぐったりした妻の体を、力強い腕に抱きしめた。二人は左右の頰を互いちがいに狂おしく触れ合わせた。麗子の体は慄えていた。汗に濡《ぬ》れた胸と胸とはしっかりと貼《は》り合わされ、二度と離れることは不可能に思われるほど、若い美しい肉体の隅々《すみずみ》までが一つになった。麗子は叫んだ。高みから奈《な》落《らく》へ落ち、奈落から翼を得て、又目くるめく高みへまで天翔《あまかけ》った。中尉は長駆する聯《れん》隊旗手《たい》のように喘《あえ》いだ。……そして、一《ひ》ト《ト》めぐりがおわると又たちまち情意に溢《あふ》れて、二人はふたたび相携えて、疲れるけしきもなく、一息に頂きへ登って行った。

肆《し》

時が経《た》って、中尉が身を離したのは倦《あ》き果てたからではない。一つには切腹に要する強い力を減殺することを怖《おそ》れたからである。一つには、あまり貪《むさぼ》りすぎて、最後の甘美な思い出を損ねることを怖れたからである。

中尉がはっきり身を離すと、いつものように、麗子も大人しくこれに従った。二人は裸かのまま、手の指をからみあわせて仰臥《ぎょうが》して、じっと暗い天井を見つめている。汗が一時に引いてゆくが、ストーヴの火熱のために少しも寒くはない。このあたりの夜はしんとして、車の音さえ途絶えている。四谷駅界隈《かいわい》の省線電車や市電の響きも、濠《ほり》の内側に谺《こだま》するばかりで、赤坂離宮前のひろい車道に面した公園の森に遮《さえぎ》られ、ここまでは届いて来ない。この東京の一劃《いっかく》で、今も、二つに分裂した皇軍が相対峙《あいたいじ》しているという緊迫感は嘘《うそ》のようである。

二人は内側に燃えている火照《ほて》りを感じながら、今味わったばかりの無上の快楽を思い浮べている。その一瞬一瞬、尽きせぬ接吻の味わい、肌の感触、目くるめくような快さの一齣《ひとこま》一齣を思っている。暗い天井板には、しかしすでに死の顔が覗《のぞ》いている。あの喜びは最終のものであり、二度とこの身に返っては来ない。が、思うのに、これからいかに長生きをしても、あれほどの歓喜に到達することが二度とないことはほぼ確実で、その思いは二人とも同じである。からめ合った指さきの感触、これもやがて失われる。今見ている暗い天井板の木目《もくめ》の模様でさえ、やがて失われる。死がひたと身をすり寄せて来るのが感じられる。時を移してはならない。勇気をふるって、こちらからその死につかみかからねばならないのだ。

「さあ、仕度をしよう」

と中尉が言った。それはたしかに決然たる調子で言われたが、麗子は良人のこれほどまでに温かい優しい声をきいたことがなかった。

身を起すと、忙しい仕事が待っていた。

中尉は今まで一度も、床《とこ》の上げ下げを手つだったことはなかったが、快活に押入れの襖《ふすま》をあけて、手ずから蒲団《ふとん》を運んで納めた。

ガス・ストーヴの火を止め、スタンドを片附けると、中尉の留守中に麗子がこの部屋の整理をすませ、すがすがしく掃除をしておいたので、片隅に引き寄せられた紫檀《したん》の卓のほかには、八畳の間《ま》は、大事な客を迎える前の客間のけしきと渝《かわ》らなかった。

「ここでよく呑《の》んだもんだなあ、加納や本間や山口と」

「よくお呑みになりましたのね、皆さん」

「あいつ等とも近いうちに冥途《めいど》で会えるさ。お前を連れて来たのを見たら、さぞ奴等にからかわれるだろう」

階下へ下りるとき、中尉は今あかあかと電燈をつけたこの清浄な部屋へ振向いた。そこで呑んで、騒いで、無邪気な自慢話をしていた青年将校たちの顔が浮ぶ。そのときはこの部屋で自分が腹を切ることになろうとは夢にも思わなかった。

階下の二間《ふたま》で、夫婦は水の流れるように淡々とそれぞれの仕度にいそしんだ。中尉は手水《ちょうず》に立ち、ついで体を清めに風呂《ふろ》場へ入り、そのあいだ麗子は良人の丹前を畳み、軍服の上下と切り立ての晒《さらし》の六尺を風呂場へ置き、遺書を書くための半紙を卓袱台《ちゃぶだい》の上に揃《そろ》え、さて硯箱《すずりばこ》の蓋《ふた》をとって墨を磨《す》った。遺書の文句はすでに考えてあった。

麗子の指は墨の冷たい金箔《きんぱく》を押し、硯の海が黒雲のひろがるように忽《たちま》ち曇って、彼女はこんな仕草の反復が、この指の圧力、このかすかな音の往来《ゆきき》が、ひたすら死のためだと考えることを罷《や》めた。死がいよいよ現前するまでは、それは時間を平淡に切り刻む家常茶飯の仕事にすぎなかった。しかし磨るにつれて滑らかさを増す墨の感触と、つのる墨の匂いには、言おうようのない暗さがあった。

素肌の上に軍服をきちんと着た中尉が風呂場からあらわれた。そして黙って、卓袱台の前に正座をして、筆をとって、紙を前にしてためらった。

麗子は白無垢《しろむく》の一揃えを持って風呂場へゆき、身を清め、薄化粧をして、白無垢の姿で茶の間へ出て来たときには、燈下の半紙に、黒々と、

「皇軍万歳　陸軍歩兵中尉武山信二」

とだけ書いた遺書が見られた。

麗子がその向いに坐《すわ》って遺書を書くあいだ、中尉は黙って、真剣な面持《おももち》で、筆を持つ妻の白い指の端正な動きを見詰めていた。

中尉は軍刀を携え、麗子は白無垢の帯に懐剣をさしはさみ、遺書を持って、神棚《かみだな》の前に並んで黙禱《もくとう》したのち、階下の電気を皆消した。二階へ上る階段の途中で振向いた中尉は、闇《やみ》の中から伏目がちに彼に従って昇ってくる妻の白無垢の姿の美しさに目をみはった。

遺書は二階の床の間に並べて置かれた。掛軸を外すべきであろうが、仲人《なこうど》の尾関中将の書で、しかも「至誠」の二字だったので、そのままにした。たとえ血しぶきがこ

れを汚しても、中将は諒《りよう》とするであろう。

　中尉は床柱を背に正座をして、軍刀を膝《ひざ》の前に横たえた。

　麗子は畳一畳を隔てたところに端座した。すべてが白いので、唇《くちびる》に刷《は》いた薄い紅が大そう艶《あで》やかに見える。

　二人は畳一畳を隔てて、じっと目を見交わしている。中尉の膝の前には軍刀がある。これを見ると麗子は初夜のことを思い出して、悲しみに堪えなくなった。中尉が押し殺した声でこう言った。

「介錯《かいしゃく》がないから、深く切ろうと思う。見苦しいこともあるかもしれないが、恐《こわ》がってはいかん。どのみち死というものは、傍《はた》から見たら怖ろしいものだ。それを見て挫《くじ》けてはならん。いいな」

「はい」

　と麗子は深くうなずいた。

　その白いなよやかな風情《ふぜい》を見ると、死を前にした中尉はふしぎな陶酔を味わった。今から自分が着手するのは、嘗《かつ》て妻に見せたことのない軍人としての公けの行為である。戦場の決戦と等しい覚悟の要る、戦場の死と同等同質の死である。自分は今戦場の姿を妻に見せるのだ。

これはつかのまのふしぎな幻想に中尉を運んだ。戦場の孤独な死と目の前の美しい妻と、この二つの次元に足をかけて、ありえようのない二つの共在を具現して、今自分が死のうとしているというこの感覚には、言いしれぬ甘美なものがあった。これこそは至福というものではあるまいかと思われる。妻の美しい目に自分の死の刻々を看《み》取《と》られるのは、香りの高い微風に吹かれながら死に就くようなものである。そこでは何かが宥《ゆる》されている。何かわからないが、余人の知らぬ境地で、ほかの誰にも許されない境地がゆるされている。中尉は目の前の花嫁のような白無垢の美しい妻の姿に、自分が愛しそれに身を捧《ささ》げてきた皇室や国家や軍旗や、それらすべての花やいだ幻を見るような気がした。それらは目の前の妻と等しく、どこからでも、どんな遠くからでも、たえず清らかな目を放って、自分を見詰めていてくれる存在だった。

麗子も亦《また》、死に就こうとしている良人《おっと》の姿を、この世にこれほど美しいものはなかろうと思って見詰めていた。軍服のよく似合う中尉は、その凜々《りり》しい眉《まゆ》、そのきりっと結んだ唇と共に、今死を前にして、おそらく男の至上の美しさをあらわしていた。

「じゃあ、行くぞ」

とついに中尉が言った。麗子は畳に深く身を伏せてお辞儀をした。どうしても顔が上げられない。涙で化粧を崩したくないと思っても、涙を禦《とど》めることができない。

ようやく顔をあげたとき、涙ごしにゆらいで見えるのは、すでに引抜いた軍刀の尖《さき》を五六寸あらわして、刀身に白布を巻きつけている良人の姿である。

巻きおわった軍刀を膝の前に置くと、中尉は膝を崩してあぐらをかき、軍服の襟《えり》のホックを外した。その目はもう妻を見ない。平らな真鍮《しんちゅう》の釦《ボタン》をひとつひとつゆっくり外した。浅黒い胸があらわれ、ついで腹があらわれる。バンドの留金を外し、ズボンの釦を外した。六尺褌《ふんどし》の純白が覗《のぞ》き、中尉はさらに腹を寛《くつ》ろげて、褌を両手で押し下げ、右手に軍刀の白布の握りを把《と》った。そのまま伏目で自分の腹を見て、左手で下腹を揉《も》み柔らげている。

中尉は刀の切れ味が心配になったので、ズボンの左方を折り返して、腿《もも》を少しあらわし、そこへ軽く刃《やいば》を滑らせた。たちまち傷口には血がにじみ、数条の細い血が、明るい光りに照り輝やきながら、股《また》のほうへ流れた。

はじめて良人の血を見た麗子は、怖ろしい動悸《どうき》がした。良人の顔を見る。中尉は平然とその血を見つめている。姑息《こそく》な安心だと思いながら、麗子はつかのまの安堵《あんど》を味わった。

そのとき中尉は鷹《たか》のような目つきで妻をはげしく凝視した。刀を前へ廻し、腰を持ち上げ、上半身が刃先へのしかかるようにして、体に全力をこめているのが、軍服の怒った肩からわかった。中尉は一思いに深く左脇腹《わきばら》へ刺そうと思ったのである。鋭い気合の声が、沈黙の部屋を貫ぬいた。

中尉は自分で力を加えたにもかかわらず、人から太い鉄の棒で脇腹を痛打されたような感じがした。一瞬、頭がくらくらし、何が起ったのかわからなかった。五六寸あらわした刃先はすでにすっかり肉に埋まって、拳《こぶし》が握っている布がじかに腹に接していた。

意識が戻《もど》る。刃はたしかに腹膜を貫ぬいたと中尉は思った。呼吸が苦しく胸がひどい動悸を打ち、自分の内部とは思えない遠い遠い深部で、地が裂けて熱い熔岩《ようがん》が流れ出したように、怖ろしい劇痛が湧《わ》き出して来るのがわかる。その劇痛が怖ろしい速度でたちまち近くへ来る。中尉は思わず呻《うめ》きかけたが、下唇を噛《か》んでこらえた。

これが切腹というものかと中尉は思っていた。それは天が頭上に落ち、世界がぐらつくような滅茶滅茶な感覚で、切る前はあれほど鞏固《きょうこ》に見えた自分の意志と勇気が、今は細い針金の一線のようになって、一途《いちず》にそれに縋《すが》ってゆかねばならない不安に襲われた。拳がぬるぬるして来る。見ると白布も拳もすっかり血に塗れそぼっている。褌もすでに真紅に染っている。こんな烈《はげ》しい苦痛の中でまだ見えるものが見え、在るものが在るのはふしぎである。

麗子は中尉が左脇腹に刀を突っ込んだ瞬間、その顔から忽《たちま》ち幕を下ろしたように血の気が引いたのを見て、駈《か》け寄ろうとする自分と戦っていた。とにかく見なければならぬ。見届けねばならぬ。それが良人の麗子に与えた職務である。畳一枚の距離の向うに、下唇を噛みしめて苦痛をこらえている良人の顔は、鮮明に見えている。その苦痛は一分の隙《すき》もない正確さで現前している。麗子にはそれを救う術《すべ》がないのである。

良人の額にはにじみ出した汗が光っている。中尉は目をつぶり、又ためすように目をあける。その目がいつもの輝やきを失って、小動物の目のように無邪気でうつろに見える。

苦痛は麗子の目の前で、麗子の身を引き裂かれるような悲嘆にはかかわりなく、夏の太陽のように輝やいている。その苦痛がますます背丈を増す。伸び上る。良人がすでに別の世界の人になって、その全存在を苦痛に還元され、手をのばしても触れられない苦痛の檻《おり》の囚人になったのを麗子は感じる。しかも麗子は痛まない。悲嘆は痛まない。それを思うと、麗子は自分と良人との間に、何者かが無情な高い硝子《ガラス》の壁を立ててしまったような気がした。

結婚以来、良人が存在していることは自分が存在していることであり、良人の息づかいの一つ一つはまた自分の息づかいでもあったのに、今、良人は苦痛のなかにありありと存在し、麗子は悲嘆の裡《うち》に、何一つ自分の存在の確証をつかんでいなかった。

中尉は右手でそのまま引き廻そうとしたが、刃先は腸にからまり、ともすると刀は柔らかい弾力で押し出されて来て、両手で刃を腹の奥深く押えつけながら、引廻して行かねばならぬのを知った。引廻した。思ったほど切れない。中尉は右手に全身の力をこめて引いた。三四寸切れた。

苦痛は腹の奥から徐々にひろがって、腹全体が鳴り響いているようになった。それは乱打される鐘のようで、自分のつく呼吸の一息一息、自分の打つ脈搏《みゃくはく》の一打ち毎《ごと》に、苦痛が千の鐘を一度に鳴らすかのように、彼の存在を押しゆるがした。中尉はもう呻きを抑えることができなくなった。しかし、ふと見ると、刃がすでに臍《へそ》の下まで切り裂いているのを見て、満足と勇気をおぼえた。

血は次第に図に乗って、傷口から脈打つように迸《ほとばし》った。前の畳は血しぶきに赤く濡《ぬ》れ、カーキいろのズボンの襞《ひだ》からは溜《たま》った血が畳に流れ落ちた。ついに麗子の白無垢の膝に、一滴の血が遠く小鳥のように飛んで届いた。

中尉がようやく右の脇腹まで引廻したとき、すでに刃はやや浅くなって、膏《あぶら》と血に辷《すべ》る刀身をあらわしていたが、突然嘔吐《おうと》に襲われた中尉は、かすれた叫びをあげた。

嘔吐が劇痛をさらに攪拌《かくはん》して、今まで固く締っていた腹が急に波打ち、その傷口が大きくひらけて、あたかも傷口がせい一ぱい吐瀉《としゃ》するように、腸が弾《はじ》け出て来たのである。腸は主《あるじ》の苦痛も知らぬげに、健康な、いやらしいほどいきいきとした姿で、喜々として辷り出て股間《こかん》にあふれた。中尉はうつむいて、肩で息をして目を薄目にあき、口から涎《よだれ》の糸を垂らしていた。肩には肩章の金がかがやいていた。

血はそこかしこに散って、中尉は自分の血溜りの中に膝までつかり、そこに片手をついて崩折《くずお》れていた。生ぐさい匂《にお》いが部屋にこもり、うつむきながら嘔吐をくりかえしている動きがありありと肩にあらわれた。腸に押し出されたかのように、刀身はすでに刃先まであらわれて中尉の右手に握られていた。

このとき中尉が力をこめてのけぞった姿は、比べるものがないほど壮烈だったと云えよう。あまり急激にのけぞったので、後頭部が床柱に当る音が明瞭《めいりょう》にきこえたほどである。麗子はそれまで、顔を伏せて、ただ自分の膝もとへ寄って来る血の流れだけを一心に見つめていたが、この音におどろいて顔をあげた。

中尉の顔は生きている人の顔ではなかった。目は凹《くぼ》み、肌《はだ》は乾いて、あれほど美しかった頰《ほお》や唇は、涸化《こか》した土いろになっていた。ただ重たげに刀を握った右手だけが、操人形のように浮薄に動き、自分の咽喉《のど》元に刃先をあてようとしていた。こうして麗子は、良人の最期《さいご》の、もっとも辛《つら》い、空虚な努力をまざまざと眺《なが》めた。血と膏に光った刃先が何度も咽喉を狙《ねら》う。又外れる。もう力が十分でないのである。外れた刃先が襟に当り、襟章に当る。ホックは外されているのに、軍服の固い襟はともすると窄《すぼ》まって、咽喉元を刃から衛《まも》ってしまう。

麗子はとうとう見かねて、良人に近寄ろうとしたが、立つことができない。血の中を膝行《しっこう》して近寄ったので、白無垢の裾《すそ》は真紅になった。彼女は良人の背後にまわって、襟をくつろげるだけの手助けをした。慄《ふる》えている刃先がようやく裸かの咽喉に触れる。麗子はそのとき自分が良人を突き飛ばしたように感じたが、そうではなかった。それは中尉が自分で意図した最後の力である。彼はいきなり刃へ向って体を投げかけ、刃はその項《うなじ》をつらぬいて、おびただしい血の迸りと共に、電燈の下に、冷静な青々とした刃先をそば立てて静まった。

伍《ご》

麗子は血に辷る足袋で、ゆっくりと階段を下りた。すでに二階はひっそりしていた。

階下の電気をつけ、火元をしらべ、ガスの元栓《もとせん》をしらべ、火鉢《ひばち》の埋《うず》み火に、水をかけて消した。四畳半の姿見の前へ行って垂れをあげた。血が白無垢を、華麗で大胆な裾《すそ》模様のように見せていた。姿見の前に坐《すわ》ると、腿《もも》のあたりが良人の血に濡れて大そう冷たく、麗子は身を慄わせた。それから永いこと、化粧に時を費した。頰は濃い目に紅を刷《は》き、唇も濃く塗った。これはすでに良人のための化粧ではなかった。残された世界のための化粧で、彼女の刷毛《はけ》には壮大なものがこもっていた。立上ったとき、姿見の前の畳は血に濡れている。麗子は意に介しなかった。

それから手水へゆき、最後に玄関の三和土《たたき》に立った。ここの鍵《かぎ》を、昨夜良人がしめたのは、死の用意だったのである。彼女はしばらく単純な思案に耽《ふけ》った。鍵をあけておくべきか否《いな》か。もし鍵をかけておけば、隣り近所の人が、数日二人の死に気がつかないということがありうる。麗子は自分たちの屍《しかばね》が腐敗して発見されることを好まない。やはりあけておいたほうがいい。……彼女は鍵を外し、磨硝子の戸を少し引きあけた。……たちまち寒風が吹き込んだ。深夜の道には人かげもなく、向いの邸《やしき》の樹立《こだち》の間に氷った星がきらきらしく見えた。

麗子は戸をそのままにして階段を上った。あちこちと歩いたので、もう足袋は辷らなかった。階段の中ほどから、すでに異臭が鼻を突いた。

中尉は血の海の中に俯伏《うつぶ》していた。項から立っている刃先が、さっきよりも秀《ひい》でているような気がする。

麗子は血だまりの中を平気で歩いた。そして中尉の屍のかたわらに坐って、畳に伏せたその横顔をじっと見つめた。中尉はものに憑《つ》かれたように大きく目を見ひらいていた。その頭を袖で抱き上げて、袖で唇の血を拭《ぬぐ》って、別れの接吻《せっぷん》をした。

それから立って、押入れから、新らしい白い毛布と腰紐《こしひも》を出した。裾が乱れぬように、腰に毛布を巻き、腰紐で固く締めた。

麗子は中尉の死骸《しがい》から、一尺ほど離れたところに坐った。懐剣を帯から抜き、じっと澄明《ちょうめい》な刃を眺め、舌をあてた。磨《みが》かれた鋼《はがね》はやや甘い味がした。

麗子は遅疑しなかった。さっきあれほど死んでゆく良人と自分を隔てた苦痛が、今度は自分のものになると思うと、良人のすでに領有している世界に加わることの喜びがあるだけである。苦しんでいる良人の顔には、はじめて見る何か不可解なものがあった。今度は自分がその謎《なぞ》を解くのである。麗子は良人の信じた大義の本当の苦味と甘味を、今こそ自分も味わえるという気がする。今まで良人を通じて辛うじて味わってきたものを、今度はまぎれもない自分の舌で味わうのである。

麗子は咽喉元へ刃先をあてた。一つ突いた。浅かった。頭がひどく熱して来て、手がめちゃくちゃに動いた。刃を横に強く引く。口のなかに温かいものが迸り、目先は吹き上げる血の幻で真赤になった。彼女は力を得て、刃先を強く咽喉の奥へ刺し通した。

——一九六〇、一〇、一六——

月

1

「みんなうるさい。藷《いも》ばっかりだ、奴《やつ》らは。三人で教会へ呑《の》みに行こう。しんみりとな」

とハイミナーラが言った。

「しんしんみりみりとまいりましょう」

とキー子が言った。

「蠟燭《ろうそく》を買わなくちゃ」

とピータアが言った。

モダン・ジャズの店を出た三人は深夜の十二時すぎにあけている煙草屋《たばこ》で、一本二十円の蠟燭を十本買った。缶《かん》入りのビールとコカコーラはすでにハイミナーラが買って、大きな紙袋に入れて持ち、キー子はジン・パンの尻《しり》ポケットにトランジスター・ラジオを入れていた。

三人とも悲しくてたまらず、げらげら笑っていた。ピータアは今朝、真田虫《さなだむし》が背広を着ている姿を夢に見た。きっと胃が悪いのだ。

ハイミナーラはといえば、いつも半分夢を見ていたので、言葉つきは闇《やみ》の中の手さぐりの歩行のようにのろのろしていた。彼の本名は誰も知らない。睡眠薬ハイミナールを、一度に六錠もビールと一緒に口の中へ放《ほう》り込むので、みんなが彼をそう呼んでいる。

キー子は毎週末をツウィストで踊り明かす。週日には、瘧《おこり》が落ちたように、毎晩ぼんやりしている。このかぼそい娘のどこから、十時間もツウィストを踊りつづける精力が湧《わ》き出てくるかふしぎである。

かれら三人は、友だちといえば友だちであり、そうでないといえばそうでなかった。キー子はハイミナーラともピータアとも、一ぺんこっきりだけ寝たことがあった。しかしそれは擽《くすぐ》ったい儀式のようなもので、明る日には忘れてしまった。

ハイミナーラは二十二歳で、キー子は十九歳で、ピータアは十八歳だった。そして三人とも自分たちはひどい年寄りだと思っていた。

かれらは昼の次には夜が来るとか、すべての百日紅《さるすべり》の花は紅《あか》いとかという理論がきらいだった。それは諸たちの立てた理論である。諸たちの信奉する理論である。

睡眠薬の与える作用、「あいつ、らりってやがらあ」と人に言わせるようなあの感覚の中では、この固い世界も融ける。何が何と仲好しになるのかはわからない。おそらく人間が人間とで仲好しになる。……はないだろう。

「おまえのハンドバッグ、ビニールだろう」

「何言ってるのよ。このごろアフリカじゃ、ビニールの鰐《わに》がいっぱいいるんだって」

誰かがそう言っている。そうだ。ビニールの鰐はたしかにいっぱいいる。彼らの生きている状態は、合成樹脂の、冷たい野蛮な、無関心な生存の状態だった。それでも人は彼らを怖がるのだ。

「ネカあるかい」

「もってるわよ」

とキー子が言った。キー子は金持の娘で、いつもたっぷりお小遣をもらっていた。

「俺《おれ》、さっきビルに又借りられちゃったんだ」

「借りられたって、どうせ十五円か二十円でしょ。ビルの借金の最高は百円だもの。チンケなロイク（黒ん坊）もいたもんだ」

ビルはかれらのよく行く店の常連の黒人で、キャンプにいる軍属だというのに、いつもピイピイしていた。ビルは頭が薄かった。その短かく刈った縮れっ毛が薄いのではなく、頭の内側が薄いのだった。日本へ転勤を命じられたとき、まちがって西独行の飛行機に乗ってフランクフルトまで行ってしまい、その分の飛行機代を、今以《もっ》て給料から差引かれている彼は、懐《ふところ》ろが淋《さび》しく、みんなに金を借り歩いている。でも、ビルやその他の黒人《ロイク》たちは（小うるさいインテリ気取の白人《ハイク》と比べて）、店にとっても、客にとっても欠くべからざる存在だった。夜もすがら店にひびきわたるレコードのモダン・ジャズのためには、ぜひとも黒人たちの夜の肌《はだ》や夜行獣の目や、そりかえった紫いろの唇《くちびる》や、桃いろの掌《てのひら》や、むかつくような体臭が要るのであった。黒人たちだけが、なまなましい光沢のある夜を、形づくることができた。黒人たちだけが、夜に恐怖と濡《ぬ》れた乾草《ほしくさ》の匂《にお》いと、生まじめな狂気と、正真正銘の醜さとを、鏤《ちりば》めることができたのである。

ハイミナーラもキー子もピータアも、みんなその店で知り合った。その店でエラ・フィッツジェラルドの「メロウ・ムード」を聴いたときから、かれらの行方《ゆくえ》定めぬ旅がはじまったようなものだ。

かれらは時あって十何人の群をなして、知合のテレビ・プロデューサーの留守宅を襲い、窓をこじあけて、その八畳で雑魚寝《ざこね》をしたりすることがあった。夜中の一時に仕事を了《お》え、目ばかり冴《さ》えて、麻雀《マージャン》友達を連れて帰ってきたプロデューサーは、あかりをつけてみて、自分の部屋にぎっしり人が寝ているのにおどろいた。せめて麻雀をやるだけの空間を作ろうとして、彼はあちこちの寝姿を蹴《け》散らかしたが、誰一人目をさまさなかった。みんな仲よくハイミナールを嚥《の》んでいたのである。

こんな風にして、かれらは旅をつづけた。都会というこの瘴癘《しょうれい》の気にあふれた異境、ポオのいわゆる「瓦斯燈《ガスとう》のかがやく巨大な蛮境」を、かれらは軽石でこすり束子《たわし》で洗いさらしたジン・パンを穿《は》いて、さすらった。夢みるような目をして、しかも全然夢を見ないで。がつがつ餓《う》えて、しかも満腹して。

——ピータアはこういう旅の只中《ただなか》で、自分の少年期を保っていた。決して大人になりたいとは思わず、自分を七十七歳の少年だと思うことを好んだ。喜の字の祝いの少年！　老いさらばえた、棺桶《かんおけ》に片足つっこんだ少年。

昼間の街の雑踏と汚ならしさに飽き果てて、彼は銀行や百貨店が鎧扉《よろいど》を下ろし、暗いコンクリートの塊りばかりが立ちふさがる真夜中の街を愛した。宿直室のほの明りだけが見えるこの古いビルには、鼠《ねずみ》が何疋《びき》いるだろう。鼠たちの生活。とにかくもう一つの生活があることは確実だった。不安と恐怖と、たえまない遁走《とんそう》と、身もしびれるほどに美味《おい》しいたまさかの餌《えさ》とに彩《いろど》られた生活が。

ピータアは人間も人生もみんな知りつくしていると感じていた。この世でおどろくべきことは何もなかった。それでいてどうして心の安静がないのだろう。それはどんなに年老いた鼠の心にも安静がないのと同じことだ。毎日洗面器いっぱいの感情の血を吐いて、それでも死にもせぬことにはもうおどろかないで、一旦《いったん》はけろりとするのだが、そして汗になる下着の替えを何枚も持ちあるいてパーティーへゆき、夜もすがらツウィストを踊りもするのだが、彼は一人になると、突然、襟首《えりくび》をつかまれるように、真黒な憂鬱《ゆううつ》に襲われるのである。この世におどろくべきことなんか何一つないのに！

平べったい、それこそ真っ平《たい》らな都市。その下に這《は》いつくばっている無数の真っ平らな人間の集団。いつもその果てから朝日がのぼる。……ピータアは困って、自分を詰問《きつもん》する。どうして自分はキュビックな、金平糖《こんぺいとう》的な形をしているのだろうか。ああ、死にたい。死にたい。莫大《ばくだい》な遺産と垂れ流しの糞尿《ふんにょう》にまみれて死にたい。若い英雄的な死なんかまっぴらだし、自分に似合いもしなかった。あんまり暇がありすぎたので、手足の指の爪《つめ》を丹念に切り、丹念に磨《みが》いて、透明なマニキュア液を塗った。彼は真白な美しい手をしていた。gaudeant bene nati！（幸福に生れたる人々は喜べよ）それはあの店で会った衒学的《げんがく》な紳士が教えてくれたラテン語の格言だが、こんなに月並で怖ろしい格言があるだろうか。……ともあれ、彼は真白な美しい手をしていた。女だったら「白き手のイゾルデ」と呼ばれるところだ。しかしその皮膚を押しあげて、夜あけの空のような青さの男らしい静脈が波打っていた。そんな自分の手を見つめていると、ピータアは時折悩ましい気持になった。

——五本の蠟燭を握ったその手を上げて、ピータアは車の前へ走り出て、タクシーを止めた。世帯やつれのした顔の運転手が無表情に自動のドアをあけた。

キー子は男二人のあいだに腰かけた。

「私たちはあの教会へ、これで何本目のお燈明をあげに行くところかしら」

2

その教会は青山の電車通りに面していて、そのあとにどうせ殺風景なビルを建てるために、いずれ近々《ちかぢか》取りこわされることになっていた。大槻《おおつき》建設は教会の庭の片隅《かたすみ》に小屋を建て、そこに管理人の家族を住まわせていたが、夜が更《ふ》ければ彼らも眠るのだった。

建設会社がこんな健全な管理人を置いたのは誤算であった。彼らはこの廃墟《はいきょ》になった建物が、むかしながらの、反世俗的な、不健全な傾向を保ちつづけようとするのを知らなかった。一度でも深夜の弥撒《ミサ》を執り行った建物は、廃墟になったのちも、そんな悪習慣を忘れまいとするものだ。

このゴシックまがいの教会は、まだ堅固な外観を保っており、ポインテッド・アーチ型の窓々も、電車通りに面した側は硝子《ガラス》をとどめ、扶壁《ふへき》にからみついた蔦《つた》は青々と繁《しげ》って、車の窓から瞥見《べっけん》しただけでは、無住の伽藍《がらん》とも思えなかった。

いつのころからか、若者たちはここを見つけて、深夜の溜《たま》り場とするようになった。もし真夜中にこのあたりを歩く人があったら、廃墟の窓に時折ちらちらと燈火のひらめくのを見て、ぞっとしたにちがいない。

ここで最初に深夜のツウィスト・パーティーを催おしたのは、ハイミナーラだった。ここの発見者はピータアだったが、彼はむしろ自分たちだけの小さい仲間の秘密の城にしたいと思っていた。打ち明けられたハイミナーラは、そんな考えには不賛成で、たちまち三十人以上のツウィスト仲間に披露《ひろう》してしまった。彼はいつも数でこなした。

彼には民衆や社会、少くとも自分の思いどおりになる集団が必要だった。彼は自分で嗾みはじめたハイミナールを、もうすでに二三百人にすすめたことを自慢していた。

それでいてハイミナーラは、自分では決してツウィストを踊らなかった。壁にもたれて腕を組んで、深夜もいっかな外さないサン・グラスのかげに笑っている目を隠して、踊っている人たちをじっと眺《なが》めていた。彼には集団とその無目的な動きが必要だった。彼は絶望のなかで眠っているが、みんなは絶望のなかで踊っている。おんなじ絶望でも、踊っているのは機械で、……そしてハイミナーラのは動力だった。

「神戸のほうで」とキー子が車の中で喋《しゃべ》りだした。キー子は日本地図をろくすっぽ知らず、神戸と長崎を同じ県だと思っていた。「薔薇《ばら》園を持ってる奥さんがいるんだって。その人ったら、あんた、薔薇を喰《た》べて生きてるんだってさ。お客があると、自分でまず二ひら三ひらぱくぱく喰べてみせて、

『やっぱり、おはじめての方には、ドレッシングをおかけしたほうが、お口当りがおよろしゅうございましょうから』

なんて、ジャジャジャジャーってドレッシングかけて、サラダにしてすすめるんだってさ。薔薇のサラダなんていかしてるじゃない」

「毛虫も一しょに喰べちゃったほうがビートだよ」

とピータアが言った。

「あんた、毛虫喰べられるの？」

「ビート猿《さる》ならね。あいつなら何でも喰《く》えるさ」

三人は、あの店の常連の少年を思いうかべて笑った。それは黒ずくめの服装の小柄《こがら》な少年で、黒シャツに黒ズボンにサン・グラス、店の出窓に駈《か》け上って、柱によじ登り、友だちの投げてよこしたピーナツを口でうけとめる特技があって、ビート猿とみんなが呼んでいた。ビート猿は何も喋らなかった。ときどき白い歯をむき出して、音もなく笑うだけだった。


――タクシーは教会の前についた。タクシー代はキー子が払った。

三人は人通りの稀《まれ》な歩道を、こっそり教会の玄関へ近づいた。車道は昼にもまさる車の数であった。

教会の玄関へ上る二三段の石段は苔《こけ》蒸して、石の隙《ひま》から雑草が生い立っていた。身軽なピータアが先に立ち、玄関をおおうている釘《くぎ》づけの板をゆすった。板の下方は釘が外れて、ぶらんぶらんになっていた。

彼が合図をしてすばやく身を伏せて、そこをくぐり、中から板戸を跳ね上げて、あとの二人がくぐり易《やす》いように扶《たす》けた。

三人は控えの間の白壁に囲まれて立っていた。月のある晩はひろい窓から、十分に光りが注ぐのだが、今夜は壁ばかりがおぼろに白く、周囲からその険しい白さに締めつけられるようだった。キー子がコカコーラの空罎《あきびん》につまずいた。

「やっぱり地下室がいいよ」

とハイミナーラがのろのろと言った。地下室へ下りるには、せまい裏階段もあるにはあるが、一旦庭へ出たほうがよかった。

三人は雑草と瓦礫《がれき》におおわれた庭へ出た。本館と鍵《かぎ》の手に、翼楼をなしている大礼拝堂が、庭に面してそそり立ち、ポインテッド・アーチの窓々は、取りつく島もなく高々と居並んで、その硝子は悉く《ことごと》破れていた。

みんなは大礼拝堂がじかに電車通りの歩道に面しているので、敬遠して入らなかったが、裏庭からその頽《すた》れた壮大な姿を、深夜の空の下に眺めるのは好きだった。

空は入梅にちかい濃密な雲に閉ざされていた。大礼拝堂はその雲を多くの飛翔扶壁《フライングバットレス》で、危うく押し上げているように見えた。

「見ろ！　見ろ！」

とハイミナーラが、はるか礼拝堂の内部を指さして叫んだ。

その暗い広大な空間に、白い翼がひらめいてすぎるのが見えたのである。真夜中の教会のがらんとした礼拝堂を、天使たちが飛び交わしているらしい。翼は次々とあらわれ、天井にひらめいたり、こわれた窓硝子のへりのギザギザに滞って消えたりした。

それはまぎれもなく彼らの発見した神秘であり、彼らの退屈な云《い》いようのないのっぺらぼうの世界を、贋《にせ》の浮薄な観念が、時折かがやかす光芒《こうぼう》であった。エラ・フィッツジェラルドの歌を聴きながら、味わった戦慄《せんりつ》も同種のものなら、ハイミナーラが睡眠薬の力を借りて、この世界に賦与《ふよ》しようと試みるつかのまの美も同種のものだった。

しかしどうしてそれが神聖であろう。神聖さは固い物質であり、彼らの漂っている世界には属さず、何かもっと丈夫な歯の人が、嚙《か》みこなそうと身構えるような代物《しろもの》だった。あの天使たちの翼は、稀薄《きはく》で、透明で、ちっとも神聖ではなく、……つまり彼らの世界のものだった。

そして三人とも、前以て、ちゃんと知っていた。あれは深夜の電車通りを走る無数の車の前燈が、むこう側のこわれない窓硝子から屈折して射《さ》し入って、つかのまにそこかしこへ撒《ま》き散らす光りにすぎないと。

――地下室へ下りてゆく階段のところで、はじめてピータアは蠟燭《ろうそく》に火を点じた。それまでは、管理人の家の視界の中にあって、蠟燭の火を怪しまれる惧《おそ》れがあったからである。足下に階段は、一段一段の影を大きく浮かして、又その影は一段一段闇《やみ》の中へしりぞいた。かれらは世界を忽《たちま》ち不安定なものに見せる蠟燭の光りが好きだった。

「私にも持たせて。ずるいわ、私にもよ」

とキー子がピータアの手から一本の光りを奪った。そのとき熱い蠟が彼女の手にしたたり落ちて、そこの肌《はだ》に固い蠟の鱗《うろこ》を作った。

来るたびにかれらは、この地下室に新らしい期待を持った。それは「すばらしいこと」の住家であり、自分用の、専用の「未知」であった。他《ほか》ならぬかれら自身が、この場所の神秘を管理していたのである。

3

キー子にとって、こうして三人でいることから生じる夢は、正に男二人が一触即発の関係にあって、キー子をめぐって戦いの火花を散らすことであった。二羽の牡雞《おんどり》と一羽の牝雞《めんどり》ならば、事態はきっとそういうふうに進展したろう。しかしかれらは雞《にわとり》ではなく、西部劇の人物でもなかった。そんなことははじめから不可能だったし、キー子も亦《また》、それをよく知っていた。

しかし、どうして不可能なのだろう？　サン・グラスのかげのハイミナーラの目は、いつも薄ぼんやりしていたし、ピータアの目は又、たえず浮動して、定めがなかった。この二人は決して見詰め合うことすらなかった。人間がそんなにしっかりと他人を見詰めることは、敵意にまれ友情にまれ、他人の存在と他人の世界を容認することになるだろう。それはいわば藷《いも》の遣口《やりくち》を真似《まね》することだ。

キー子はときどき、せめて二人のどちらかが、戸棚《とだな》の隅《すみ》に久しく探していた物を探し当てたようなかがやく目つきで、一瞬、ふたたびキー子を見てくれることを望んだ。が、その程度のことでさえ、一度も起らなかった。

キー子はこの教会へ来るたびに、とりわけ地下室へ下りる階段のところに立つたびに、この地下の闇の中に、今夜こそ、男と女のまじめな血みどろの戦いが、中世のゴブラン織の絵のように、展《ひら》かれるだろうと夢みるのであった。

——ピータアは階段を下りきり、蠟燭をかかげて、闇の中を進んだ。こんな暗さにもハイミナーラはサン・グラスを外さなかった。

床の上のコンクリートの破片が、かれらの靴底《くつぞこ》に軋《きし》り音《ね》を立てた。ピータアの蠟燭は粗いコンクリートの梁《はり》がいくつか走る低い天井を照らし出した。ついで、闇の只中《ただなか》から、大きなゆったりした肱掛椅子《ひじかけいす》が一脚、くっきりと浮び上った。その肱掛の両端には、蠟が一二寸の厚さに堆《うずたか》くなっていた。ピータアが一本の蠟燭をその片側に立て、キー子が一本を別の一端に立てた。人の坐《すわ》っていない椅子は、双の蠟燭の灯《ひ》を侍《はべ》らせて、あやしい威厳を帯びた。

「誰《だれ》が掛けるの？」

とキー子がきいた。ピータアがふざけて、サン・グラスをかけて、そこに力尽きて崩折《くずお》れたように坐った。それは本当の、蒼《あお》ざめた幽霊のように見えた。

ハイミナーラは紙袋を抱えたまま闇の中に佇《たたず》んでいた。二三歩退いて、埃《ほこり》だらけの机にぶつかった。これも椅子と同様、パーティーのときに誰かが持ち込んだもので、古くさい事務机は、この荘厳な闇の中では、なまなましい物凄《ものすご》い物象になった。

「私のお姉さんが、この間、真夜中に、六本木で簞笥《たんす》を拾ったって言ってたわ。お姉さんは新婚でしょう。旦那《だんな》と二人で手をつないで歩いていたら、歩道のまんなかに簞笥があったんだって。黒い鋲《びょう》金具がいっぱいついた古風な簞笥なんだって。まわりの店はみんな閉めてるし、人通りも全然ないところに、どうしてそんなものがポコンと置いてあったんだろう。……二人はチャッカリそれをアパートに運んで、今でも使ってるわ」

「家具というものはそういうもんだよ」と闇の中からハイミナーラの、ゆるゆるとほどけるような声がひびいた。「何だかしれないが、突然、そうした闇の中から現われるんだ。人間の生活って気味がわるいな。椅子や机や箪笥は、それをちゃんと知ってるんだ。だから闇の中から、ぬっと現われるんだよ。大きな黒い猫《ねこ》みたいに」

「わしは死んだ。わしは死んだ」とピータアが体を慄《ふる》わせて、ぐったり坐ったまま、老人の声色で言った。「わしの遺産は二十億あるが、みんなツウィスト・パーティーに使うがいいよ。この教会も買ってしまいなさい。わしの遺骸《いがい》の口からは百合《ゆり》が咲き、百合からはヘリコプターが飛び出したのだ。ヘリコプターは広告を撒《ま》き……」

「私はその広告を拾ったわ。泥《どろ》だらけで、ろくすっぽ字も読めない」

闇の中からハイミナーラが言った。

「その広告にはこう書いてあったんだ。人間洗濯《せんたく》機、月賦販売、完全な絞り器つき、ってね」

彼らはしんみりとはしたかったが、陰気になるのはやりきれなかった。キー子がトランジスター・ラジオをかけ、深夜放送のジャズが流れ出し、ピータアとハイミナーラが手分けをして、のこる八本の蠟燭を、コンクリートの粗壁からつき出している太い針金を曲げて一つ一つに突き刺し、そのことごとくに火を点じた。地下室は豪奢《ごうしゃ》な式場のようになった。声や音楽がいちいち淀《よど》んだ反響を伴うのをかれらは愛した。それは、この闇のまわりから何ものかが彼らを見張って、擁護《おうご》を垂れていることの、証《あか》しのように思われた。反響は平凡な言葉をも非凡に聴かせ、つまらない冗談にも神秘を与えた。ピータアは又椅子に深く身を埋め、蠟燭の灯になまめくマニキュアの指を見比べた。

十本の蠟燭の光りは、しらじらと爆《はじ》けて、それぞれの光輪をひろげ、火のまたたきはあたりの闇をたえず浮動させた。

「お香《こう》を焚《た》くのを忘れてたわ」

とキー子が叫んだ。

「そうだ。お香だ」

とピータアも椅子からとび上って蠟燭の一本をつかみ取った。

ハイミナーラは雀躍《こおどり》してゆく二人のあとについて、のろのろと部屋の一隅《いちぐう》へ行った。

そこに二尺角の小さい排気口があり、はまっている鉄格子《てつごうし》の奥に、かすかに戸外の夜の光りが滴《したた》っていた。手前の鉄格子には落葉の堆積《たいせき》がはみ出して、落葉は半ば腐葉土に化していた。格子の一つに黒い頭が斜めにしっかりとはまっている。それは小猫の頭である。傷ついて、排気口へ逃げ込んで、地下室の室内へ入ろうとあがいて、ついには格子から頭を半分つき出したまま死んでしまったものらしい。

小猫は硝子玉《ガラスだま》をはめたような目をみひらき、賢《さか》しげに口をつぐみ、小さな双の耳を立てていたが、頭のあたりの毛は剝《は》げかけていた。よく見ると、剝げたのではなく、焼けちぢれているのがわかる。

キー子がピータアから恭《うやうや》しく蠟燭をうけとって、猫の頭へ火を近づけた。斜めになった焰《ほのお》に蠟がはじけて小さな爪《つめ》で弾《はじ》くような音を立てた。忽ち猫の頭からは煙が漂い、あたりには暗いしつこい匂《にお》いがひろがった。これが正に「かれらの」匂いであった。

「煮詰ったような音を立ててるわ」

とキー子が昂奮《こうふん》した声で言った。そのとき彼女の鋭敏になった耳は、低くかけていたラジオのジャズが、リチャード・アンソニーの「ヤー・ヤー・ツウィスト」に変ったのをききつけた。

「ヤーヤーやってるわ。踊ろう！　ピータア、踊ろう！」

ピータアは蠟燭をハイミナーラに手渡し、キー子はいそいでラジオの音量を上げに走った。かれらはコンクリートの裸かの床の上で腰を大ぶりに振って踊りだした。振子のように、左右へ振られる腰と両手はだんだん勢いを増し振幅をひろげた。ピータアは身をひねり、キー子はのけぞり、踊りのゆらめく影は壁のあちこちに重なって、彼らの踊りが部屋を攪拌《かくはん》して、部屋を大きくゆすぶるように思われた。

二人が旋《つむ》じ風を起して壁の沢山の蠟燭のそばを踊りすぎるとき、焰はいっせいにひれ伏して、別々の方角へ乱れて燃え立った。

ハイミナーラは沈静な厚い掌に、自分の蠟燭の火を守っていた。彼の濃緑のサン・グラスには、多くの蠟燭の焰のゆらめきが小さく精巧に映っていた。低い声で「やめろよ」と、彼は言った。もう一度言った。踊っている二人にはきこえなかった。

ハイミナーラは唸《うな》るような声を立てて叫んだ。

「やめろよ。今夜は踊りに来たわけじゃないんだ」

4

ハイミナーラの命令で、三人の酒盛りがはじまった。ハイミナーラが机の上に置いた紙の袋から、ビールの缶《かん》とコカコーラを出して床《ゆか》に並べた。彼とキー子はビールを呑《の》み、ピータアはコカコーラを呑んだ。

彼らは迅速に酔い、ピータアさえ一罎《びん》のコークに酔った。酔おうと思えば即座に酔える。何もない空間へ、いきなり足を踏み出すことが、落下傘《らっかさん》部隊の隊員にとって、そも何事だろう。良かれ悪《あ》しかれ、かれらはそういう風にして生きてきたのだ。

「こういう遊びをやろう。お前が俺を何かの物にしちゃうんだ。すると、俺はすぐ、お前の名ざした通りの物になっちゃう。それから今度は俺が名ざすんだ」

とハイミナーラが、酔ってますますのろくなった口調で言った。ピータアは持ち前の即決果断で、マニキュアをした指を彼へさし向けて、こう言った。

「冷蔵庫！」

「よし。ハム！」

とハイミナーラはキー子を指さした。

「あんたは……ジューサー」

――ハイミナーラがどっかりとあぐらをかき、自分の胸の前から大きく扉《とびら》をひらくような仕草をした。電気冷蔵庫のドアがあき、冷気がたちまち洩《も》れ、ハイミナーラの胸には、凍った豆電球の灯がともって、うつろな肋骨《ろっこつ》の棚《たな》を展《ひら》いた。キー子は濃艶《のうえん》なハムになった。彼女は裸体よりもっと裸かな桃いろの肉になり、しなしなとハイミナーラの膝《ひざ》から胸へ這《は》いのぼって、しがみついた。

「バタン」

とハイミナーラが両手の扉をとざした。

ピータアは苦心して、さまざまな果物や野菜を自分の頭から入れ、全身をゆすぶって、何度もスピンをしながら、美しい幻想的な色彩のジュースを作ろうとしていた。

「卵も入れるほうがいいよね。栄養になるから」

彼は自分の頭上で器用に見えない卵を割った。一つ。もう一つ。

――そうして三人は肩を叩《たた》き合って笑《と》った。しかし壁のあんまりいちじるしい反響が、その笑いを途中で止めてしまった。

「今度は何になろう。……キー子は、……目薬だ」

「ハイミナーラは、爪切りがいいわよ」

「ピータアは、そうだな、孫の手がいいよな」

三人はからみ合い、もつれ合って、キー子は別の二人の目をねらって指をつっこみ、ハイミナーラは他の二人の手足の爪を狙《ねら》ってうごめき、ピータアはすり抜けながら、二人の背中を引掻《ひっか》いて歩いた。そして又三人は大笑いをした。

こんな変貌《へんぼう》の遊戯の果てに、彼らは何のためにそんな風に遊んでいるのかわからなくなった。彼らが変貌するたびに、地球はちょっとの間停止して、この世のどんな小うるさい約束事も免除してくれるように思われた。今この時間に眠っている藷《いも》たちは、自分たちを夢にも藷だとは知らずに、グースカ眠っているにちがいない。ハイミナーラたちは睡眠薬のおかげでいつも半分目をさましており、人間であることのうるささを全部肩に背負い、そうしてひどく年寄りになってしまっているのだ。

そこでハイミナーラは漠然《ばくぜん》たる頭で、虹《にじ》のような思考を追った。

『今、藷たちは眠っている。世界中であいつらの数と云ったら大変なものだ。そして大体、この時刻に眠っているのはみんな藷だと言っていい。……そうだ。あいつらの夢の中へ入って行ってやろう。あいつらが夢みるばかげた、低俗な、甘い、けがらわしい青春のイメージに化けてやるのだ。こいつは冷蔵庫に化けるより、ずっと化け甲斐《がい》があるというものだ。藷たちの哀れな郷愁の中の、俺は二十二歳の若者になり、キー子は十九歳の少女、ピータアは十八歳の少年に、まんまと化けてやろう。一番いやらしいメタモルフォーゼだぞ！　こいつは一等醜悪だぞ！　一等ビートだぞ！』

ピータアとキー子は、きらめく蠟燭の光りの中に、ハイミナーラの説く言葉が、悪意とぞっとするいやらしさで彩《いろど》られて、飛びめぐるのを見詰めていた。

三人は結局やってみることにした。だって他にやることは何もなかったから。

ピータアはまだ十八歳の諸の少年の役なんか演じたことは一度もなかった。そんなものは想像の外《ほか》にあり、そんな人間がどんな気持で毎朝歯を磨《みが》き、どんな気持で御飯を喰《た》べるのか、考えてみたこともなかった。しかし、遊戯は遊戯だった。彼はどうしても、十八歳の、ニキビざかりの、(ピータアにはニキビなんか一粒もなかった)、純真で、清潔な、心のときめきと羞《はじ》らいとにすぐ顔を赤くする、朴訥《ぼくとつ》な少年を演じなければならなかった。

「キー子さん……」

と彼はおそるおそる呼びかけた。すると背筋に寒気が走った。

キー子がだらしなく笑い出したので、ハイミナーラが低い声で叱《しか》った。

「だめだ。笑っちゃだめだったら! もっと真剣に」

ピータアはこの少女を愛していると心に念じた。かつて抱いたことのある痩《や》せた乳房を思いうかべると、こんな思念はすぐ萎《しな》びてしまった。目の前の顔をそのまま愛することはできないだろうか。だが、遊び疲れてこけた頰《ほお》を蒼《あお》ざめた白粉《おしろい》にまぶし、目の上下《うえした》に濃いアイ・ラインを入れた少女の顔は、蠟燭のあかりに溺死者《できししゃ》のように見えた。

ピータアは心に念じた。何でもいいから、愛してしまえばいいのだ。愚かな思い込みでこの娘を世界一の美人と信じ、この娘がいない世界は空虚だと信じ、この娘と結婚して仕合せな家庭を作ることを自分の夢だと信じ……。ああ、そんなことを信じるくらいなら、自分をジューサーだと信じるほうがよっぽど楽だった。

「そこで接吻《スーキ》してごらん」

とハイミナーラが言った。

キー子は目をつぶり、唇《くちびる》をうすくあけ、わざとらしく胸を大きく波打たせていた。ピータアは彼女が床《ゆか》の上にさしのべている手に触れてそれをそっと握った。女の手はコンクリートの粉にまみれてかさかさしていた。

ハイミナーラは立ったまま、蠟燭の火に隈取《くまど》られた顔をうつむけて、催眠術師のような口調で言った。

「スーキもできないのか。純真なもんだな。十九の娘と十八の小僧が、ダンモのズージャの伴奏でよ、何て可愛《かわい》らしいんだろう、とりあった手が慄《ふる》えてさ」

本当にキー子の手がこまかく慄えているのにピータアはおどろいた。蠟燭の突き刺す光りに射られて、彼は目を閉じた。するとトランジスター・ラジオの低いモダン・

ジャズのドラム・ソロだけがきこえてきた。彼にはハイミナーラが怖かった。ハイミナーラの暗い圧力のおかげで、二度と元の姿に戻らぬものに化身してしまいそうな気がした。

もっと陽気な音楽がほしかった。世界中はめちゃくちゃで、絶望の花火があっちこっちに爆発しているような陽気な音楽。……しかし目を瞑《つぶ》ったピータアの前には暗い淵《ふち》がひらけ、今ごろコカコーラのゲップが出かかっていた。キー子の唇が闇の中に、遠い火事の焰のように浮んでいた。自分とは関係のない遠い災禍。……こんなに真暗だったことがあるだろうか。毎朝歯を磨く十八歳の少年が、こんな闇を見ることがあるだろうか。あいつらの見る闇は、多分靴墨《くつずみ》のように鈍感で……

突然、ピータアは恐怖にかられて立上った。裏階段を駈《か》け上り、勝手知った闇の中をくぐり抜けて、一階のせまい廊下を走り、さらに尖塔《せんとう》へのぼる螺旋《らせん》階段を駈け上った。

ハイミナーラとキー子は、顔を見合わせて、急に不安にかられてピータアの跡を追った。蠟燭はハイミナーラが手にかざしていたが、駈けるにつれて焰はうしろへ靡《なび》き、ともすると消えそうになった。

尖塔の頂きへのぼるには、螺旋階段が途中で絶えて、そこから、危うく懸け渡した梯子《はしご》でのぼるようになっていた。ピータアは、見る見る梯子をのぼりつめた。

ハイミナーラとキー子は梯子の下に立止った。螺旋階段の尽きたところには暗い空《くう》洞《どう》が口をあけ、梯子はその空洞のへりから尖塔の内壁にかかって、ピータアの動きをのこして、小刻みに揺れていた。高い尖塔の窓の藍《あい》いろを遮《さえぎ》って、ピータアの黒くうずくまる影があった。

「ピータア、何してるのよ。降りてらっしゃいよ。そこから何が見えるっていうの」

しばらく返事がなく、やがて甲高い声が尖塔の内壁のあちこちにぶつかって降《ふ》った。

「お月様が見えるんだよ」

しかし梅雨《つゆ》雲《ぐも》はなお垂れこめて、夜は深く、雨もよいの空を二人は知っていた。

「嘘《うそ》を言ってやがる」

とハイミナーラは蠟燭をかざして言った。

「あの人もとから嘘つきなんだから」

とキー子は言った。そして舌打ちをして、唇の乾いた襞《ひだ》が、蠟燭の灯《ほ》影《かげ》にくっきりと刻まれるほど口をすぼめて、もう一度、したたかに言った。

「いやな子ね。嘘つきもいいとこだわ」

解説

三島由紀夫

文庫形式で自選短編集を出すほど、私は、短編という文学ジャンルに対して、すでに疎遠《そえん》になってしまったのを感じる。何も私は、短編小説の衰亡期といわれる現代ジャーナリズムの趨勢《すうせい》に従って、あたかも製糸工場の操短のように、短編制作を節約しはじめたのではない。自然に短編の制作から私の心が遠ざかって行ったのである。そして少年時代に、詩と短編小説に専念して、そこに籠《こ》めていた私の哀歓は、年を経るにつれて、前者は戯曲へ、後者は長編小説へ、流れ入ったものと思われる。いずれも、より構造的、より多弁、より忍耐を要する作業へ、私が私を推し進めた証拠でもあり、より巨《おお》きな仕事の刺戟《しげき》と緊張が、私にとって必要になったことを示している。

このことは、私のものの考え方が、アフォリズム型から、体系的思考型へ、徐々に移行したことと関係があると思われる。一つの考えを作中で述べるのに、私はゆっくりゆっくり、手間をかけて納得させることが好きになって来て、寸鉄的物言いを避けるようになった。思想の円熟というときこえがよいが、せっかちだが迅速軽捷《じんそくけいしょう》な聯想《れんそう》作用が、年齢と共に衰えるにいたったことと照応している。私はいわば軽騎兵から重騎兵へ装備を改めたのである。

ここに収めたのは、従って、私の軽騎兵時代の作品ばかりである。尤《もっと》も、一概にそうは言っても、それ自体純粋に軽騎兵的な作品もあれば、重騎兵への移行を重苦しく内に秘め、もっぱらその調練のために書かれた作品もある。前者の代表作を『遠乗会』とすれば、後者の代表作は、ごく若年のころ（一九四三）すなわち十八歳のときに書かれた『中世に於《お》ける一殺人常習者の遺《のこ》せる哲学的日記の抜萃《ばっすい》』であろう。この短かい散文詩風の作品にあらわれた殺人哲学、殺人者（芸術家）と航海者（行動家）との対比、などの主題には、後年の私の幾多の長編小説の主題の萌芽《ほうが》が、ことごとく含まれていると云《い》っても過言ではない。しかもそこには、昭和十八年という戦争の只《ただ》中《なか》に生き、傾きかけた大日本帝国の崩壊の予感の中にいた一少年の、暗澹《あんたん》として又きらびやかな精神世界の寓喩《ぐうゆ》がびっしりと書き込まれている。

もう一つの戦時中の作品『花ざかりの森』を、これと比べて、私はもはや愛さない。一九四一年に書かれたこのリルケ風な小説には、今では何だか浪曼派の悪影響と、若年寄のような気取りばかりが目について仕方がない。十六歳の少年は、独創性へ手をのばそうとして、どうしても手が届かないので、仕方なしに気取っているようなところがある。因《ちな》みに言うが、本短編集の題名をどうしても『花ざかりの森』としたい出版社の意向によって、私はやむなくこれを選んだ。

戦後の作品からは、私は心おきなく、自分で出来のよいと思うもののみを選んだ。

『遠乗会』（昭和二五年）は、短編を書く技術がようやく成熟してきた時期に、パラレリズムの手法を使って描いた一幅の水彩画だが、遠乗会の描写そのものは、自分も加わったパレス乗馬倶楽部《クラブ》の遠乗のスケッチであって、そういう実際の何ら劇的でない経験の微細なスケッチに、何らかの物語を織り込むというやり方は、今にいたるまで私の短編小説制作の一種の常套手段《じょうとうしゅだん》になっている。

『卵』（昭和二八年六月号・群像増刊号）は、かつてただ一人の批評家にも読者にもみとめられたことのない作であるが、ポオのファルスを模したこの珍品は、私の偏愛の対象になっている。学生運動を裁く権力の諷刺《ふうし》と読まれることは自由であるが、私の狙《ねら》いは諷刺を越えたノンセンスにあって、私の筆はめったにこういう「純粋なばからしさ」の高みにまで達することがない。

『橋づくし』も『女方』も『百万円煎餅《せんべい》』も『新聞紙《がみ》』も『牡丹《ぼたん》』も『月』も、嘱目の風景や事物が小説家の感興を刺戟《しげき》し、一編の物語を組立たせたという以上のものではないが、中でも『橋づくし』は、もっとも技巧的に上達し、何となく面白おかしい客観性を、冷淡で高雅な客観性を、文体の中にとり入れ得たものだと思っている。

その扱う芸者の世界の、スノビズムと人情と一面の冷酷、『女方』に扱った役者の世界の、壮大と卑俗と自分本位、『月』に扱ったビート族の世界の、疎外と人工的昂揚《こうよう》とリリカルな孤独、……これらはむかしの狂言作者が「世界定め」の儀式に従って「世界」を設定したのとはちがって、たまたま面白がってその世界をのぞいているうちに、その独特の色調、言語動作、生活作法が、水槽《すいそう》の中の奇異な熱帯魚のように、文藻《ぶんそう》の藻《も》のあいだに隠見するようになり、それらが自然におのおのの世界の物語を誘発させたという具合であるから、そういう長い時間と、スポンテニーイティとが、この三編に、或《あ》る濃厚さと、リッチな味わいを与えてくれたのであろう。もちろん、それらは私の「遊び」から生れたものだ。自分を故意に一個の古風な小説家の見地に置いて、いろんな世界を遊弋《ゆうよく》しながら、ゆったりと観察し、磨《みが》きをかけた文体で短編を書くという、私の脳裡《のうり》にある小説家のいわばダンディスムから生れたものだ。短編小説はこういうダンディスムの所産であるべきだという考えが、今も私からは抜けないのである。

しかし、そういう私が、必ずしも、こんな余裕派の態度であらゆる短編を書いてきたわけではない。

集中、『詩を書く少年』と『海と夕焼』と『憂国』の三編は、一見単なる物語の体裁の下に、私にとってもっとも切実な問題を秘めたものであり、もちろん読者の立場からは、何ら問題性などに斟酌《しんしゃく》せず、物語のみを娯《たの》しめばよいわけであるが、(現に或る銀座のバアのマダムは、『憂国』を全く春本として読み、一晩眠れなかったと告白した)、この三編は私がどうしても書いておかなければならなかったものである。

『詩を書く少年』には、少年時代の私と言葉(観念)との関係が語られており、私の文学の出発点の、わがままな、しかし宿命的な成立ちが語られている。ここには、一人の批評家的な目を持った冷たい性格の少年が登場するが、この少年の自信は自分でも知らないところから生れており、しかもそこには自分ではまだ蓋《ふた》をあけたことのない地獄がのぞいているのだ。彼を襲う「詩」の幸福は、結局、彼が詩人ではなかったという結論をもたらすだけだが、この蹉跌《さてつ》は少年を突然「二度と幸福の訪れない領域」へ突き出すのである。

『海と夕焼』は、奇蹟《きせき》の到来を信じながらそれが来なかったという不思議、いや、奇蹟自体よりもさらにふしぎな不思議という主題を、凝縮して示そうと思ったものである。この主題はおそらく私の一生を貫く主題になるものだ。人はもちろんただちに、

「何故《なぜ》神風が吹かなかったか」という大東亜戦争のもっとも怖《おそ》ろしい詩的絶望を想起するであろう。なぜ神助がなかったか、ということは、神を信ずる者にとって終局的決定的な問いかけなのである。『海と夕焼』は、しかし、私の戦争体験のそのままの寓話化ではない。むしろ、私にとっては、もっとも私の問題性を明らかにしてくれたのが戦争体験だったように思われ、「なぜあのとき海が二つに割れなかったか」という奇蹟待望が自分にとって不可避なことと、同時にそれが不可能なこととは、実は『詩を書く少年』の年齢のころから、明らかに自覚されていた筈《はず》なのだ。

『憂国』は、物語自体は単なる二・二六事件外伝であるが、ここに描かれた愛と死の光景、エロスと大義との完全な融合と相乗作用は、私がこの人生に期待する唯一《ゆいいつ》の至福であると云ってよい。しかし、悲しいことに、このような至福は、ついに書物の紙の上にしか実現されえないのかもしれず、それならそれで、私は小説家として、『憂国』一編を書きえたことを以《もっ》て、満足すべきかもしれない。かつて私は、「もし、忙しい人が、三島の小説の中から一編だけ、三島のよいところ悪いところすべてを凝縮したエキスのような小説を読みたいと求めたら、『憂国』の一編を読んでもらえばよい」と書いたことがあるが、この気持には今も変りはない。

さて、さきの『卵』もその一例であるが、私には全く知的操作のみにたよるコント型式への嗜好《しこう》もあった。そこでは、作品自体に主題らしい主題さえなく、一定の効果へ向って引きしぼられた弓のような、すみずみまで緊張した形が保たれて、それが読者の脳裡で射放《いはな》たれて、的中すれば「おなぐさみ」というようなものである。それは又、チェスの選手が味わうような知的緊張の一局、何の意味もない一局を構成すれば足りるのだ。『新聞紙』『牡丹』『百万円煎餅』のようなコントは、そういう意図を以て書かれたコントの中から、比較的出来のよいものを選んだのである。

（昭和四十三年九月）

解説——短編小説の「告白」と「コント」

佐藤秀明

十三編の短編小説を収めたこの文庫本は、書名の副題にあるとおり三島由紀夫の「自選短編集」である。全体を通してどんな一貫したテーマがあるのか。そう考えても、明快な答えは出ないだろう。では作者にとって転機となった作品の集成かというと、「花ざかりの森」や「憂国」はそうだが、他の作品はそうとは言えない。むしろ、テーマも創作動機も大きく異なった短編を意図的に集めたものと思われる。たくさん書いてきた短編小説の中から、底の浅くない、技術的にも自信のある、あるいは傑作問題作をも取り混ぜて、敢《あ》えて言えば、傾向や手法や味わいの広がりを顕示しようとした意図が窺《うかが》われる。別の言い方で言えば、短編小説のあるべき〝広い理念〟を実作で示そうとしたようでもある。読者によっては、「卵」のようなノンセンスな笑劇や、「月」のような箍《たが》の外れたビート族の小説に驚くかもしれない。三島にもこんな小説があったのか、といった感じである。それほど多様性に富んでいる。

三島由紀夫は、どんな批評家よりも見事な三島作品の解説をしてくれる作家だが、巻末の「解説」もその例に漏れない。また執筆事情も明かしてくれていて、読解のヒントにも事欠かない。だが、この「解説」の書かれた一九六八年（昭和四十三年）九月という時点が、微妙に作品の選択と「解説」にバイアスを加えているのを見逃すことはできない。

三島由紀夫が森田必勝《まさかつ》とともに市ヶ谷の自衛隊駐屯地で自刃《じじん》したのは、一九七〇年（昭和四十五年）十一月二十五日だから、この「解説」はその約二年前に書かれた。まだ具体的な行動の計画は何もなかったが、学生たちと御殿場の陸上自衛隊富士学校滝ヶ原分屯地で体験入隊を二度行《おこな》っていたから、密《ひそ》かに期するところはあったであろう。そういう時期にこの短編集は編まれた。

それは「憂国」の収録に最も明快に表れている。三島は、若い時分から切腹に特別な感覚を寄せていた。大いなるものに自己を捧げ、「英雄」としてありたいという欲動を密かに持ち続けた人だった。

もちろん生の歓《よろこ》びも日常生活の楽しさも求めたから、三島の人生が死にだけ向かっていたというわけではない。しかし指摘したように、「解説」の末尾にある「昭和四十三年九月」という時期は、自己を投げ出す行動の準備が始まっていた時にあたる。

とはいえそれが、実現しないかもしれぬという不確定要素も隣り合わせにあった。何ごとも起こせず、行動が不可能に終わる要素もたくさんあった。想像するに、夢とその実現との間には、遼遠《りようえん》な距離があったはずなのである。だからこそ愛する新妻とともに死ぬ「至福」を描いた「憂国」は、ここに収録されなければならず、その「解説」にも「私は小説家として、『憂国』一編を書きえたことを以《もっ》て、満足すべきかもしれない」と控えめな告白を記したのである。

そしてそれと併せて「海と夕焼」もまた、入集《にっしゅう》しなければならなかった作品である。念じたことは「奇蹟《きせき》」としか思えず、しかしその実現を信じながら何も起こらない。そういう「奇蹟自体よりもさらにふしぎな不思議」を「海と夕焼」は描いている。この作品についての三島の「解説」には、明らかに熱が入っている。この短編集の中の「憂国」と「海と夕焼」は、これを編んだときの三島にとっては対となる同格の作品だったにちがいない。

学習院の恩師清水文雄に見出《みいだ》された「花ざかりの森」を、「私はもはや愛さない」とにべもない言い方で扱っているのも、この時期の三島の感情だったのであろう。祖先のロマン的な体験を「わたし」が語り直す「花ざかりの森」は、体験者と語り手《と》が一体化しており、その一体化を安易と見たのではなかろうか。命を賭した行動の選択をするとなれば、最も力を入れてきた文学を放棄することになる。このぎりぎりの選択をすることになる三島が、「花ざかりの森」を「愛さない」と述べるのも肯《うなず》けるし、「殺人者（芸術家）と航海者（行動家）との対比」を書いた「中世に於《お》ける一殺人常習者の遺《のこ》せる哲学的日記の抜萃《ばっすい》」を収録したことも肯ける。

三島由紀夫は「読売新聞」夕刊のコラム「発射塔」（一九六〇年八月三日）に、「短編は滅びるか」という短文を寄せている。日本の短編小説は叙情詩の延長で、「多くは物語り的構成をほのかに持った散文詩である」という。そこに「告白の要素」が「詩的晶化」していればそれを「傑作」と呼び、「いつかしら、告白的要素を持たない短編を軽視する風潮」が生じたと言うのである。三島の主張の一つは、この「軽視」された「告白的要素を持たない短編」の復権にあるようだ。

「解説」ではこれらをモーパッサン風に「コント」と呼び、「卵」「新聞紙《がみ》」「牡丹」「百万円煎餅《せんべい》」を挙げている。「遠乗会《とおのりかい》」もここに加えてよいだろう。コントは、虚構の人物や環境を造形し、作者の経験を抜け出た人間性を出現させる。そこには遊びの要素も入るから、人間を客観的に見ることができ、突き放したその冷たさは棘《とげ》のある面白さをも味わわせてくれる。軽薄な風俗小説に堕《だ》しないために、人間観察と批評精神が問われるから、文体に厳しさが求められる。この五作品の収録が、三島の短編小説の〝広い理念〟の表れである。

他方、「詩を書く少年」「海と夕焼」「憂国」といった「告白的要素」の濃い短編もある。三島は「解説」で「一見単なる物語の体裁の下に、私にとってもっとも切実な問題を秘めたもの」と述べている。その中間にある「花ざかりの森」「中世に於ける一殺人常習者の遺せる哲学的日記の抜萃」は、執筆当時の作者の「告白的要素」に近い。「橋づくし」「女方」「月」は、どちらかというとコントに近く、読みようによっては「告白的要素」も抽出できる作品で、「詩的晶化」の利《き》いた中間に位置するという布置になるだろう。

＊

以下は、各作品に簡単な解説を付し、読書の参考に供したい。初出の年を元号で記すのは、三島の満年齢が昭和の年と同じで、執筆の年齢が分かるからである。

「花ざかりの森」（「文芸文化」昭和十六年九月号〜十二月号）は、語り手の「わたし」が祖先とその縁者三人の体験を語る話である。城主の妻であるキリスト教徒の夫人、平安朝の物語作者の女性、南方を旅して来た近代の女性、彼女たちは「憧《あこが》れ」に導かれロマン的な体験を持った。初めて「三島由紀夫」の筆名を使った作品で、十六歳の文章の妙には驚かされる。

「中世に於ける一殺人常習者の遺せる哲学的日記の抜萃」(「文芸文化」昭和十九年八月号)では、芸術家である殺人者に行動家の海賊頭《がしら》が「花のように全《また》けきものに窒息するな」と言う。自足する芸術家を揺さぶる他者のことばである。

「遠乗会」(「別冊文芸春秋」昭和二十五年八月号)は、二つの恋愛が葛城《かつらぎ》夫人の中で交錯する話だ。こういう心理の行き違いを描く洒落《しゃれ》た小説は、三島の独擅場《どくせんじょう》である。アッパークラスの乗馬倶楽部《クラブ》を背景に持ってきたのは、日本の小説が生活臭の強いジャンルに陥っているのを厭《いと》う三島の挑戦であろう。

「卵」(「群像」臨時増刊号、昭和二十八年六月)は、蛮カラなボート部の大学生たちが数千の卵に襲われるというノンセンスなファルス。最後はうんざりした気分の明るさが出ていて、常軌を逸した蛮カラどもをたしなめている感じがあっておかしい。

「詩を書く少年」(「文学界」昭和二十九年八月号)は、十五歳の三島自身をカリカチュアライズし誇張した小説だ。しかし、ここにある詩のフレーズは、実際に書かれた詩と照合することができ、誇張の度合いは大きくない。ことばの楽園にいて万能感を持つ少年が、人生最大の難題である変哲もない〝現実〟と出会う話である。

「海と夕焼」（「群像」昭和三十年一月号）では、神と奇蹟を信じたフランスの少年に奇蹟は起こらなかったという「不思議」が、遠く日本に来てまでも続いている。鎌倉時代の設定である。三島は「解説」で、戦争中の「神風」に言及しているが、神風が吹いたと言われている元寇《げんこう》は、作品内の時代の二年後と九年後のことである。安里《アンリ》の挫折《ざせつ》が諦念《ていねん》に終らず「不思議」として残ったところに、折り合いをつけられない人生の執着が出ている。

「新聞紙」（「文芸」昭和三十年三月号）の敏子が見た、新聞紙の上の嬰児《えいじ》とベンチで新聞紙にくるまれて眠る若者とは一つながりになる。敏子は浮浪者の若者に手首をつかまれても怖くない。二十年の時間と社会階層の差、この二つの大きな距離が一挙に縮小する心理のダイナミズムが読みどころである。

「牡丹」（「文芸」昭和三十年七月号）は、東横線の車内で「獅子《しし》ヶ谷《や》牡丹園」の広告を見て、実際に行ってみて思いついた小説である。丹精された牡丹とみすぼらしい身なりの老人と嗜虐《しぎやく》的な悪とが、結末で結びつく。牡丹の描写がこれを支えている。

「橋づくし」（「文芸春秋」昭和三十一年十二月号）は、三島が当時交際していた女性から聞いた話がもとになっている。大阪は宗右衛門町《そうえもんちょう》の願掛けだという。それを新橋の花街に移し、築地の橋を使った。女中のみなは、花街の文化の中では異質の存在である。そのみなにに満佐子《まさこ》が恐怖を感じるのは、ソフィスティケーションの弱点をみなが平然と衝《つ》いてくるからである。軽い気持ちの願掛けが、〝人生〟といったことまでを考えさせてしまう。「橋づくし」は、たわいない願掛けの意味の飛距離が意外に長かったという短編である。

「女方」（「世界」昭和三十二年一月号）は、中村歌右衛門をモデルにした俳優論小説とでも呼ぶべき小説だ。常に仮構のジェンダーを生きる佐野川万菊が、男としての地肌を現して新劇畑の青年演出家に恋をする。これが万菊への「幻滅」となるのは、舞台上の「女」の役柄が万菊を動かしていないからである。ここにあるのは三島独特の思考で、問題作「英霊の声」に書かれた、「神」でなく「人間」となった天皇への批判と同じ構造である。

「百万円煎餅」（「新潮」昭和三十五年九月号）は、白黒ショーを仕事とする若い夫婦の話である。白黒ショーとは何か、については書かないことにする。彼らの仕事と堅実な生活設計との落差に面白味があるが、これを落差と捉《とら》える感覚が、すでに「山の手の奥さん」たちと同じ「気取った」小市民のものでしかない。浅草という場所と小道具の百万円煎餅がいかにも効果的である。

「憂国」（「小説中央公論」昭和三十六年一月冬季号）は、読者が武山信二《たけやましんじ》夫妻の壮絶

な最期《さいご》に撲《う》たれれば、小説の目的はほぼ達成されたことになる。武山中尉《ちゅうい》は新婚の身ゆえに決起に誘われなかったが、もともと決起する側の皇道派の将校だったと見るのが自然である。だから容易《たやす》く死が選ばれたのである。

「月」(「世界」昭和三十七年八月号)のビート族の三人は、その感性も振る舞いも「藷《いも》」の常識《センス》から悉《ことごと》く逸脱している。ピータアは、のちに演出家・振付師になる竹邑《たけむら》類で、竹邑にはその頃を回想した『呵々大将　我が友、三島由紀夫』(新潮社)がある。最後にピータアが見たという月は、「藷」たちの古典文学にある月を思い起こさせ、これはビート族の古典回帰というオチとして読める。

(令和二年八月、日本近代文学研究者)

「花ざかりの森」は七丈書院刊『花ざかりの森』（昭和十九年十月）に、「中世に於ける一殺人常習者の遺せる哲学的日記の抜萃」は鎌倉文庫刊『夜の仕度』（昭和二十三年十二月）に、「遠乗会」は改造社刊『仮面の告白その他』（昭和二十六年三月）に、「卵」「海と夕焼」「新聞紙」は新潮社刊『ラディゲの死』（昭和三十年七月）に、「詩を書く少年」「牡丹」は角川書店刊『詩を書く少年』（昭和三十一年六月）に、「橋づくし」は文芸家協会編纂『創作代表選集』19（昭和三十二年四月）に、「女方」は文芸家協会編纂『創作代表選集』20（昭和三十二年十月）に、「百万円煎餅」「憂国」は新潮社刊『スタア』（昭和三十六年一月）に、「月」は講談社刊『剣』（昭和三十八年十二月）に、それぞれ収められた。

表記について

新潮文庫の文字表記については、原文を尊重するという見地に立ち、次のように方針を定めました。

一、旧仮名づかいで書かれた口語文の作品は、新仮名づかいに改める。
二、文語文の作品は旧仮名づかいのままとする。
三、旧字体で書かれているものは、原則として新字体に改める。
四、難読と思われる語には振仮名をつける。

なお本作品中、今日の観点からみると差別的ととられかねない表現が散見しますが、作品自体のもつ文学性ならびに芸術性、また著者がすでに故人であるという事情に鑑み、原文どおりとしました。

（新潮文庫編集部）

三島由紀夫著

宴《うたげ》のあと

政治と恋愛の葛藤を描いてプライバシー裁判でかずかずの論議を呼びながら、その芸術的価値を海外でのみ正しく評価されていた長編。

三島由紀夫著

真夏の死

伊豆の海岸で、一瞬に義妹と二児を失った母親の内に萌した感情をめぐって、宿命の苛酷さを描き出した表題作など自選による11編。

三島由紀夫著

春の雪

（豊饒の海・第一巻）

大正の貴族社会を舞台に、侯爵家の若き嫡子と美貌の伯爵家令嬢のついに結ばれることのない悲劇的な恋を、優雅絢爛たる筆に描く。

三島由紀夫著

奔馬

（豊饒の海・第二巻）

昭和の神風連を志した飯沼勲の蹶起計画は密告によって空しく潰える。彼が目指したものは幻に過ぎなかったのか？　英雄的行動小説。

三島由紀夫著

暁の寺

（豊饒の海・第三巻）

〈悲恋〉と〈自刃〉に立ち会った本多繁邦は、タイで日本人の生れ変りだと訴える幼い姫に出会う。壮麗な猥雑の世界に生の源泉を探る。

三島由紀夫著

天人五衰

（豊饒の海・第四巻）

老残の本多繁邦が出会った少年安永透。彼の脇腹には三つの黒子がはっきりと象嵌されていた。〈輪廻転生〉の本質を劇的に描いた遺作。

三島由紀夫著

午後の曳《えい》航《こう》

船乗り竜二の逞しい肉体と精神は登の憧れだった。だが母との愛が竜二を平凡な男に変えた。早熟な少年の眼で日常生活の醜悪を描く。

三島由紀夫著

盗賊

死ぬべき理由もないのに、自分たちの結婚式当夜に心中した一組の男女――精緻微妙な心理のアラベスクが描き出された最初の長編。

三島由紀夫著

鏡子の家

名門の令嬢である鏡子の家に集まってくる四人の青年たちが描く生の軌跡を、朝鮮戦争直後の頽廃した時代相のなかに浮彫りにする。

三島由紀夫著

美徳のよろめき

優雅なヒロイン倉越夫人にとって、姦通とは異邦の珍しい宝石のようなものだったが……。魂は無垢で、聖女のごとき人妻の背徳の世界。

三島由紀夫著

近代能楽集

早くから謡曲に親しんできた著者が、古典文学の永遠の主題を、能楽の自由な空間と時間の中に〝近代能〟として作品化した名編8品。

三島由紀夫著

サド侯爵夫人・わが友ヒットラー

獄に繋がれたサド侯爵をかばい続けた妻を突如離婚に駆りたてたものは？　人間の謎を描く「サド侯爵夫人」。三島戯曲の代表作2編。

三島由紀夫著
美しい星

自分たちは他の天体から飛来した宇宙人であるという意識に目覚めた一家を中心に、核時代の人類滅亡の不安をみごとに捉えた異色作。

三島由紀夫著
青の時代

名家に生れ、合理主義に徹し、東大教授への野心を秘めて成長した青年の悲劇的な運命！光クラブ社長をモデルにえがく社会派長編。

三島由紀夫著
女神

さながら女神のように美しく仕立て上げた妻が、顔に醜い火傷を負った時……女性美を追う男の執念を描く表題作等、11編を収録する。

三島由紀夫著
永すぎた春

家柄の違いを乗り越えてようやく婚約にこぎつけた若い男女。一年以上に及ぶ永すぎた婚約期間中に起る二人の危機を洒脱な筆で描く。

三島由紀夫著
沈める滝

鉄や石ばかりを相手に成長した城所昇は、女にも即物的関心しかない。既成の愛を信じない人間に、人工の愛の創造を試みた長編小説。

三島由紀夫著
獣の戯れ

放心の微笑をたたえて妻と青年の情事を見つめる夫。死によって愛の共同体を作り上げるためにその夫を殺す青年——愛と死の相姦劇。

三島由紀夫著

絹と明察

家族主義的な経営によって零細な会社を一躍大紡績会社に成長させた男の夢と挫折を描く。近江絹糸の労働争議に題材を得た長編小説。

三島由紀夫著

音楽

愛する男との性交渉にオルガスムス＝音楽をきくことのできぬ美貌の女性の過去を探る精神分析医——人間心理の奥底を突く長編小説。

三島由紀夫著

岬にての物語

夢想家の早熟な少年が岬の上で出会った若い男と女。夏の岬を舞台に、恋人たちが自ら選んだ恩寵としての死を描く表題作など13編。

三島由紀夫著

鍵のかかる部屋

財務省に勤務するエリート官吏と少女の密室の中での遊戯。敗戦後の混乱期における一青年の内面と行動を描く表題作など短編12編。

三島由紀夫著

ラディゲの死

〈三日のうちに、僕は神の兵隊に銃殺されるんだ〉という言葉を残して夭折したラディゲ。天才の晩年と死を描く表題作等13編を収録。

三島由紀夫著

小説家の休暇

芸術および芸術家に関わる多岐広汎な問題を、日記の自由な形式をかりて縦横に論考、警抜な逆説と示唆に満ちた表題作等評論全10編。

三島由紀夫著

殉　教

少年の性へのめざめと倒錯した肉体的嗜虐の世界を鮮やかに描いた表題作など9編を収める。著者の死の直前に編まれた自選短編集。

三島由紀夫著

葉隠入門

〝わたしのただ一冊の本〟として心酔した「葉隠」の濶達な武士道精神を現代に甦らせ、乱世に生きる〈現代の武士〉たちの心得を説く。

三島由紀夫著

鹿鳴館

明治19年の天長節に鹿鳴館で催された大夜会を舞台として、恋と政治の渦の中に乱舞する四人の男女の悲劇の運命を描く表題作等4編。

小池真理子著

欲　望

愛した美しい青年は性的不能者だった。決してかなえられない肉欲、そして究極のエクスタシー。あまりにも切なく、凄絶な恋の物語。

中村文則著

土の中の子供

芥川賞受賞

親から捨てられ、殴る蹴るの暴行を受け続けた少年。彼の脳裏には土に埋められた記憶が焼き付いていた。新世代の芥川賞受賞作！

津村記久子著

この世にたやすい仕事はない

芸術選奨新人賞受賞

前職で燃え尽きたわたしが見た、心震わすニッチでマニアックな仕事たち。すべての働く人の今を励ます、笑えて泣けるお仕事小説。

平野啓一郎著

葬送

第一部（上・下）

ロマン主義全盛十九世紀中葉のパリ社交界を舞台に繰り広げられる愛憎劇。ドラクロワとショパンの交流を軸に芸術の時代を描く巨編。

平野啓一郎著

日蝕・一月物語

芥川賞受賞

崩れゆく中世世界を貫く異界の光。著者23歳の衝撃処女作と、青年詩人と運命の女の聖悲劇。文学の新時代を拓いた2編を一冊に！

平野啓一郎著

顔のない裸体たち

昼は平凡な女教師、顔のない〈吉田希美子〉の裸体の氾濫は投稿サイトの話題を独占した……ネット社会の罠をリアルに描く衝撃作！

重松清著

ゼツメツ少年

毎日出版文化賞受賞

センセイ、僕たちを助けて。学校や家で居場所を失った少年たちが逃げ込んだ先は――。物語の力を問う、驚きと感涙の傑作。

恩田陸著

球形の季節

奇妙な噂が広まり、金平糖のおまじないが流行り、女子高生が消えた。いま確かに何かが大きく変わろうとしていた。学園モダンホラー。

石井遊佳著

百年泥

新潮新人賞・芥川賞受賞

百年に一度の南インド、チェンナイの洪水で溢れた泥の中から、人生の悲しい記憶が掻き出され……。多くの選考委員が激賞した傑作。

花《はな》ざかりの森《もり》・憂国《ゆうこく》

―自選短編集―

新潮文庫　み-3-2

昭和四十三年九月十五日　発行
令和二年五月三十日　八十五刷
令和二年十一月一日　新版発行
令和五年十月十五日　六刷

著者　三《み》島《しま》由《ゆ》紀《き》夫《お》

発行者　佐藤隆信

発行所　株式会社 新潮社

郵便番号　一六二―八七一一
東京都新宿区矢来町七一
電話　編集部(〇三)三二六六―五四四〇
　　　読者係(〇三)三二六六―五一一一
https://www.shinchosha.co.jp

価格はカバーに表示してあります。

乱丁・落丁本は、ご面倒ですが小社読者係宛ご送付ください。送料小社負担にてお取替えいたします。

印刷・錦明印刷株式会社　製本・錦明印刷株式会社

ISBN978-4-10-105041-6 C0193